선인들의
지리산 기행시
2

선인들의
지리산 기행시
2

최석기 · 강정화

보고사

지리산, 강우지식인의 산으로 거듭나다

이 책은 지리산 기행연작시의 두 번째 성과이다. 지난 8월에 출간한 『선인들의 지리산 기행시 1』이 1472년 8월 15일 지리산 유람에 나섰던 점필재(佔畢齋) 김종직(金宗直)의 작품을 시작으로 19세기까지 15개 작품을 실었다면, 이 책은 그 이후 20세기의 18개 연작시를 번역하여 실었다. 확인되는 유람 일시와 작가의 생몰 연대로 미루어 보아, 연작시의 제작 시기는 20세기 초-중반이다. 수치로 보자면 1권에서 다룬 오백년간의 작품보다 더 많으며, 이는 분량 면에 있어서도 마찬가지이다.

무엇보다 특이한 것은 이 시기 기행연작시의 저자가 모두 지리산권역에 거주하던 강우지식인이라는 점이다. 이들은 모두 진주·단성·덕산·의령·하동 등지에 세거하던 남명(南冥) 조식(曺植, 1501-1571)의 연원가(淵源家) 인물이다. 이들의 유람 코스는 '덕산→중산리→법계사→천왕봉' 혹은 '덕산→대원사→천왕봉'의 일정이 아주 심하게 편중되어 나타난다. 좀 더 구체화시켜 보면, 남명의 유적지 덕산으로 들어가는 초입인 단성에서부터 도구대(陶丘臺)·입덕문(入德門)·

탁영대(濯纓臺) 등을 둘러 본 후 만년에 은거했던 산천재(山天齋)와 그를 제향하는 덕천서원(德川書院)을 참배하고, 중산리를 통해 법계사로 천왕봉에 오르거나 대원사로 길을 잡는 경우가 일관되게 나타난다. 실제로 이들이 거주하던 진주·단성·하동 일대는 덕산과의 거리가 채 몇 리에 불과하였다. 하루에도 수없이 오르내렸을 덕산 일대를 지리산 유람 일정에 반드시 포함시켜 남명 유적을 탐방하였던 것이다. 왜 그랬을까.

이들은 급변하는 어려운 시기를 살아가는 지식인이었다. 당시 지리산권역에는 전에 없이 많은 학자가 배출되어 활동하고 있었다. 이들은 위태로운 격변기에 전통유학의 도를 부지(扶支)하려는 지식인이었고, 수백 년 간 정계에서 멀어져 살았으나 언제나 남명학의 자장(磁場) 속에 있었다. 때문에 그들의 의식 속에는 전통유학의 도를 계승하려는 정신이 투철하게 자리하였고, 이를 위해서는 지역 선현인 남명의 정신을 계승해야 한다고 생각하였다. 이들은 지리산 유람을 계기로 덕산을 반드시 경유하여 남명 유적을 탐방하였고, 수십 명의 강우 지식인이 회합하여 향음주례 등 여러 전통 의식을 거행해 단합을 유도하였다.

이는 우리나라 어느 명산에서도 볼 수 없는 특이한 현상이다. 그것은 지리산권역에 지식인이 대거 활동하였고, 지리산이 그들 의식 속에 중심으로 자리하고 있어 가능하였다. 그리고 그 가능성을 열어준 최초의 인물은 바로 남명 조식이었다. 수백 년 전 남명이 천왕봉을 찾아 산천재에 터를 잡은 이후 지리산이 '남명의 산'으로 인식되었다면, 이

시기에 이르러 비로소 '강우지식인의 산'으로 거듭나고 있었던 것이다. 따라서 이 책은 일제 강점기 강우지식인의 지리산에 대한 의식을 확인하는 중요한 텍스트가 될 것이고, 지리산을 사랑하는 이들에겐 우리의 '지리산'이 지닌 또 다른 얼굴을 확인하는 계기가 될 것이다. 기대해도 좋으리라!

2016년 2월 역자가 쓰다

목차

섬진강 호수에서
달밤에 돛단배 띄워보리

조성가의 쌍칠기행

섬진강 호수에서 달밤에 돛단배 띄워보리

조성가趙性家의 쌍칠기행雙七紀行

○기사년(己巳年, 1894) 4월 정람옹[1]·하동료[2]·최계남[3]과 함께 유람하다. 己巳四月 與鄭灆翁·河東寮·崔溪南 同遊

○청암으로 가는 도중에 靑巖途中

남풍이 푸른 적삼에 산들산들 불어오니	南風獵獵碧蘿衫
눈에 가득 산수는 비경이 범상치 않구나.	滿目溪山境不凡
길 양쪽은 새가 우는 나무들로 가득하고	夾路無非啼鳥樹

---

1 정람옹(鄭灆翁) : 정환돈(鄭煥敦)을 말한다. 남옹은 그의 호이고, 자는 순필(舜弼)이다.

2 하동료(河東寮) : 하재문(河載文, 1830-1894)을 말한다. 동료는 그의 호이고, 자는 희윤(羲允)이며, 본관은 진양이다.

3 최계남(崔溪南) : 최숙민(崔琡民, 1837-1905)을 말한다. 계남은 그의 호이고, 자는 원칙(元則), 본관은 전주이다.

가파른 벼랑은 다 구름 나오는 바위로세.　　懸崖摠是出雲巖
흉금을 다 씻는 데는 세 잔 술로 족하고　　襟懷滌盡三杯足
그윽한 경치 찾아 와 함께 한 구절 읊네.　　幽景搜來一句咸
비록 이응과 곽태⁴에 비하면 부끄럽지만　　縱愧吾儕輸李郭
섬진강 호수에서 달밤에 돛단배 띄워보리.　　蟾湖擬掛月中帆

○ **횡천재에서 묵다** 宿橫川齋

산색과 물빛이 가물가물 멀리 보이는데　　山光水色藹遐瞻
서재 한 채 있어 경관이 한층 돋보이네.　　置一書樓景一添
명승에 이르니 흉금이 문득 드넓어지고　　襟懷輒到名區闊
좋은 벗을 만나니 시의 품격 섬세해지네.　　詩格因逢好友纖
연못에 노니는 물고기 난간을 돌아가고　　小塘魚浪仍回檻
꽃 핀 나무의 새 소리 창밖에서 들리네.　　芳樹禽聲只隔簾
주인이 여기 은거하는 의도를 짐작컨대　　料得主人邁軸意
속세 근심 허락하려 미간 잔뜩 찌푸리리.　　塵愁肯許攢眉尖

---

4 이응(李膺)과 곽태(郭泰) : 중국 후한 때 이응이 낙양(洛陽)에서 고향으로 떠나는 곽태를
　전송할 적에 함께 배를 타고 강을 건넜는데, 사람들이 그 광경을 보고 신선과 같다고 찬탄
　하였다.

○ 삼화령을 넘다 踰三華嶺

산세는 동쪽으로 물길은 남쪽으로 감쌌는데	山勢拖東水抱南
하늘이 맑은 기운을 이 사이에 서리게 했네.	天敎淑氣此間含
연하 드리운 옛 토굴엔 신선의 발자취 있고	煙霞古窟神仙跡
뽕나무 우거진 시골에는 노인들이 담소하네.	桑柘深村野老談
촉 땅 협곡은 어느 해에 오정역사 허비했나[5]	蜀峽何年丁費五
악양 땅에 오늘 나그네 세 사람이 찾아왔네.	岳陽今日客來三
깊고 깊은 만고의 구지산[6]으로 들어가는 문	深深萬古仇池穴
화개동을 찾아 들어가는 길도 이와 같으리.	擬入花開洞裏探

○ 악양 평사정에서 묵다 宿岳陽平沙亭

짚신이 헤진 채로 운무 서린 숲에 들어오니	芒鞋穿盡到雲林
동천은 그대로라 조금은 눈에 익은 모습일세.	洞府依如小有尋
천고의 누대와 성터는 오나라 초나라의 물색[7]	千古臺城吳楚色

---

5 촉(蜀)……허비했나 : 중국 진(秦)나라 혜왕(惠王)이 촉나라를 정벌하려 했으나 협곡이
험해 길을 찾지 못하자, 다섯 마리 석우(石牛)를 만들어 황금을 바른 다음 황금 똥을 누는
소라고 속였다. 이에 촉왕이 오정역사(五丁力士)를 시켜 석우를 끌고 오게 하였는데, 진나
라 군대가 그 뒤를 몰래 따라 들어가 촉을 멸망시켰다고 한다. 여기서는 삼화령이 촉나라
로 가는 협곡처럼 험준함을 일컫는다.
6 구지산(仇池山) : 중국 감숙성 성현(成縣) 서쪽에 있는 산으로, 동서 양쪽에만 들어가는
문이 있다고 한다.

한 구역 산수는 관악기 현악기의 소리인 듯.　　　　一區山水竹絲音
텅 빈 강엔 백로가 졸고 백사장은 아득한데　　　虛汀鷺夢明沙逈
강 건너 인가의 연기 속에 고목이 깊숙하네.　　　隔岸人煙古木深
성글고 졸렬한 내가 인지지락을 바라겠는가　　　疏拙敢希仁智樂
이곳에 띠풀 베고 지내려는 초심 저버렸네.　　　誅茅此地負初心

○ 취적대⁸에서 화개 시장에 이르다 自取適臺 至花開市

화개로 가는 십리 길 강가에 꽃잎 흩날리니　　　花開十里落花洲
하늘이 우리로 하여금 좋은 유람 하게 하네.　　　天遣吾曹作勝遊
천태산⁹은 그 누가 복지로 여겨서 찾았던가　　　台峀何人尋福地
무릉도원 찾던 그 날도 어부의 배가 있었지.　　　武陵此日有漁舟
화개동천도 아득히 깊어서 청학이 날아들고　　　洞天杳杳歸靑鶴
시냇가 나무에 그늘지니 꾀꼬리가 울어대네.　　　澗樾陰陰囀栗留
물외세상에서 지기가 적다고 말하지 마시게　　　物外休言知己少

---

7 오나라……물색 : 중국 당나라 때 시인 두보(杜甫)의 「등악양루(登岳陽樓)」에 "오나라 초
　나라가 동남쪽으로 열렸고[吳楚東南坼]"라는 구절이 있는데, 여기서는 악양에 이르렀기에
　이 지역의 분위기가 중국 악양루가 있는 악양과 유사함을 언급하고 있다.
8 취적대(取適臺) : 현 경상남도 하동군 악양면 평사리 섬진강 가에 있는 바위를 가리킨다.
　고려 말에 한유한(韓惟漢)이 은거해 살던 곳으로, '유유자적함을 취하는 대'라는 뜻이다.
　그가 피리를 불던 곳이라고 하여 취적대(吹笛臺)라고도 불렸다.
9 천태산(天台山) : 중국 절강성에 있는 산으로, 신선이 산다고 알려져 있다.

맑은 물엔 한 쌍의 백구가 둥둥 떠 있다네.　　　　　晴波泛泛一雙鷗

○ 쌍계사에서 묵다 宿雙溪寺

고운 선생 떠난 지 어느 덧 일천 여 년	孤雲倏千古
이 골짜기는 누굴 위해 푸르른 것인지.	林壑爲誰靑
해와 달이 골짜기에 그림자를 드리우고	日月壺中影
산과 시내 거울 속에 모습을 드러낸 듯.	溪山鏡裏形
염불소리 가지 사이로 나지막이 들리고	梵音穿樹細
차 마시고 졸다가 종소리 듣고 깨어나네.	茶夢聽鍾醒
뽕나무 밑에서 자더라도 미련이 남건만[10]	桑宿猶餘戀
침잠하여 읊조리자니 붓이 멈추질 않네.	沈吟筆不停

○ 쌍계석문을 나오며 出石門

동구 밖에서 지팡이 소리 계속 들리니	洞口筇音續
비탈길에서 몸을 평평히 하려는 것이리.	能教仄逕平

---

10 뽕나무……남건만 : 『후한서(後漢書)』 「양해열전(襄楷列傳)」에 "승려들이 뽕나무 밑에서
사흘을 묵지 않는 것은 오랜 연정을 남기지 않으려는 것이다."라고 하였는데, 여기서는
절에서 묵어도 연연하는 일이 많음을 말하고 있다.

시냇가 꽃은 늦봄에 흐드러지게 피었고　　　　　澗花殿春在
숲속 새들은 사람 가까이에서 지저귀네.　　　　林鳥近人鳴
오랜 바위는 부처처럼 우두커니 서 있고　　　　老石佛軀化
흰 구름은 나그네 마음인 듯 하얗구나.　　　　　白雲客意明
내 이 산의 화개동천 산수에 대해서는　　　　　吾於此山水
그 모습이 일찌감치 생소하지 않다네.　　　　　面目不曾生

○ 세이암 洗耳巖[11]

깊고 깊은 동천에 길게 뻗은 한 가닥 길　　　　洞府深深一逕長
하늘이 별천지를 이 속에 감추어 두었네.　　　天敎別界此閒藏
이곳 산수가 최고운을 만나 다행스럽고　　　　溪山曾遇孤雲幸
꽃과 바위는 정일두를 만나 향기로웠네.[12]　　花石皆緣一蠹香
시내 이끼가 유람객의 신발까지 파고들고　　　澗蘇侵凌遊士履
숲 안개는 신선들의 옷자락을 비추는 듯.　　　林霞隱映列仙裳
넝쿨 잡고 절벽을 오르니 그 느낌 알겠네　　　捫蘿攀壁知何趣

---

11 세이암(洗耳巖) : 현 경상남도 하동군 화개면 범왕리 삼신동 골짜기에 있는 바위이다. 최치원(崔致遠)이 세상사를 들은 귀를 씻었다고 전해지며, 지금도 바위면에 각자(刻字)가 남아 있다.

12 정일두(鄭一蠹)를……향기로웠네 : 일두는 정여창(鄭汝昌)의 호이다. 그가 1489년 4월 탁영(濯纓) 김일손(金馹孫)과 함께 지리산을 유람하면서 이 계곡을 지났기에 도학자의 정신이 깃들어 있다고 말한 것이다.

아니라 우겨도 세상에선 광자라 말하리.　　自謂非狂世謂狂

○ 칠불암 七佛菴

삼한시대에 세워진 이곳은 선종의 사찰　　三韓日月此禪家
아자방은 깊숙하고 붉은 연하 둘러있네.　　啞字房深繞紫霞
온 골짝에 그늘진 건 반고시대 나무들　　萬壑常陰盤古樹
천 년 세월 걱정 없는 건 불두화[13]로다.　　千年無恙佛頭花
아득한 천계에서 뿌연 남기가 떨어지고　　諸天縹緲晴嵐滴
까마득한 하계에는 밤안개 드리워 있네.　　下界蒼茫宿霧斜
한밤중에 선인의 시[14]를 낭랑히 읊노니　　朗誦仙人推枕句
최고운은 아시리, 이 말이 허세가 아님을.　　孤雲知是語非誇

○ 비로 지체하다 2수 滯雨 二首

옥고대[15] 위의 빗소리 세차게 들리는데　　玉高臺上雨聲多

---

13 불두화(佛頭花) : 꽃이 다 핀 모습이 부처의 머리 모양과 비슷하다는 데에서 붙여진 이름
이며, 열매를 맺지 않는다.
14 시 : 선인은 최치원을, 시는 「추야우중(秋夜雨中)」을 가리킨다.
15 옥고대(玉高臺) : 신라시대 옥보고(玉寶高)가 칠불암에 은거하여 거문고를 연주하던 곳
이라 일컬어지며, 옥보대(玉寶臺)라고도 불렀다.

온종일 고심하여 지은 시구가 얼마던가.　　　　永日沈吟得句何

용은 누각 빛을 품고 굴속에서 잠들며　　　　龍抱樓光蟠窟睡

새는 산 빛을 당겨 숲속에서 노래하네.　　　　鳥挐山色入林歌

도는 때를 막 씻은 거울 속에 드러나고　　　　道緣寶鏡新除垢

문장은 힘차게 흐르는 샘에서 떠오르네.　　　　藻思鳴泉活動波

절간의 승려들은 그 기상 몸에 배였으니　　　　濊濊頭陀僧氣積

창해의 진주[16] 주워 갈 사람이 누구일까.　　　　問誰能拾海珠磨

숲속의 학이 어찌 먹이 찾아서 애쓰리오　　　　野鶴寧爲飮啄勞

표표히 높다란 하늘 너머 멀리 날아가네.　　　　飄然遠擧碧霄高

솔 밑은 구름 따뜻해 차를 들다 잠들고　　　　松壇雲暖圓茶夢

바위 구멍엔 샘이 솟아 붓을 가져다 씻네.　　　　石竇泉鳴送筆濤

나무꾼은 속세를 멀리 떠난 백이와 같고　　　　樵父猶淸塵界逈

막걸리는 명승지에서 만난 성인과 같구나.　　　　濁醪如聖勝區遭

그대 보게나, 산천 누빈 사마천의 역사를　　　　君看司馬山川史

등불 켜고 앉아 책상에서 쓴 게 아니라네.　　　　不在靑燈對案挑

---

16 창해의 진주 : 아름다운 시구를 가리킨다.

○ 산을 나오다 出山

비 그친 숲속 가지엔 새소리가 여기저기	雨過林梢鳥語交
순식간에 지팡이 짚고 평지로 내려왔네.	倏然筇履下平郊
약초는 붉은 영지버섯 많이 뒤섞여 있고	藥苗多紫靈芝雜
소나무는 늙은 청학 깃들어서 함께 하네.	松樹同青老鶴巢
오솔길은 시내 따라 굽이진 곳이 많은데	小逕沿流多曲折
고담준론 술에 취해 칭찬과 조롱 말미암네.	高談乘醉自譽嘲
관원의 화려한 금대 어떤 물건인지 아노니	煌煌金袋知何物
최고운이 이곳에 버렸음을 비로소 믿겠네.	始信孤雲到此抛

○ 남옹을 작별하다 別灆翁

표연히 그대 위수 서쪽의 다리 건너려고	飄然君自渭西橋
길이 쌍계로 들어가서 왼쪽으로 멀어지네.	路入雙溪左轉遙
나무꾼은 오히려 청학동이라 전하였는데	樵客猶傳青鶴洞
신선은 이미 떠났고 흰 구름만 노래하네.	仙翁已邈白雲謠
숲을 나와 이별주를 대하니 꽃잎이 지고	披林對酌幽花落
바위 앉아 연구 지으니 긴 해가 다 갔네.	坐石聯詩永日消
그대 가는 산음¹⁷도 산수가 좋다고 하니	聞說山陰山水好
남은 흥취로 다신 적막하게 살지 마시게.	莫敎餘興更寥寥

출전:『월고집(月皋集)』권2, 「쌍칠기행(雙七紀行)」

일시: 1894년 4월

동행: 정환돈(鄭煥敦), 하재문(河載文), 최숙민(崔琡民)

일정: 하동 청암 - 횡천 - 악양 - 화개 쌍계사 - 칠불사 - 귀가

관련 작품: 이는 지리산 청학동 일대를 유람하며 지은 것이다. 이 외에도 중산촌에
은거하던 1877년 가을 천왕봉을 유람하고 쓴 「두류록 8수(頭流錄八首)」
가 있다.

관련 자료:『선인들의 지리산 기행시 1』(보고사, 2015)

저자: 조성가(趙成家, 1824-1904)

자는 직교(直敎), 호는 월고(月皋)이며, 본관은 함안이다. 현 경상남도 하동군 옥종면
회신리(檜新里)에서 태어났다. 인근 옥종 월횡리(月橫里)의 월봉(月峰) 아래에 거처
했으므로 '월고'라 자호하였다. 조선초기 생육신의 한 사람인 어계(漁溪) 조려(趙旅,
1420-1489)의 후예이며, 이괄(李适)의 난에 공적을 세운 조익도(趙益道)의 후손이다.
28세(1851) 때 하달홍(河達弘, 1809-1877)의 권유로 전라도 장성(長城)으로 노사(蘆
沙) 기정진(奇正鎭, 1798-1879)을 찾아가 수학하였고, 이후 스승의 대표 저술인 「외
필(猥匹)」을 전수받을 정도로 신임이 두터웠다. 스승 사후『노사집』간행을 주도하
는 등 영남에서 노사학을 창도하는데 중추적 역할을 하였다.

1883년 선공감 가감역(繕工監假監役)에 제수되었다. 일찍부터 집 인근에 치수정(取
水亭)을 짓고 분서강약(汾西講約)을 만들어 제생(諸生)의 학업을 촉구하였다. 1893
년 진주목사가 관찰사의 뜻에 따라 강약을 설치하자 도약장(都約長)을 맡았으며, 산
청 단성(丹城)의 신안사(新安社)와 합천 삼가(三嘉)의 관선당(觀善堂) 등 인근의 강

---

17 산음(山陰) : 현 경상남도 산청의 옛 이름이다.

회에 자주 초청되어 강연하였다.

1895년 을미사변이 일어나 국운이 쇠퇴해지자 가족을 이끌고 지리산 아래 중산리로 옮겨 가 살았다. 학덕과 인망이 두터워 찾는 이가 많았는데, 면암(勉庵) 최익현(崔益鉉)·심석(心石) 송병순(宋秉珣)·소아(小雅) 조성희(趙性憙)·계남(溪南) 최숙민(崔琡民)·노백헌(老柏軒) 정재규(鄭載圭)·송사(松沙) 기우만(奇宇萬) 등이 대표적 인물이다. 교유한 인물로는 지와(芝窩) 정규원(鄭奎元)·쌍주(雙洲) 정태원(鄭泰元)·석전(石田) 이최선(李最善)·신촌(莘村) 김록휴(金祿休)·만성(晚醒) 박치복(朴致馥) 등이 있다. 저술로 『월고집』이 있다.

무수한 갈림길에서
끝내 어디로 돌아가야 하리?

권상정의 두류기행

무수한 갈림길에서
끝내 어디로 돌아가야 하리?

권상정權相政의 두류기행頭流紀行

－신축년(1901) 8월 권겸산[1]·권사상[2]·최달천[3]과 함께 두류산에 올랐다가 하산하여 바다를 구경하다. 辛丑八月 與權兼山·權沙上·崔達天 上頭流 因下山觀海

○두령[4] 도중에 일두[5] 선생의 「악양(岳陽)」 운자를 써서 짓다
　　頭嶺途中 用一蠹先生韻

맑게 갠 정오 나절 풍광이 온화하고 부드러워　　　霽天晌午景和柔
나막신에 지팡이 짚고 소요하니 가을인가 싶네.　　　筇屐逍遙不覺秋

---

1 권겸산(權兼山) : 권규집(權奎集, 1850-1916)을 말한다. 겸산은 그의 호이다.
2 권사상(權沙上) : 권상철(權相喆, ?-?)을 말한다. 사상은 호이고, 자는 사겸(士謙)이다.
3 최달천(崔達天) : 최좌순(崔佐淳, ?-?)을 말한다. 달천은 그의 자이다.
4 두령(頭嶺) : 현 산청군 단성면 창촌리 아미랑재를 가리키는 듯하다.
5 일두(一蠹) : 정여창(鄭汝昌)의 호이다.

방호산[6] 천만 골짜기 풍경을 다 보고자 하여　　　欲盡方壺千萬景
네 사람이 함께 덕천강 가를 거슬러 올라가네.　　四人同溯一川流

○ **입덕문** 入德門

세상이 쇠하여 탄식할 만한데 도까지 미미하니　　可歎世衰道又微
무수한 갈림길에서 끝내 어디로 돌아가야 하리.　　縱橫歧路竟何歸
모름지기 입덕문 따라 안으로 들어가야 하리라　　須從入德門中去
마루에 올라야 그 아래의 잘못을 알게 될테니.　　堂上方知堂下非

○ **산천재[7]에서 남명 선생의 운자를 써서 짓다** 山天齋 用南冥先生韻

석양녘 산천재 빈 뜰을 서성이노니　　　　落日步空砌
선생의 가르침을 듣고 있는 듯하네.　　　如聞敎鐸聲
산천재 밑으로 흘러가는 저 물은　　　　　山天齋下水
지금도 쉬지 않고 소리내며 흐르네.　　　不捨至今鳴

.

──────────

6 방호산(方壺山) : 삼신산(三神山)의 하나인 방장산(方丈山)의 다른 이름이다. 여기서는 지
리산을 일컫는다.
7 산천재(山天齋) : 남명 조식이 만년에 은거했던 곳으로, 현 경상남도 산청군 시천면에 소재
하고 있다.

○ 문창대[8] 文昌臺

가파른 절벽 웅장하여 속세 근심 단절한 듯
동남쪽이 환히 바라보이는 별천지 세계로세.
문창후는 떠나고 문창대만 공허히 남았는데
유람객들이 천 년도 넘게 그 말을 전해오네.

懸崖磅礴絶塵愁
眼闊東南幾別區
文昌侯去臺空在
遊客相傳千百秋

○ 천왕봉 天王峰

만 리 너머 먼 곳까지 다 보려고
맑은 가을날에 천왕봉을 올랐네.
흉금을 씻으니 온 골짝 구름이고
고개 돌리니 한 가닥 학 울음이라.
저 하늘 너머로 내 기상 뽐내고
세속 떠난 그대들 심정 인정하네.
우주는 이와 같이 무한히도 큰데
천왕봉은 중생을 굽어보고 있구나.

欲窮萬里眼
卜日適秋淸
胸盪雲千壑
首回鶴一聲
凌霄誇我氣
脫俗許君情
宇宙大如許
天王俯衆生

---

8 문창대(文昌臺) : 지리산 법계사 근처의 바위를 일컫는다. 문창후(文昌侯) 최치원이 은거
했던 곳이어서 붙여진 이름이라고 전한다.

○ 산을 내려오며 주자의 축융봉 시⁹ 운자를 써서 짓다
  下山 用朱子祝融峯韻

하늘이 우리에게 바람 한 더미 빌려주어   天借吾儕一陣風
신령한 산 큰 바다를 모두 흉금에 담았네.   靈山大海盡藏胸
지리산 천 봉우리 속을 아련히 돌아보니   悠然回首千巖裏
남은 흥취 여전히 최고봉에 남아 있구나.   餘興猶存最上峯

○ 돌아오다 공전촌(公田村)에 이르러 족형인 사겸-상철- 및 최달천-
  좌순- 어른과 작별하고, 겸산-권규집-과 함께 갈치¹⁰를 넘으면서 권
  수암¹¹의 「제민루」¹² 운자를 써서 짓다 還至公田 別族兄士謙-相喆-·崔
  丈達天-佐淳- 與兼山-權奎集- 踰葛峙 用權遂菴濟民樓韻

다함이 없는 강과 산, 끝없이 늘어선 누정들   不盡江山不盡樓
낭랑히 시구 읊조리니 우리 유람 장대하구나.   郎吟詩句壯吾遊
젊은이 백발노인 나란히 지팡이 짚고 가는 길   靑衿白髮雙筇路

---

9 시 : 중국 송나라 주희(朱熹)의 『회암집(晦庵集)』권5에 수록된 「취하여 축융봉을 내려오
  며 짓다[醉下祝融峯作]」를 가리킨다. 축융봉은 형산(衡山)의 최고봉이다.
10 갈치(葛峙) : 현 경상남도 산청군 시천면 내공리에서 하동군 옥종면 위태리 오대사(五臺
  寺)로 넘어가는 고개를 말한다.
11 권수암(權遂菴) : 권상하(權尙夏, 1641-1721)을 말한다. 수암은 그의 호이다.
12 제민루(濟民樓) : 권상하의 문집 『한수재집(寒水齋集)』권1에 보인다. 경상북도 영천군
  구산(龜山) 남쪽에 있던 누각으로, 이 시는 권상하의 조부 권성원(權聖源)이 영천군수로
  재직할 때 지은 시이다.

단풍 든 나무와 푸른 이끼가 낀 팔월 어느 날.	紅樹蒼苔八月秋
기이한 절경 찾아 정상에 올라 안목 넓히고서	賞眼探奇登絶頂
한가한 심정 술에 취해 다시 물가를 찾아가네.	閒情乘醉更芳洲
이번 유람에 물을 보는 방법 시험하고자 하여	今行欲試觀瀾術
서남쪽의 큰 바다 끝을 손가락으로 가리키네.	指點西南大海頭

○ 월횡[13]의 조경칠-찬규-의 집에서 묵다 宿月橫趙敬七-纘奎-家

석양녘에 잠시 동안 대화를 나누고	斜陽暫討話
밤중에 또 오래도록 시를 읊조리네.	半夜又長吟
천왕봉 올라 흥취를 실컷 맛봤는데	已飽登臨興
하물며 자금[14]의 노래까지 겸함에랴.	況兼執子衿

○ 곤양 봉일암 昆陽奉日菴

| 십 년 만에 이곳을 다시 찾은 나그네 | 十年重到客 |
| 걸음걸음 한 구역이 한가롭기만 하네. | 步步一區閒 |

---

13 월횡(月橫) : 현 경상남도 하동군 옥종면 월횡리 월횡마을을 일컫는다.
14 자금(子衿) : 『시경(詩經)』 정풍(鄭風)의 편명이다. 여기서는 "푸르고 푸른 그대의 옷깃,
내 그리워하는 마음 그지없네.[靑靑子衿 悠悠我心]"라는 구절을 염두에 두고 쓴 것으로,
그리워하는 심정을 말하였다.

호방한 정감은 바다와 산을 넘어가고	豪情凌海嶽
돌아갈 꿈은 마을 산하를 맴도는구나.	歸夢繞江關
고요한 밤 범종소리 멀리까지 들리고	夜靜鍾聲遠
가을 깊어 나무는 울긋불긋 물들었네.	秋深樹色斑
거울처럼 밝은 달이 부들자리 비추니	鏡月蒲團上
세간의 온갖 생각 문득 잊어버렸도다.	頓忘塵世間

작품
개관

출전 : 『학산집(學山集)』 권1, 「두류기행 9수(頭流紀行九首)」
일시 : 1901년 8월
동행 : 권규집(權奎集), 권상철(權相喆), 최좌순(崔佐淳)
일정 : 산청 덕산 - 벽계사 - 천왕봉 - 공전촌 - 하동 옥종 - 곤양
관련 작품 : 권규집의 「후유산기행 21수(後遊山記行二十一首)」
관련 자료 : 『선인들의 지리산 기행시 1』(보고사, 2015)

저자 : 권상정(權相政, ? - ?)
현 경상남도 산청군 단성 사람으로, 생애가 자세하지 않다. 당시 인근에서 활동하던
후산(后山) 허유(許愈, 1833-1904)나 단계(端磎) 김인섭(金麟燮, 1827-1903) 등보다
한 세대 뒤의 인물인 듯하며, 단성면 입석리 문산재(文山齋)에서 활동한 기록이 보
인다. 저서로 『학산집』이 있다.
권규집(權奎集, 1850-1916)은 이번 유람의 동행인으로, 권상정보다 많은 기행시를
남겼다. 그에 의하면, 이들은 곤양의 다솔사를 보고 남해 금산(錦山)까지 유람하였다.

노력하여 상봉에 오르기를
어찌 꺼려하리

정돈균의 방장기행

노력하여 상봉에 오르기를 어찌 꺼려하리

정돈균鄭敦均의 방장기행方丈紀行

○중산리에 사는 월고 조성가[1] 어른 댁에서 中山趙月皐性家丈宅

세로가 험난해 모두 어육 신세 한탄하는데	世路崎嶇摠哂魚
푸른 산 깊은 곳에 월고 어른 은거하시네.	碧山深處丈人居
안개구름 속에서 별천지가 환하게 열린 듯	別界寬開雲霧裏
가득한 고서 속에서 생애 절로 넉넉하시네.	生涯自足典墳餘
사슴을 보니 장씨의 은거와 같을 듯 하고[2]	看鹿應同張氏隱
논에 물을 대는 건 백공[3]의 도랑과 같으리.	漑田須似白公渠

---

1 조성가(趙性家) : 1824-1904. 자는 직교(直教), 호는 월고(月皐)이며, 본관은 함안이다. 경상남도 하동군 옥종면 회신리(檜新里)에서 태어났으나 만년에 지리산 중산리에 들어가 살았다.

2 사슴을……하고 : 중국 당나라 시인 두보(杜甫)의 「제장씨은거(題張氏隱居)」에 "해를 멀리 하여 아침에 사슴이 노는 것을 보네.[遠害朝看麋鹿遊]"라고 한 것을 가리킨다.

3 백공(白公) : 중국 한(漢)나라 때 사람으로, 치수(治水)를 잘하였다.

문하에서 조용히 가르침 받은 지 오래이니   函席從容承誨久
어찌 십 년을 독서한 사람보다 나을 뿐이랴.   豈徒勝讀十年書

○ 중산촌 뒤의 고개를 넘다 _{踰中山後嶺}

두류산 높이 솟아 우리 동국을 진압하니   頭流岋嶪鎭吾東
봉래산 영주산과 함께 인정을 받고 있네.   已與蓬瀛推許同
형상마다 괴이하고 기이한 자취도 많으니   形形怪怪多奇蹟
조물주가 솜씨 기울여 만든 줄을 알겠네.   認是天翁造化工

○ 벽계동 입구로 들어가다 _{入碧溪洞口}

춥지도 덥지도 않는 딱 알맞은 이 철에   非寒非熱適斯時
바위 위의 단풍나무 잎이 모두 늘어졌네.   石背楓丹葉倒垂
걸어서 벽계사까지는 삼십 리 거리이니   行到碧溪三十里
천왕봉 위 저 해가 서쪽으로 기울겠구나.   天王峯上日西移

○ 벽계사 _{碧溪寺}

한 무더기 우뚝한 바위 온 산을 진압하고   一堆崔巇壓群山
줄기줄기 나뉘어 뻗어가다 다시 돌아오네.   脉脉中分去復還

오래된 절의 석탑은 몇 백 년이 되었는지   寶塔年深經歲百
새로 지어 즐비한 암자 가운데 서 있구나.   新菴櫛比列中間
한나절 만에 올랐으니 방장산의 선물이요   半日幸登方丈賽
십 년 만에 다시 노인성⁴을 보게 되리라.   十年更對老人顏
속세 티끌 다 씻어내 흉금이 툭 트였으니   塵埃洗盡胸襟闊
노력하여 상봉에 오르기를 어찌 꺼려하리.   努力何嫌復躋攀

○ 천왕봉에 오르다 上天王峯

우뚝한 천왕봉은 상제 사는 곳에 가깝고   天王巉絶帝居優
남북으로 뻗어서 영남 호남을 나누었네.   南北相分嶺與湖
정신은 만 겹의 혼몽 너머에서 맑아지고   神淸萬慟迷夢外
눈길은 푸른 바다 끝 지평선을 바라보네.   目極蒼溟際有無
우뚝우뚝 솟은 바위 다 부처처럼 보이고   頭頭老石皆疑佛
낯익은 이름들 다 예전 유람에서 보았지.   面面題名摠舊遊
팔방을 둘러보니 무한히 떠오르는 생각   俯仰轉眄無限意
너무 늦게 와서 후회하며 절로 슬퍼하네.   悔吾晚到自悲夫

---

4 노인성(老人星) : 남극성이라고도 한다. 남방지역 하늘에서만 잠깐 떴다가 지는 별로, 이를 보면 장수한다고 전해진다. 이 별을 보기 위해 지리산과 남해 금산 등을 오르기도 하였다.

○ 문창대 文昌臺

우뚝한 바위 쌓여서 절로 대가 되었는데　　　　丞巖磈礧自成臺
얼마나 많은 바람서리 맞으면서 견뎠을까.　　　無限風霜閱歷來
최고운이 떠난 지도 지금 어언 천 여 년　　　　孤雲已去今千載
유람객만 이곳에서 술잔 들어 기울이누나.　　　獨有遊人此擧杯

○ 이곡의 하씨 어른 댁에서 유숙하다 留宿梨谷河丈宅

물빛과 산색이 이 마을에는 많기도 하구나　　　水色山光此處多
지팡이 짚고 굽이굽이 석천 비탈을 찾았네.　　　攜笻迤訪石川斜
집 뒤 연하는 한가로이 걷혔다 펴졌다 하고　　　屋後煙霞閒卷舒
눈앞의 풍물은 마음껏 번창하고도 화려하네.　　眼前風物任繁華
고상한 은군자는 짐승과 함께여도 무방한데　　高隱無妨儕鹿豕
내 삶은 혼탁한 속진에 파묻혀서 우습구나.　　此生堪笑溷塵沙
도서가 벽에 가득하고 문과 창은 고요하니　　　圖書滿壁門牕淨
강산에 잘 꾸며진 오래된 집 한 채 있도다.　　　文藻江山一古家

○ 진 상인[5]에게 주다 贈眞上人

벽계사에서 마음을 수양하는 진 상인　　　　碧溪寺裏養心眞
예전부터 불우했던 사람은 아니었다네.　　　　不是從前不遇人

눈썹과 머리엔 연하기운 은근히 비치고   眉頭隱暎烟霞氣
손바닥 위에서 조화의 신비를 헤아리네.   掌上推移造化神
오늘 다행히 방장산 달을 함께 구경하니   此日幸同方丈月
몇 년이나 도시의 봄을 헛되이 보냈던가.   幾年浪度洛陽春
허다한 좋은 일도 바라지 않는 건 아니나   許多好事非無意
천왕봉이 속진과 멀리 있어 좋을 뿐이라.   只愛天王遠俗塵

작품
개관

출전 : 『해사유고(海史遺稿)』 권1, 「방장기행(方丈紀行)」
일시 : 자세치 않다.
동행 : 자세치 않다.
일정 : 중산리 – 벽계사 – 천왕봉 – 문창대

저자 : 정돈균(鄭敦均, 1855~1941)
자는 국장(國章), 호는 해사(海史)이고, 본관은 진양(晉陽)이다. 경상남도 하동군 옥
종면 안계리에서 태어났다. 증조부는 정지탁(鄭志倬)이고, 조부는 정주빈(鄭周贇)이
다. 부친은 정택화(鄭宅華)이고, 생부는 정택시(鄭宅蓍)이다.

---

5 상인(上人) : 승려의 다른 이름이다.

월촌(月村) 하달홍(河達弘, 1809-1877)의 문인으로, 동향의 선현인 겸재(謙齋) 하홍도(河弘度, 1593-1666)가 후진 양성을 위해 강학했던 모한재(慕寒齋)에서 학문에 정진하였고, 계남(溪南) 최숙민(崔琡民)·월고(月皐) 조성가(趙性家) 등과 교유하였다. 또 면우(俛宇) 곽종석(郭鍾錫)·후산(后山) 허유(許愈)·물천(勿川) 김진호(金鎭祜) 등을 찾아다니며 강학하였다. 1905년 을사늑약이 감행되자 적극적으로 항일운동에 가담하였다. 저서로 『해사집』이 있다.

천왕봉 위의 신령이시여,
우리 왕을 대대손손 영원히 도우소서

안익제의 두류록

천왕봉 위의 신령이시여,
우리 왕을 대대손손 영원히 도우소서

안익제安益濟의 두류록頭流錄

○ 이택당 麗澤堂

단성 법물동(法勿洞) 뒤쪽 중당(中堂)의 평평하게 넓은 곳에 이택당이 있으니, 곧 영남우도 몇 군의 유생들이 강학하는 곳이다. 이택당 옆에 허성재[1] 선생의 문집 장판각이 있다. 그 아래에 김씨 일족 1백여 호가 거주한다. 약천 김진호는 또한 중망이 있는 선비다. 약관의 나이에 달성 객점에서 처음 만났다. 그 뒤로 벌써 30여 년이나 흘러 지금 백발로 마주하니 슬픈 감회가 든다. 그의 동생과 조카 김재진 · 김재수[2] · 김진봉은

---

[1] 허성재(許性齋) : 허전(許傳, 1797-1886)을 말한다. 성재는 그의 호이고, 자는 이로(以老)이다.

[2] 김재수(金在洙) : 1878-?. 자는 계원(啓源), 호는 중헌(重軒)이고, 김진호와 곽종석(郭鍾錫)의 문인이다.

모두 젊고 아름다운 자질을 가진 선비이니, 약천이 훈도한 힘이 있는 줄 알겠다. 丹城法勿洞後中堂平鋪處 有麗澤堂 卽嶺右數郡講學之所也 堂傍有許性齋先生文集藏板閣 其下金氏族居百餘戶 約泉金鎭祜亦望士 弱冠初相見於達城邸舍 其後忽已三十餘年 今白首相對 有悲感者矣 其弟姪金在鎭・金在洙・金鎭鳳 皆少年佳士 知其有約泉薰陶之力也

젊어 처음 만났을 땐 기상이 당당했었지	少時初見氣堂堂
오늘 다시 만나니 벌써 백발의 노장이네.	今日重逢白髮長
적벽³의 강산에는 빼어난 명승 많은데	赤壁江山多勝地
국화 피어 술자리 여는 중양절 가깝구나.	黃花樽酒近重陽
못물이 문에 비춰 거문고 서책 반질반질	潭光滴戶琴書潤
산색이 다락에 내려 책상머리가 푸르네.	岳色當軒几案蒼
자제 강습은 모두 이택⁴의 힘에 기대니	講習皆資麗澤力
그대 집은 바야흐로 사림의 고을이로다.	君居方是士林鄕

누각 하나 우뚝하게 중당에 솟구쳤는데	孤樓迢遞起中堂
저물녘 벗들 모여 밤새 이야기가 길구나.	暮合朋筵夜話長

---

3 적벽(赤壁) : 현 경상남도 산청군 단성면 신안리를 흐르는 신안강의 절벽을 일컫는다. 이전에는 이 강을 적벽강, 그 곁의 절벽을 적벽산이라 하였다.

4 이택(麗澤) : 본디 두 연못이 서로 붙어 있어 상호 정화가 되듯 벗이 모여 강습하는 것이 서로에게 도움을 준다는 뜻이다. 여기서는 이택당의 주인 김진호(金鎭祜, 1847-1924)를 가리킨다.

적벽에서 배를 타고 찾아 온 소 학사⁵요   赤壁船歸蘇學士
매우⁶ 올 제 나귀 타고 들른 맹 양양이라.⁷   黃梅驢過孟襄陽
삼청궁이 가까워서 흉금이 드넓어졌지만   三淸漸近胸襟濶
작별하면 귀밑머리 허연 이들 못 보겠지.   一別無多鬢髮蒼
축대 쌓던 무리가 천 권 책을 읽느라 애썼고   築版徒勞千卷讀
부암의 연하가 궁벽한 마을 공연히 감싸누나.⁸   巖烟空鎖老窮鄕
　　－이는 약천(約泉)이 지었다.

노년의 장대한 지취 어찌 그리도 당당한지   衰年壯志怎堂堂
가슴에 서린 풍류는 가는 곳마다 길어지네.   盤礴風流到處長
일월대⁹는 높디높아 남쪽지방을 진압하고   日月臺高鎭南國
수유꽃이 피었으니 중양절이 가까워졌구나.   茱萸花發近重陽
시상이야 강산의 도움을 응당 얻을 테지만   詩情應得江山助

---

5 소 학사(蘇學士) : 중국 송나라 때 시인 소동파(蘇東坡)를 말한다. 「적벽부(赤壁賦)」로 유
　명하다.

6 매우(梅雨) : 매년 봄과 여름의 교차시기에 내리는 비를 말한다.

7 맹 양양(孟襄陽) : 당나라 때 시인 맹호연(孟浩然)을 말한다. 중국 양양 출신이라 그렇게
　부르기도 한다.

8 축대……감싸누나 : 김진호가 살고 있던 마을 뒷산은 부암산(傅巖山)이다. 이 명칭은 중국
　상(商)나라의 부열(傅說)이 축대를 쌓다가 고종에게 발탁되어 재상이 되었다는 고사에서
　연유하였다. 그러므로 이 시에서는 작자가 부열처럼 축대 쌓던 무리, 즉 은거하는 사람으
　로 자처(自處)하는 말로 쓰였다.

9 일월대(日月臺) : 지리산 천왕봉 꼭대기 바위를 일컫는다. 지금도 각자가 남아 있다.

작별의 마음은 귀밑머리 희어서 안타깝네. 別意偏憐鬓髮蒼
세속에 얽매여 사는 내 근심이 부끄러우니 愧我塵中愁躄躠
훗날 넓은 바닷가 고을에서 만나기로 하세. 後期浩渺海之鄉

-이는 약천(約泉)이 지었다.

○단성을 지나는 도중에 丹城道中

구월에 서풍을 맞으며 단성 땅을 지나는데 九月西風過赤城
은자는 보이지 않고 하늘은 처음으로 맑네. 丈人不見天初晴
구름 떠가는 봉우리로 승려 머리가 보이고 雲歸列岳僧頭出
강물이 텅 빈 물가 적셔 돌에 이끼 생겼네. 水昏空汀石齒生
양씨 집엔 누대를 새로 높다랗게 지었으니 梁氏樓臺新布置
한수 북쪽 시골 마을에 고가의 명성 있으리. 漢陽村巷舊家聲
파리한 노새 험한 돌길 시름겹게 가노라니 瘦驢犖确愁寒進
앞길의 푸른 산이 석양빛에 환히 보이누나. 前路青山夕照明

부슬부슬 가랑비에 단성 교외 지나가는데 蕭蕭微雨過郊城
하늘이 우리 산행 위해 하룻밤 새 개였네. 天爲吾行一夜晴
적벽강의 절벽 높고 차가운 범선 떠가는데 赤壁江高寒帆去
단계마을엔 저녁나절 가는 연기 피어나네. 丹溪村晚細烟生
구름 없는 창공에는 외로운 기러기 그림자 長空雲斷孤鴻影

찬바람에 나뭇잎 떨구고 말들은 울어대네.   落木風驅萬馬聲

이런 땅에 신선은 지금도 있는지 없는건지   此地羽人今在否

이곳 사람들 전하는 말엔 분명하지 않구나.   居民傳說未分明

○ 세한재 歲寒齋

세한재는 진태[10]에 사는 박씨의 서숙이다. 서숙 뒤에 송은사가 있는데, 바로 고려 때 정승을 지낸 박천(朴天)의 영정을 모신 곳이다. 박천 공은 호가 송은으로, 두문동 제현에 들어 있는 분이다. 다음날 아침 영정을 배알하였는데, 신장이 10척이나 되고, 수염이 하반신까지 드리워져 있었으며, 늠름하여 영특한 기상이 있었다. 정포은(鄭圃隱)[11] · 길야은(吉冶隱)[12]이 모두 시를 지어 칭송하였다. 그러므로 그 시에 공경히 차운하였다. 그의 후손 박자진-원식-, 박상식-충언-, 박윤칙-희상-이 모두 정성껏 환대하였다. 齋是進台朴氏書塾 塾後有松隱祠 卽高麗相臣朴天影幀 安奉之所也 朴公號松隱 並列於杜門洞諸賢 翼朝 瞻拜影幀 身長十尺 鬚過 半身 凜有英氣 鄭圃隱 · 吉冶隱 皆有詩贊 故敬次之 其後孫朴子眞-瑗植- · 朴尙寔-忠彦- · 朴允則-熙祥- 皆誠款焉

---

10 진태(進台) : 현 경상남도 산청군 신안면 문대리 진태마을을 말한다.

11 정포은(鄭圃隱) : 정몽주(鄭夢周)를 일컫는다. 포은은 그의 호이다.

12 길야은(吉冶隱) : 길재(吉再)를 일컫는다. 야은은 그의 호이다.

구레나룻 귀밑머리 몸을 반쯤이나 드리웠고   髥髮垂垂過半身
천추의 엄한 기상 완연히 그 모습 그대로라.   千秋肅像宛如眞
포은옹과 야은옹의 시편이 남아서 전해오니   圃翁冶老詩篇在
바야흐로 고려조의 위대한 인물임을 알겠네.   方識麗朝有偉人

늠름하고 긴 구레나룻 몸을 반쯤이나 덮고   凜凜長髥過半身
천추토록 완연한 모습에 공경심을 일으키네   千秋起敬七分眞
두문동 제현의 영혼들이 응당 짝하였으리라   杜門洞裏魂應伴
저들은 충직하고 곧은 옛 가문의 인물이로다.   儂是忠貞舊宅人

○ 적벽강 赤壁江

적벽강은 산청에서 흘러와서 단성에 이르러 적벽이 된다. 절벽 위에
'영남제일강산(嶺南第一江山)'이라는 각자가 있다. 강을 따라 위아래로
10여 리에 백사장이 펼쳐지고, 비취빛 대나무가 늘어서 있으며, 경관
이 드넓어 끝이 없다. 나라의 도로가 원목정(院木亭)으로 통하니, 또한
하나의 도회지이다. 그 강의 중류에 배를 띄워 뱃머리를 두드리며 노
래하니, 상쾌하여 소 학사처럼 신선이 된 듯한 느낌이 들었다. 江自山
清而來 至丹城而爲赤壁 壁上題嶺南第一江山字 緣江上下十餘里 白沙翠竹
浩茫無涯 官路通於院木亭 亦一都會也 放舟中流 叩舷歌之 灑然有蘇學士羽
化之想

신선 유람 배를 타고 큰 강 위를 떠가는데	仙遊高泛大江舟
하얀 갈대 붉은 단풍 찬바람 부는 가을철.	蒼荻丹楓冷動秋
땅은 영남제일강산이라는 이름을 얻었는데	地名第一江山字
절기는 가을이 되었으니 세월은 유수 같네.	天序屬三歲月流
소금가게와 술집 깃발 시가지에 벌여 섰고	塩肆酒旗通市戶
피리와 화각 소리 들리니 객사가 가까우리.	凝笙畵角近官樓
적벽에서 선유하던 소 학사 지금 어딨을까	蘇學士今安在也
흰 구름만 천년토록 부질없이 흘러가누나.	白雲千載空悠悠

○ 효자담 孝子潭

적벽 위에 한 조각의 작은 비석이 있는데, '효자담'이라고 새겨 있다. 이 지역 사인(士人)에게 물어보니, 그가 말하기를 "그 옛날 한 어부가 살았는데, 성명은 모릅니다. 그는 항상 이 바위 위에서 낚시질을 하였는데, 어느 날 강물이 불어나 빠져 죽었습니다. 그에게는 여섯 살 된 아들이 있었는데, 곡을 하며 물속으로 뛰어 들어 시신을 붙잡고 물 위로 떠올라 사흘 동안이나 가라앉지 않았습니다. 매양 날씨가 흐리고 비가 내리는 날 밤이면, 그 아이가 그 바위 위에서 곡을 하였습니다. 후세 사람들이 그를 애처롭게 여겨 비석을 세워 효성을 표지해 둔 것입니다." 라고 하였다. 나는 그 말을 듣고 나도 모르게 모발이 오싹해짐을 느꼈다. 어린 아이인데 의리에 중함이 있음을 어찌 알았을까? 그의 마음에 자기 아비가 있는 것만을 알고, 눈앞에 미친 듯이 파도치는 강물이 있음을 몰랐던 것이리라. 그러므로 능히 죽을 각오로 뛰어든 것이 이와 같았던 것이다. 천륜이 양지(良知)에서 나오는 것이 이와 같은 점이 있다. 그러니 그 누가 시켜서 그렇게 한 것이겠는가? 강물의 신도 오히려 효성스런 아이의 정성을 알고서 시신을 사흘 동안이나 떠 있게 하였을 것이다. 그런데 사람들이 즉시 그 시신을 수습하지 못했고 그래서 그 목숨을 구제하지 못하였으니, 아! 슬픈 일이다. 赤壁上 有一片短碣 書之曰孝子潭 問其土人 則曰 古有一漁父 不知姓名 常釣於此巖上 一日爲水漲遂溺 有六歲兒 哭而赴水 抱屍而浮 三日不沈 每於天陰雨濕之夜 兒哭其上 後人哀之 立碑以表云 余聞之 不覺毛髮凜然 兒也 尙何知義理之有重 而其心知有其父 不知狂浪之在前 是以 能辦死 如此 天倫之出於良知 有如是也 其孰使之然哉 江神猶識孝兒之誠 而露屍三日 人未卽收 不能救命 嗚乎 悲夫

바위 아래 맑은 못물 푸르지만 흐르지 않아	巖下澄潭碧不流
아이도 죽을 각오로 시신 안고 떠 있었으리.	兒能辦死抱爺浮
강의 신도 오히려 지극한 그 천륜 알았기에	江神猶識天倫至
거두지 않은 두 시신을 강물에 뜨게 했으리.	露出雙屍未有收

○ **백마산성** 白馬山城

백마산[13]은 적벽 위쪽에 있다. 사면이 모두 바위로 되어 있다. 까마득히 보이는 꼭대기 안쪽에 토대(土臺)가 있는데, 평평하고 넓어 수천 명이 앉을 수 있다. 옛날 임진왜란 때 수령이 고을의 호걸스런 사람들과 백성을 위해 보루를 조성하였다. 그 유래가 삼백 년이나 되었는데, 태평세월이 오래되다 보니 고을 수령은 보수해야 함을 모르고 기녀들을 데리고 가무나 즐기며 그 위에서 날마다 마음껏 노닐고 있다. 무너진 담장과 성가퀴가 잡초 속에 황폐하게 묻혀 있는 것이 보일 뿐이다. 옛사람이 말하기를 "편안할 때는 위태로움을 잊는다."라고 했다. 지금 오랑캐가 복심까지 밀고 들어와 종묘사직이 한 올의 머리털처럼 위태롭다. 그러니 어찌 편안히 즐길 때라고 말할 수 있겠는가? 白馬山在赤壁上 四面皆石 腦凌嶒中 有土臺 平廣可容數千人 昔龍蛇之變 邑宰與郡豪 爲民營堡者也 由來三百年 昇平已久 守土者 不知修築 但携妓女貯歌舞 日遨遊於其上 惟見頹垣敗堞 荒沒於亂草之中 古人云 安忘危 今夷賊衝腹心 宗廟社稷 危如一髮 豈可曰恬嬉之時哉

백마산 앞쪽으로는 사람들이 오가는데　　　　　白馬山前人獨行
백마산성 안에서는 부질없는 새소리 뿐.　　　　白馬城中鳥空鳴
수령은 백성 위해 시급한 보수를 모르고　　　　郡宰不知民堡急
태평세월에 앉아서 가무를 즐기고 있네.　　　　太平煙月坐歌聲

---

13 백마산(白馬山) : 현 경상남도 산청군 신안면 신안강 가 적벽 너머에 있는 산 이름이다.

○ 학이재 學而齋

학이재는 혜산옹[14]이 독서하던 곳이다. 나는 10년 전 포산[15]에서 길을 가다가 한 낭관을 만났는데, 오모[16]를 쓰고 학창의[17]를 입었으며, 용모는 아름답고 수염은 곧고 검으며, 행동거지는 법도에 맞았다. 그와 대화를 나누어보니, 바로 적성[18]에 사는 이 금오(李金吾)[19]로, 호는 혜산이었다. 드디어 그와 말머리를 나란히 하고 하루 일정을 함께 하였는데, 나를 대하는 것이 매우 정성스러웠다. 갈림길에 이르자, 그는 나에게 한 차례 방문해 줄 것을 여러 번 부탁했다. 10년이 지난 뒤 미연정(嵋淵亭)에서의 유회(儒會) 때 다시 만났으나, 사람들이 많고 분주하여 회포를 풀지 못하고 돌아왔다. 올해 내가 남쪽지방을 유람하다가 묵동[20]을 거쳐 방문했는데, 혜산이 잠시 니구산[21]에 들어가고 없어, 내 발걸음이 조금 먼저 이르지 못했음을 한스러워하였다. 안타까운 마음으

---

14 혜산옹(蕙山翁) : 이상규(李祥奎, 1846-1922)를 가리킨다. 자는 명뢰(明賚)이며, 혜산은 그의 호이다. 경상남도 고성(固城)에서 출생하였으나 후에 단성 묵곡(墨谷)으로 옮겨 살았다.
15 포산(苞山) : 현 경상북도 달성군 현풍면을 말한다.
16 오모(烏帽) : 은거하는 학자들이 쓰는 검은 색의 모자를 말한다.
17 학창의(鶴氅衣) : 덕망이 높은 선비가 평상시에 입는 포의를 가리킨다.
18 적성(赤城) : 현 경상남도 산청군 단성면을 가리키는 듯하다.
19 이 금오(李金吾) : 금오는 의금부의 관원을 말한다. 이상규는 1885년 의금부 도사에 제수되었으나 나아가지 않았다.
20 묵동(墨洞) : 현 경상남도 산청군 단성 묵곡을 말한다.
21 니구산(尼邱山) : 현 경상남도 산청군 단성면 남사(南泗) 마을에 있는 산 이름이다.

로 우두커니 서서 조망하니 밤나무와 대나무 숲에서 한적한 서숙(書塾)이 보였다.

그의 자제들과 학이재에 올랐다. 그가 지은 시축을 펴보니, 풍격과 운치가 명랑하고 전아하였다. 서재는 '학이재'라 하고, 대는 '풍영대(風詠臺)'라 하고, 다리는 '영귀교(詠歸橋)'라 하였으니, 공자의 제자 증점(曾點)이 기수(沂水) 가에 가서 목욕하고 무우(舞雩)에서 바람을 쐬고 시를 읊조리며 돌아오겠다고 한 그 지취[22]를 깊이 체득하였던 것이다. 진실로 가슴에 터득한 바가 크고 높지 않다면, 시로 표현된 것이 어찌 능히 이와 같겠는가? 읽는 사람으로 하여금 흔쾌히 나태한 마음을 일으켜 세우게 하였다. 유람하고 돌아온 후 각자 그의 시에 차운하여 올렸으니, 애오라지 그날 만나지 못한 회포를 드러낸 것이라 하겠다. 齋是蕙山翁讀書之所也 余十年前 於苞山道中 見一郞官 烏帽鶴氅 容儀休休 鬚髮直而漆 動止中於規 與之話 乃赤城居李金吾 號蕙山 遂偕鑣一日 甚款款及岐 勤囑余一訪之約 後十年 又逢於嵋淵儒會時 以稠海忽忽 未克罄蘊而歸 是歲 因南遊 歷訪墨洞 蕙山俄入尼邱山中 却恨余行之未斯須先也 悵望久之 見書塾瀟灑於栗林竹樹之間 與其子弟 登之 取玩其所著詩軸 風韻鏗鏘典雅 齋曰學而 臺曰風詠 橋曰詠歸 深得沂上風趣 苟非嘐嘐之有得於胸中 發之詩 能如是乎 令人灑然起懶也 歸後 各次其韻 奉呈 聊寫當日未遇之懷云

---

22 공자의……지취 : 『논어(論語)』 「선진(先進)」에 보인다.

느지막이 금오 된 건 옥을 이루려 함이고　　　晚作金吾要玉成
가을 등불 누각에 매다니 서책에 밝아오네.　　秋燈懸閣牙籤鳴
문수[23]가 세차게 흘러 참된 맥락을 찾았고　　汝川混混尋眞脈
뭇 산이 푸르고 푸르러 흠모의 정을 부치네.　凡岳蒼蒼寓慕誠
천하가 비바람 치는 긴 밤 같은 세상이라　　風雨乾坤長夜世
강호에서 세월을 보내는 늙은 서생이라네.　　江湖日月老書生
난간에 올라도 뵈지 않아 괜스레 서글픈데　　登軒不見空怊悵
현포에서 길을 가며 했던 맹약 또렷하구나.　　能記玄圃路上盟

○풍영대 風詠臺

풍영대가 높다란 들녘의 물가에 위치하여　　風詠臺高野渡邊
마음을 상쾌하게 하니 생각이 늠름하도다.　令人灑落思嘐然
적성의 아침 해가 나뭇가지에 일렁거리고　　赤城朝日依依樹
묵동의 봄 구름이 연하 속에 두루 퍼지네.　　墨洞春雲浹浹煙
생기 활발한 솔개는 하늘 끝에 떠서 날고　　氣活鳶從天際泛
기심 없는 갈매기는 물속에서 졸고 있네.　　心淸鷗在水中眠
혜산옹이 품은 지취 그 누가 드러내리오　　蕙翁有志其誰發
홀로 거문고 끌어안고 만년을 보내누나.　　獨抱瑤絃坐晚年

---

23 문수(汝水) : 남사마을을 가로질러 흐르는 시내 이름이다. 사수(泗水)라고도 한다.

○ 영귀교 詠歸橋

봄바람 부는 언덕에서 읊조리다가	詠到春風岸
달빛 비치는 다리 건너 돌아오네.	歸來夜月橋
이 뜻을 알아주는 이 누가 있으랴	有誰知此意
거문고 안고 내일아침도 지나가리.	抱瑟過明朝

○ 도구대 陶邱臺

신안에서 강물을 거슬러 올라가 칠송정에 올랐다가 다시 방향을 바꾸어 서쪽으로 가면 조대(釣臺)가 있다. 옛날 도구 이제신[24] 공이 이곳에 은거하여 낚시질을 하였는데, 후인들이 이곳을 이름하여 도구대라고 하였다. 도구대 아래는 깎아지른 푸른 절벽이고, 그 밑에는 물이 고여 빙빙 돌고 있다. 흰 갈매기 한 쌍이 서로 자맥질을 하는 것이 보였다. 동행한 한 소년이 그 새를 쫓으려 하기에, 내가 저지하며 말하기를 "이 새는 이공이 맹약을 한 벗들이다. 이공은 지금 만날 수 없지만, 그의 벗들을 어찌 함부로 대할 수 있겠는가?"라고 하자, 일행이 모두 크게 웃었다. 自新安溯流 上七松亭 復折而西 有釣臺 昔陶邱李濟臣隱釣於此 後

---

24 이제신(李濟臣) : 1510-1582. 자는 언우(彦遇)이고, 도구는 그의 호이다. 남명 조식의 문인으로, 경상남도 의령(宜寧)에 살았는데, 스승이 만년에 덕산으로 옮겨 살자 가족을 데리고 이곳에 와서 살았다.

人名之日陶邱臺 臺下蒼壁成削 水勢瀠洄 見白鷗一雙對相沈浮 有同行少年
一人 欲打起 余止之曰 此李公結盟之友也 李公今不得見 而其友 其可嫚乎
行中皆大笑之

석양녘에 이공이 낚시하던 곳을 지나가니   斜陽客過古磯頭
사람 떠나고 조대 비어 물만 절로 흐르네.   人去臺空水自流
백구만이 이따금씩 내려앉기를 반복할 뿐   惟有白鷗時復下
주인의 소식을 백구 너는 알고나 있는건지.   主翁消息爾知否

○ 입덕문 入德門

도구대를 따라 서쪽으로 10여 리를 올라가면 양쪽 협곡이 깎아지른 듯
솟아 있고, 소나무와 노송나무가 하늘을 찌를 듯 자라 있다. 큰 바위가
길을 막고 비스듬히 돌출되어 있고, 그곳에 '입덕문(入德門)'이라는 각
자가 있으니, 바로 남명 선생이 직접 쓴 글자로 필법이 매우 강건하였
다. 전하기로는, '입(入)' 자 위의 획이 안을 향하고 있는데, 이는 덕산
에서 흘러내리는 기운을 능히 거두어들인다는 뜻이라고 한다. 대개 '초
학자들이 덕으로 들어가는 문'이라는 뜻으로 이름붙인 것인데, 이 문을
경유해 덕산으로 들어간다. 遵陶邱而西上十餘里 兩峽削立 松檜參天 有
石當路斜出 刻入德門三字 卽冥翁手筆 筆法甚遒健 傳云 入字上畫內向 能
收入德山流泄之氣 盖命義所初學入德之門 而由此入德山也

우뚝하니 높은 입덕문이 있는 산	巖巖德之岳
평탄하고 넓은 입덕문의 문이로세.	坦坦德之門
후인들이 이 문으로 들어왔더니	後人由此入
남명 선생 살던 마을이 그대로라.	冥翁古里存
예나 지금이나 덕산 가는 길이니	古今德山路
그 누군들 이 문으로 들지 않으랴.	幾人入此門
길이 남명 선생 살던 집으로 드니	路入冥翁宅
덕산이 예나 지금이나 그대로라네.	德山古今存

○탁영대가 濯纓臺歌

입덕문이 새겨진 바위 아래 몇 걸음 떨어진 곳에 한 너럭바위가 맑은
시냇가에 임해 있는데, 수십 명이 앉을 수 있다. 바위 위에 뿌리도 없는
소나무가 나서 그곳에 의탁해 튼튼하게 자랐는데 몇 백 년이나 되었는
지 모르니, 또한 기이한 일이다. 남명 선생이 일찍이 이곳에서 갓끈을
씻으셨기 때문에 후인들이 바위에다 '탁영대(濯纓臺)'라고 새겼다. 이
탁영대에 오르니 나도 모르게 기분이 상쾌하여 아래와 같이 노래하였
다. 德巖下數武地 有盤石臨於淸川 可以坐數十人 石上松生無根 托處昂莊
不知幾百年 亦奇事也 冥翁曾濯纓於斯 故後人刻之曰濯纓臺 登此 不覺爽然
發歌

창랑의 물이 맑음이여	滄浪之水淸兮
이 갓끈을 씻을 수 있네.	可以濯斯纓
창랑의 물이 깊음이여	滄浪之水深兮
이 마음을 씻을 수 있네.	可以濯斯心
이 갓끈과 마음을 씻는 줄 뉘라서 알리	濯斯濯斯其誰識
오직 한 덩어리 탁영대만 우뚝 섰구나.	惟有一片臺石高
구름이 나오는 산자락 냇가에 있으니	出雲之端水之側
탁영대여 탁영대여, 그 누가 깔보리오	臺兮臺兮其誰媟
오히려 천추 백대 뒤의 사람들조차도	猶使千秋百世
그 풍모 우러르고 그 절개 흠모하게 하네.	可以仰其風慕其節

○ **수양산** 首陽山

덕산으로 들어가는 입덕문 옆에 우뚝한 산이 있는데, 수양산이라 한
다. 옛날 한 녹사(韓錄事)[25]가 이 산에 은거하여 고사리를 뜯으면서 수
양산에서 굶어죽은 백이(伯夷) · 숙제(叔弟)의 절개를 홀로 지켰다. 그
러므로 수양산이라는 명칭을 얻게 되었다. 한 녹사는 어느 시대 사람
인지 알 수 없고 그의 사적을 듣지도 못하였으니, 한스러워할 만하다.

---

25 한 녹사(韓錄事) : 고려 무신집권 시대에 지리산에 은거한 한유한(韓惟漢)을 말한다. 대비
원 녹사에 제수되었다.

有山峉崒於德山之門曰首陽 昔韓錄事 隱居采薇於此山 而獨守首陽之節 故
得其名 錄事不知何代人 而其事蹟未聞 可恨也

수양산은 만고토록 홀로 청풍을 유지하였으니　　首陽萬古獨淸風
은나라 고사리 먹고 주나라 곡식 먹지 않았네.　　周粟殷薇取舍中
모르겠구나, 그 당시에 한 녹사라는 그 분이　　　不識當年韓錄事
어떤 명분과 지절 있어 백이와 동등해졌는지.　　有何名節伯夷同

○ 고마정 叩馬汀

수양산 밑 사륜동[26] 남쪽에 고마정이 있다. '고마'라는 뜻은 또한 상세
하지 않은데, 모두 한 녹사[27]를 가리켜 말들을 한다. 초야에 전하는 설
에 "한 녹사가 이곳에 은거하였는데, 조정에서 임금이 부르는 명이 내
려왔다. 그러자 한 녹사는 뒷문을 박차고 이 물가로 도망을 갔다고 한
다. 그러므로 '고마정'이라 부르고, 그가 살던 마을을 '사륜동'이라 부르
게 되었다."라고 한다. 지금 생각해 보면, 한 녹사는 고려 조정의 사람
이 결코 아니니, 어찌 말고삐를 잡고서 정벌하지 말라고 간하는 일[28]이

---

26 사륜동(絲綸洞) : 현 경상남도 산청군 시천면 사리를 가리킨다.
27 한 녹사(韓錄事) : 고려 말 지리산에 은거했던 한유한(韓惟漢)을 일컫는다. 조정에서 그에
　게 대비원 녹사(大悲院錄事)를 제수하자 달아나 피했다고 전한다.
28 말고삐를……일 : 중국 주(周)나라 무왕(武王)이 상나라 주왕(紂王)을 정벌하려 하자, 백

있었겠는가? 반드시 일 꾸미기를 좋아하는 자들이 함부로 지어낸 말일 것이다. 首陽之下 絲綸洞南 有叩馬汀 叩馬之義 亦未詳 而皆指錄事言也 野說云 錄事隱於此 自上有召綸 錄事蹴後門 逃去於是汀 故曰叩馬 洞曰絲綸 今考錄事決非麗朝人 則豈有叩馬諫伐之事乎 必好事者之妄稱也

신하가 당당히 말고삐 잡는 건 마땅하고   臣子堂堂叩馬宜
태공은 그때 의로운 사람인줄 알아보았네.   太公當日義人知
고마정은 맹세하고 건넜던 나루가 아니고[29]   此汀不是孟津渡
호사가들이 함부로 지어낸 것일 뿐이로다.   好事東人妄號爲

○ 산천재 山天齋

남명 선생이 독서하던 곳이니, 대개 『주역(周易)』「대축괘(大畜卦)」의 뜻을 취하였다. 선생이 살아계실 당시에 단청을 칠하였고, 그 뒤 중수할 적에도 예전처럼 단청 칠을 하였다. 벽면의 다락 속에 공자와 두 정

이와 숙제가 앞에 나아가 말고삐를 잡고서 정벌하지 말라고 간언한 것을 말한다. 여기서는 '고마정'이라는 이름이 백이와 숙제의 고사에서 나온 것이므로, 그와 유사한 고사가 한유한에게도 있어야 하는데, 그렇지 않기 때문에 저자가 의구심을 드러낸 것이다.

29 맹세하고……아니고 : 원문의 '맹진(孟津)'은 옛날 황하의 나루 이름이다. 주나라 무왕이 이곳에서 제후들과 맹세하고 황하를 건넜다고 하여 '맹진(盟津)'이라 하였는데, 후에 '맹진(孟津)'으로 와전되었다. 여기서는 한유한과 관련하여 그런 맹세 등이 전혀 없었다는 의미로 쓰였다.

자(程子)[30] 및 주자(朱子)의 초상을 봉안해 두고서, 남명 선생은 항상 이 분들을 우러러 보며 배알하였다. 지금도 여전히 그 분들의 초상을 모셔두고 있다. 南冥先生讀書之所 盖取易大畜之義也 當時施以丹雘 其後 修葺者 亦依舊施之也 壁龕奉孔子兩程朱子眞像 而先生常瞻拜於是 至今猶 奠之

남명 선생 그 당시에 이곳에서 독서하였지　　　　　　先生當日讀於斯
『주역』한 괘에서 집 이름 취한 줄 알겠네.　　　　　　一部易中用義知
천 길 절벽 같은 기상을 일삼아 숭상한 건　　　　　　壁立千尋蠱尚氣
만 겹 두류산에 깊이 은거할 때의 일이라.　　　　　　頭流萬疊遯肥時
세심정은 공자의 계사전[31]에서 얻은 것이고　　　　　　洗心亭自尼辭得
정이문[32]은 단전과 상전에서 연역한 것이라.　　　　　　貞利門從彖象推
대축괘 이치 담은 산천재를 완상하노라니　　　　　　靜玩山天涵畜理
시내 가득 밝은 달이 난간 끝에 떠오르네.　　　　　　滿川明月上欄眉

---

30 두 정자(程子) : 중국 송나라 때 학자인 명도(明道) 정호(程顥)와 이천(伊川) 정이(程頤)
　　를 가리킨다. 주희(朱熹)의 스승이다.
31 계사전(繫辭傳) : 『주역』의 괘사(卦辭)와 효사(爻辭)의 뜻을 총괄하여 설명한 글로, 공자
　　가 지었다고 전한다.
32 정이문(貞利門) : 산천재의 문 이름인 듯하나 자세치 않다.

○ 덕산서원의 터 德山書院遺墟

덕산서원은 남명 선생을 주벽으로 모시고, 최수우당[33]을 배향하고 있다. 30년 전에 내가 이 서원을 지나갔는데, 그때 막 훼철을 당하여 동재만 남아 있고 서재는 반쯤 무너졌으며, 담장은 모두 삼강오륜의 형상으로 만들어져 있었으니, 아련히 그 모습을 기억할 수 있다. 지금은 토규(兎葵)와 연맥(燕麥)[34]만 보이고 한눈에도 처량하게 느껴져서, 다시는 옛날의 그 모습을 찾아볼 수 없다. 옛날 우리 의암 선조[35]께서 삼산서원(三山書院)[36]의 모습을 그림으로 그려 대청에 걸어두고 아침저녁으로 우러러 보며 사모하셨는데, 덕산서원도 그 중 하나였다. 이제 의지해 볼 수 있는 것은 그 그림뿐이다. 院是南冥先生主壁 而以崔守愚堂配享也 三十年前 余過是院 時當新掇 惟有東廂 西廡半頹半立 垣墻則皆築以三綱五常 依然可記 今見兎葵燕麥 一望蒼凉 無復舊時形影 昔我宜庵先祖模畵三山院宇 揭於中堂 朝夕瞻慕之 德山其一也 可憑者只此耳

---

33 최수우당(崔守愚堂) : 최영경(崔永慶, 1529-1590)을 말한다. 수우당은 그의 호이다.

34 토규(兎葵)와 연맥(燕麥) : 들녘에서 자라는 잡초와 보리를 말한다. 중국 당나라 때 유우석(劉禹錫)의 「재유현도관절구(再遊玄都觀絶句)」의 해설에 보이는 말로, 옛날의 화려한 문물이 모두 폐허가 되어 황량하게 잡초와 보리만이 우거진 처량한 전경을 대표하는 말로 쓰인다.

35 의암 선조 : 의암(宜庵)은 안덕문(安德文, 1747-1811)의 호이다. 현 경상남도 의령군 부림면 입산리 설뫼에 살았다. 안익제는 안덕문의 현손(玄孫)이다.

36 삼산서원(三山書院) : 이언적(李彦迪)을 모신 옥산서원(玉山書院), 이황(李滉)을 모신 도산서원(陶山書院), 조식(曺植)을 모신 덕산서원(德山書院)을 말한다. 덕산서원은 현 덕천서원을 가리킨다.

삼십 년 사이 뽕나무밭이 벽해가 되었으니	三十年間已海桑
그 뒤의 서원 모습은 배나 더 황량해졌구나.	伊來物色倍荒凉
삼강오륜의 담장은 토규 무성한 들판 되고	綱常垣作兎葵野
제사 지내던 곳은 사슴 뛰노는 마당 되었네.	俎豆墟爲鹿唾場
손수 심으신 은행나무만 예전처럼 남았는데	手植杏亭依舊在
두류산 산색은 지금까지도 푸르기만 하구나.	頭流山色抵今蒼
선조 의암공께서 이 서원 그려서 걸어두셨지	先祖宜庵移畵揭
그대들 돌아가면 우리 집 마루에 와 보시게.	請君歸玩我家堂

○ 세심정 洗心亭

덕산서원 앞에 한 정자가 시냇가에 임해 있는데, 툭 트이고 시원해 구경할 만하다. 『주역』「계사전」에 "성인이 이로써 마음을 씻어, 물러나 은밀한 데에 간직한다."고 하였는데, 운봉호씨(雲峰胡氏)[37]는 해석하기를 "성인의 마음은 한 점의 티끌도 없기 때문에 무사하면 물러나 은밀한 데에 간직하여 그 경계를 살필 수 없다."라고 하였다. 대개 남명 선생이 물러나 은거하고 계실 적에 특별히 이 뜻을 취해 정자의 이름을 삼았다. 지금까지 수백 년의 세월이 지났건만 청풍이 여전히 시원하여 사람들로 하여금 이 정자에 오르면 속세의 생각을 문득 잊게 하며, 찌

---

[37] 운봉호씨(雲峰胡氏) : 중국 원나라 때 학자 호병문(胡炳文, 1250-1333)을 가리킨다.

꺼기가 깨끗이 정화되어 본원이 청정하게 된다. 현판에 일찍이 원시(原詩)가 있었는데, 의암공도 차운하셨다. 공경히 그 원시를 읽으면서 옛일을 느껴워하는 마음을 이길 수 없었다. 院前有亭 臨於川上 通暢可觀 繫辭云 聖人以此洗心 退藏於密 胡雲峰解之曰 聖人之心 無一點塵累 故無事則退藏於密 莫窺其際 盖先生退藏之時 特取諸此而爲亭者也 至今數百載 淸風猶灑然 使人登是亭 頓忘塵世之想 而渣滓淨盡 本源澄澈也 板上曾有本韻 而宜庵公亦次之 敬讀不勝感舊之懷

맑은 바람 지금도 여전히 엄연한데	淸風今尙凜
선생을 모시던 문하생에게 있어서랴.	況及先生門
세심정은 허령한 기상을 받아들이고	亭納虛靈氣
강물은 활발한 근원을 머금고 있네.	江涵活潑源
능히 일곱 구멍을 밝게 살피셨으니	能令七竅洞
티끌 한 톨이라도 남아 있게 했으랴.	肯許一塵存
이곳에서 항상 살아가는 사람들도	此地常居子
가슴속에 번뇌가 있는지 모르겠네.	不知胸裡煩

○ 수홍교 垂虹橋

서원 남쪽 3리쯤에 바위가 길을 가로막고 있는데, 둥글면서도 평평하였다. 그 바위에 '수홍교'라고 새겨져 있으니, 어느 시대에 이 다리를 놓았는지 모르겠다. 지금은 다리가 없어졌다. 대개 남명 선생의 도가 성대했던 시절에는 이 길을 따라 왕래하는 자들이 모두 다리를 수선해 수레와 말이 가득하여 그 길이 평탄했다. 그런데 지금은 큰 길에서 주저주저하며 허물어져 잡초만 무성한 것을 볼 뿐이니, 누가 다시 혼미한 이 길을 가리켜 보여주어 물에 빠지는 근심을 면하게 해줄까? 옛날 맹자께서 정(鄭)나라 자산(子産)에 대해 평하시기를 "은혜롭지만 정치를 할 줄 모르는 사람이다."[38]라고 하신 것이 바로 이런 경우이다. 아! 자산은 한갓 참마(驂馬)를 풀어 사람들을 건네주는 것만 알았을 뿐, 다리를 놓아 사람들이 강을 건너기에 편리하도록 할 줄은 몰랐으니, 그 은혜가 적었던 것이다. 다리를 놓는 일 또한 왕도정치의 한 가지 일이다. 그러니 정치를 하는 자는 이 점을 살피지 않으면 안 된다. 院南三里許 有石當路 圓而平 其面刻垂虹橋 不知何時起此橋 而今已廢矣 盖先生之道盛時 從此往來者 皆修築而輪軼塡湊 坦坦其路矣 今見跛跛周道 鞠爲茂草 誰復指示迷路 俾免沈溺之患 昔夫子謂子産惠而不知爲政者 此也 噫 子産徒知脫驂以濟人 而不知橋梁以便人 其惠少哉 橋杠亦王政之一事 爲政者 不可不察也

두 골짝 안에 성대한 시내 흐르는데　　　　　兩峽中開一水盈
어느 해에 수홍교란 이름이 생겼는지.　　　　何年創立此橋名

---

38 은혜롭지만……사람이다 : 『맹자(孟子)』「이루 하(離婁下)」에 보인다.

긴 무지개는 끊어져 소식조차 없으니   長虹已斷無消息
그 누가 또 이 길로 가라고 알려줄까.   誰復指南是路行

○공전 公田

덕산서원 남쪽으로 시천을 따라 올라가면 한 구역이 열려 있다. 시내
의 왼쪽 마을을 내공(內公)이라 하고, 시내의 오른쪽 마을을 외공(外
公)이라 한다. 본디 황폐했던 곳인데, 내평마을의 전주이씨 몇 집이 거
주한 후로 인문(人文)이 비로소 열리고, 동네 풍속이 아름답게 변하였
다. 바로 내 처가가 있는 곳으로, 이인하-찬중-는 내 처남이다. 그는 순박
하고 단아하여 고가(古家)의 품격을 지니고 있다. 사람들이 그를 보면
모두 칭찬해 마지않는다. 내가 이 마을에 출입한 것이 지금 34년이나
되었다. 산천과 꽃과 새들이 모두 낯설지 않으며, 중년에는 이곳에 우
거한 적도 있다. 노소상하가 모두 다정하게 대해 주어, 한 고을에 사는
우의와 같은 점이 있었다. 그런데 근래에는 태반이 쇠락하여 남아 있
는 집이 거의 없다. 지난 일을 추급해 생각하니, 하나하나 슬퍼할 만하
다. 남천 이치수,³⁹ 소려 장덕교⁴⁰는 문장이 화려하고 명망이 있어 일찍

---

39 이치수(李致綏) : 현 경상남도 산청군 단성면 남사마을에 살던 이도묵(李道默, 1843-
1916)을 말한다. 치수는 그의 자이고, 남천은 그의 호이다.
40 장덕교(張德喬) : 장기상(張箕相)을 말한다. 덕교는 그의 자이고, 소려는 호이다. 경상북
도 칠곡에 살았다.

이 매우 우러렀었는데, 우리 일행을 좇아 이곳까지 왔으니 그 기쁨을 알 만하다. 自院南 遵矢川而上 開一區 川之左曰內公 右曰外公 本天荒之地 內坪全州李氏數家居後 人文始闢 洞風亦美 卽余委禽之門 而李仁夏-贊仲-爲婦弟也 其人淳雅 有古家風味 見皆稱奬不已 余自出入是洞 今三十四年 山川花鳥 皆所慣面 而中年又移寓於此 老少上下 咸輸其情 有若幷州之誼 今來太半凋落 存者無幾 追念往事 歷歷可悲也 南川李致綏·小旅張德喬 其文華聲望 曾所艶仰 而追行至此 其喜可知也

길을 떠나 심산에 들어서니 또 산이로다	行到深山更有山
누구도 감당 못할 그 관문 어찌 오르랴.	那登萬莫一當關
풍광은 옛날의 모습과 비슷한 듯하지만	風光似去依俙際
사람 일은 꿈속의 일인 듯 어지럽구나.	人事由來夢寐間
동쪽 침상에서 배를 들춘 일[41] 역력한데	歷歷東床曾坦腹
관대한 남천어른 여기 와서야 환해졌네.	休休南老此開顔
맑은 강 밝은 달은 지금도 그대로여서	淸江明月今猶在
내 외로움 위로하여 밤새 함께 하였네.	慰我孤懷夜與還

---

41 배를……일 : 중국 동진(東晉)의 치감(郗鑒)이 왕도(王導)의 집안에서 사윗감을 고르려고 문생을 보냈는데, 다른 사람은 다소곳이 앉아 있었지만 왕희지(王羲之)는 동쪽 침상에 배를 드러내고 누워있었다. 그래서 그를 사윗감으로 택하였다고 한다. 여기서는 안익제가 전주이씨 문중의 사위가 된 것을 가리킨다.

○ 시천을 지나는 도중에 지은 연구 矢川道中聯句

지리산 덕산의 가을 구월 어느 날	德山秋九月
멀리서 온 나그네 공전촌을 지나네.	遠客過公田

   -이는 춘관(春觀)[42]이 지었다.

구름 속 햇빛이 나무 틈새로 비추고	雲日穿林隙
지팡이와 짚신 신고 동천에 들어왔네.	筇鞋入洞天

   -이는 남천(南川)이 지었다.

시냇물 흘러서 길이 끊어진 듯하고	溪流疑路斷
절벽이 우뚝하여 다리를 이어 놨네.	壁立有橋連

   -이는 소려(小旅)가 지었다.

지리산의 높은 봉우리는 두 개이고	智異峯頭兩
미타전의 부처는 손이 천 개라네.	彌庵佛手千

   -이는 소농(素農)[43]이 지었다.

바위는 노승의 모습으로 우뚝하고	石高老釋像
대숲은 마을의 저녁연기로 푸르네.	竹翠晚村烟

   -이는 진하(鎭夏)[44]가 지었다.

---

42 춘관(春觀) : 장석신(張錫藎, 1841-1923)을 가리킨다. 자는 순명(舜鳴), 본관은 인동(仁同) 이고, 호는 춘관 외에 과재(果齋)가 있다. 경상북도 칠곡에 살았다. 부친은 장시표(張時杓)이고, 족대부인 장복추(張福樞)의 문하에서 수학하였다.

43 소농(素農) : 안익제(安益濟, 1850-1909)의 호이다. 경상남도 의령군 부림면 입산리 설뫼 에 살았다.

느린 걸음으로 말이 뒤를 따르는데	倦策馬隨後

밥을 지으라고 노복을 먼저 보내네.	催炊僕送前

　　-이는 충제(忠濟)⁴⁵가 지었다.

어른들 모시고 따라다닌 며칠 동안	陪從知幾日

담소하며 웃는 사이 나이를 잊었네.	談笑便忘年

　　-이는 희제(熙濟)⁴⁶가 지었다.

풀숲 헤치며 실낱같은 길을 찾았고	披草路如織

쑥대로 엮은 집은 마치 배와 같았네.	編蓬屋似船

　　-이는 춘관이 지었다.

나그네 마음은 월나라의 새를 벗고	羈心隣越鳥

돌아갈 생각은 파촉 두견새를 본받네.	歸意效巴鵑

　　-이는 남천이 지었다.

하얀 국화는 마을 너머 밝게 피었고	白菊明村遙

노란 국화는 들녘 언덕에 덮여 있네.	黃花覆野阡

　　-이는 소려가 지었다.

농염한 술은 얼굴을 붉게 물들이고	樽濃紅射臉

우뚝한 산은 어깨에 비취빛 생기네.	山聳翠生肩

---

44 진하(鎭夏) : 안익제의 「두류록」에 의하면, 유진하(劉鎭夏)를 가리킨다.

45 충제(忠濟) : 의령에 살던 안충제(安忠濟)를 가리킨다.

46 희제(熙濟) : 의령에 살던 안희제(安熙濟, 1885-1943)를 가리킨다.

-이는 소농이 지었다.

외로운 학은 고운동으로 돌아가고　　　　　　孤鶴歸雲洞

한 필의 노새는 시천을 건넜도다.　　　　　　匹驢度矢川

　　-이는 성(聖)⁴⁷이 지었다.

오늘 아침 함께 객사를 출발하면　　　　　　今朝同發客

내일은 신선세계 오를 수 있으리.　　　　　　明日可登仙

　　-이는 군(君)⁴⁸이 지었다.

낙엽 진 숲으로 사람이 걸어가니　　　　　　木落人行際

맑은 가을 기러기 찾아 다가오네.　　　　　　秋晴鴈到邊

　　-이는 태(泰)⁴⁹가 지었다.

시냇물 흘러가니 비파를 울리는 듯　　　　　澗流憂管瑟

넝쿨이 휘어지니 그네처럼 치렁치렁　　　　　藤蔓鞞鞦韆

　　-이는 춘관이 지었다.

풍성한 들녘엔 가을걷이로 흥겹고　　　　　　穡事歌豊野

걸쭉한 술잔의 정은 현인과도 같네.　　　　　盃情濁比賢

　　-이는 남천이 지었다.

많이 힘들어 자주 지팡이에 기대고　　　　　多勞頻倚杖

---

47 성(聖) : 안익제의 「두류록」에 의하면, 유성남(劉聖南)을 가리키는 듯하다.
48 군(君) : 안익제의 「두류록」에 의하면 군오(君五)인 듯한데, 군오는 권재규(權載奎,
　　1870-1952)의 자(字)이다.
49 태(泰) : 안익제의 「두류록」에 의하면 태약(泰若)을 가리키는데, 태약은 안희제의 자이다.

갈증 나면 황급히 샘물로 달려갔네.　　　　　　臨渴急奔泉
　　-이는 소려가 지었다.

노나라가 작다 여기신 공자의 조망[50]　　　　魯少宣尼眺
촉도의 험난함을 읊었던 이백의 시.[51]　　　蜀難李白篇
　　-이는 소농이 지었다.

두류산은 몇 겹이나 겹쳐져 있는지　　　　　頭流縈幾疊
신선 되어 일월성신까지 날아오르리.　　　　羽化登三玄
　　-이는 성이 지었다.

운무 걷히자 뭇 봉우리들 드러나고　　　　　霧罷群峯出
바위 뚫려 외길이 가파르게 나 있네.　　　　巖虛一路懸
　　-이는 군이 지었다.

닥나무 덮인 언덕에 흙은 얇기만 한데　　　楮原土面薄
단 위의 바위에는 나무뿌리 견고하네.　　　壇石木根堅
　　-이는 태가 지었다.

마을 모양대로 남기가 나무에 걸렸고　　　村樣嵐依樹
주점노파는 서리 내려도 솜옷이 없네.　　　店婆霜不綿
　　-이는 춘관이 지었다.

---

50 노나라가⋯⋯조망 : 『맹자(孟子)』 「진심 상(盡心上)」에 보이는 말로, 공자가 노나라 동산
(東山)에 올라 노나라를 작게 여기시고, 태산(泰山)에 올라가서 천하를 작게 여기셨다는
내용이다.

51 촉도⋯⋯시 : 중국 당나라 시인 이백(李白)이 지은 「촉도난(蜀道難)」을 가리킨다.

차가운 모래사장은 백로의 발자취를 꺼리고　　　　　　寒沙嫌鷺迹
어지러운 낙엽이 날아가는 기러기와 짝하네.　　　　　　亂葉伴鴻翩

　　-이는 남천이 지었다.

세상사 시비는 모두 잊기로 하고　　　　　　　　　　是非都付忘
영광과 치욕도 전하지 말자꾸나.　　　　　　　　　　榮辱莫相傳

　　-이는 소려가 지었다.

평탄과 험함은 시세 따라 적절하게　　　　　　　　　夷險隨時適
가고 쉬는 것도 내 편의대로 하리.　　　　　　　　　行休任自便

　　-이는 소농이 지었다.

우리 함께 손잡고 가는 것이 좋구나　　　　　　　　好我同携手
힘쓰시게 여러분, 맹렬히 채찍 가하듯.　　　　　　　勉君猛加鞭

　　-이는 성이 지었다.

정상에 올라서면 피곤도 없어지나니　　　　　　　　登臨無或倦
잡고서 오르는 것도 인연이 있다네.　　　　　　　　攀躋有奇緣

　　-이는 군이 지었다.

방장산은 그림에서나 봄 직한 경관　　　　　　　　方丈畵中境
한 폭의 온전한 그림 담아 간다네.　　　　　　　　輸來一幅全

　　-이는 태가 지었다.

○ 중산동의 천대 中山洞 天臺

동당촌[52]에서 시내를 따라 올라가면 지세가 점점 높아지다가 평평하게 넓은 곳이 나타나는데, 봉우리가 몇 층이나 되는지 모른다. 중산리에서 3리쯤 되는 거리에 반석이 있는데, 용추 가에 있다. 일을 꾸미길 좋아하는 사람들이 먹으로 그곳에 '중산동 천대(中山洞天臺)'라고 써 놓았다. 그런데 애석하게도 전해지던 명칭이 없어지고, 물은 넘치고 먹으로 쓴 글씨조차 없어졌으니, 지금은 단지 하나의 우뚝한 바위만 있을 따름이다.
自東堂村 緣溪而上 地勢漸高 視平衍處 不知幾層峯頭 去中三里許 有盤石
臥於龍湫上 好事者以墨書之曰中山洞天臺 惜乎 其無所傳之名 而水溢墨磨
則只一塊石而已

맑은 시내 하얀 반석 중산동 천대에선   清川白石洞天臺
가슴속 회포 서늘하고 시야도 환해지네.   胸抱冷冷眼忽開
천 년 된 늙은 용이 그 아래 사는 것은   千歲老驪其下在
여의주 품고 문장가 오기를 기다려서라.   藏珠爲待文章來

○ 문장대 文章臺

중산리에서 응봉을 넘다가 중간에 비바람을 만났다. 잠시 큰 바위 구멍

으로 피신하여 낙엽을 주워 불을 지피고 술을 데워 마시며 추위를 달랬다. 그리고 곧장 문장대로 올라갔는데, 비가 주룩주룩 내려 올라가며 구경할 수가 없었다. 문장대 밑을 지나 벽계사로 들어갔다. 벽계사는 문장대와 마주하고 있었다. 바위 모서리가 구름 위로 삐죽 솟아 있으며, 높이는 수십 길이나 되고, 둘레는 수십 아름이나 되었다. 전하는 말에 "옛날 최 아찬(崔阿湌)[53]이 그 위에 올라가 노닐 때 활을 당겨 쏘면서 놀았다. 문장대에서 5리 되는 곳의 한 바위 위에 과녁을 세웠던 구멍이 있다. 또 문장대 위에는 감로수가 있는데, 바위틈에서 흘러나와 고인다. 장마가 져도 그 물이 넘치지 않고, 가뭄이 들어도 마르지 않는다. 그 물을 마시면 수명을 연장할 수 있다."라고 한다. 아! 이 감로수가 과연 신령한 효험이 있는 것일까. 여러 고을의 수령들은 반드시 먼저 이 물을 길어가고, 또 조정에까지 올려 보내, 역(驛)에서 역으로 전해 가며 수송한다. 그래서 이 벽계사는 사람들의 발길이 끊이지 않는 번화하고 소란스런 곳이 되어버렸다. 어찌 이처럼 영락하게 되었단 말인가? 그 물이 영험하다는 설은 참으로 믿을 것이 못 되니, 이곳은 또한 하나의 기이한 경관일 뿐이다. 自中山 踰鷹峯 中路遇風雨 暫避於巨巖穴 取落葉爇火 煮酒禦寒 直上臺前 雨下如注 不可登覽 過臺而入碧溪寺 寺與臺相對也 巖角削出雲宵 高數十丈 圍數十抱 昔崔阿湌盤遊於其上 彎弓以爲戲 越五里 一石上有鵠布所竪穴 臺上有甘露水 渟滀於石竇 潦不可溢 旱不至涸

飲之 可使延年云 噫 是水果有靈效 州牧郡宰 必先取飲 又上達於朝 陞運傳
輸 此地爲繁華熱界矣 何至冷落如是耶 其說固不可信 而亦一奇觀也

금빛 연꽃처럼 우뚝 솟은 옥대가 있는데	金芙削出玉臺成
이는 분명 문창후가 떠난 뒤의 이름이리.	此必文章去後名
그 위에 천 년 된 감로수가 흘러나오니	上有千年甘露水
수명 연장시킨다고 사람을 탄식케 하네.	令人一呻可延生

○ 벽계암 碧溪庵

벽계암은 상봉으로 가는 길의 3/4쯤 오른 곳에 있는데, 고찰이 이미 폐
허가 되었다. 그래서 젊어 이 산에 올랐을 적에는 묵을 만한 곳이 없어
명승을 구경하기 위한 침구를 준비해야 했고, 그 때문에 용력이 많이
들었다. 그런데 일단 이 암자가 창건된 뒤로는 정상에 올라 구경하는
것이 편리해졌다. 청송(青松) 정운필(鄭雲弼)이 창건하였다. 시야가
툭 트여 고성의 와룡산, 남해의 금산, 연화도·욕지도·대마도·살마
도 등의 섬을 모두 손가락으로 가리키며 확인할 수 있었다. '이 곳 말고
별천지 어디에 있으랴[除是人間別有天]'[54]라고 한 시구의 운자를 나누

---

54 이……있으랴 : 이 시구는 중국 송나라 주희(朱熹)의 「무이도가(武夷櫂歌)」 제10수의 마
지막 구절이다.

어 고시 한 편씩을 지었다. 庵在上峯四之一 古寺已墟矣 中年上山者 無可
倚之所 而辦得濟勝之具 用力甚多 一自是庵之創 便於登覽 鄭靑松雲弼所建
也 放眼遐矚 若固城之臥龍 南海之錦山 蓮花浴池對馬蓬麻等島 皆可指點
而知也 以除是人間別有天分韻 賦古詩一篇

예전부터 방장산이 높다고 들었으나	昔聞方丈高
오늘에야 비로소 방장산에 올랐다네.	今上方丈山
한 덩어리 혼돈한 일원의 태초 모습	混沌一元初
신의 도끼로 솜씨 있게 깎아 놓았네.	神斧巧劈刖
우뚝한 바위는 문창후가 노닌 문장대	石擎文章臺
빼어난 봉우리는 옥녀의 쪽찐 머리채.	峯秀玉女鬟
하늘과 땅이 무한히 큰 게 아니라면	若無乾坤大
그 사이 이 큰 산을 실을 수 없으리.	不能載兩間
위로는 밤하늘의 별을 딸 수도 있고	上可摘星辰
아래로는 푸른 바다 굽어볼 수 있네.	下可俯滄灣
넓고 큰 데다 이리저리 얽혀 있어서	磅礴復繆轕
신령하고 기이함을 오래 숨겨 두었네.	靈異久秘慳
그것이 사람에게 모이면 걸출한 이요	鍾人爲魁傑
물산을 낳으면 지초 난초 같이 되네.	産物爲芝蘭
직방씨[55]가 빠짐없이 기록해 두었기에	職方漏不記
그 이름이 삼신산 반열에 들게 되었네.	名列三神班
구름은 두 마리 닭의 등을 감싸 안고[56]	雲藏雙鷄背

서리는 여섯 자라의 민둥머리를 치네.[57]　　　　　　霜打六鼇鬢

진시황의 정사는 요사한 설을 숭상해　　　　　　　　呂政崇妖說

만 리가 텅 비도록 돌아가서 숨었네.　　　　　　　　萬里空往還

한나라 때 여섯 세대의 황제들은　　　　　　　　　　漢家六葉皇

분수의 관문에서 눈물을 떨구었네.[58]　　　　　　淚下汾水關

고금에 부질없이 힘을 낭비하니,　　　　　　　　　　古今徒費力

선약이 어찌 인간 세상에 있으랴.　　　　　　　　　　仙豈在人寰

미수[59] 허옹과 의암 선조께서는　　　　　　　　眉翁與宜翁

당시 그윽하고 한가한 이곳 좋아했지.　　　　　　　當年愛幽閒

도의 언덕이 이곳에 있는 줄 알기에　　　　　　　　道岸知在此

후인들이 우러르며 이 산에 오른다네.　　　　　　　後人仰躋攀

아래로부터 배우면 반드시 상달하리니　　　　　　　下學必上達

높은 곳에 오르기 어렵다 말하지 말게.　　　　　　　休說登高艱

---

55 직방씨(職方氏) : 고대 각 방면을 담당하던 관직의 명칭이다.

56 구름은……안고 : 자세치 않다.

57 서리는……치네 : 바다의 여섯 자라가 삼신산을 머리에 이고 있다고 전한다. 용백국(龍伯國)의 거인이 이 자라를 낚시 한 번으로 낚았는데, 이백(李白)이 이를 노래한 시에 "여섯 자라 죽은 뼈에 서리가 내렸으니, 삼신산은 흘러가 어디에 있는가."라고 하였다.

58 한나라……떨구었네 : 이는 한나라 6대 황제가 진시황처럼 사신을 보내 불사약을 구하게 했는데, 구하지 못하여 눈물을 떨구었다는 말인 듯하다. 분수(汾水)는 남강을 가리키는데, 어디에서 연유한 고사인지는 자세치 않다.

59 미수(眉叟) : 허목(許穆, 1595-1682)을 가리킨다. 허목이 지리산을 유람했기 때문에 그렇게 말한 것이다.

방장산 그 이름 온 세상에 높기도 하지　　　　方丈山名天下高
그 안에는 안온하여 신선 사는 곳 많네.　　　其中綽約多仙居
청학동 안에는 구름이 물과 같이 흐르고　　　青鶴洞裏雲如水
높이 뜬 달이 밝아서 옥 두꺼비 보이네.　　　閬月晶晶玉蟾蜍
속세에서 골몰하며 살아 온 오십여 년　　　　汩沒科臼五十年
이번 산행 계획한 지 십여 년이 되었네.　　　此行料理十年餘
낙엽 진 구월에 길 떠나 옷깃 싸늘한데　　　九月木落征袍冷
전대 짊어진 동복이 노새 한 마리 끄네.　　　奚童背囊携一驢
강남 지역 좋은 누대 두루 다 구경하고　　　歷盡江南好樓臺
하염없이 걸어서 중산 마을에 이르렀네.　　　滾滾來到中山閭
겨우 오 리를 가자 신선녀들이 나타나서　　　纔行五里神仙蹟
이 몸이 표표히 하늘로 날아오르는 듯.　　　此身已覺飄飄如
반쯤 오르니 차가운 비 억수 같이 내려　　　半嶺寒雨注如瀑
온산이 요동치고 냇물 콸콸 흘러내리네.　　　萬山掀動喧川渠
지팡이 놓고 신발 동여매어 몸은 가볍게　　　挺節萲屬貼身輕
숨을 몰아쉬고 넘어지며 더 위로 올랐네.　　　仰脅俯躓登彼岨
벽계암 위에는 저녁안개가 피어오르고　　　碧溪庵上夕烟起
염불 끝낸 파리한 승려 목어를 두드리네.　　　殘僧偈罷鳴木魚
눈 밑의 수많은 산 개미두둑처럼 보이고　　　眼底群山壤垤細
푸른 바다 가물가물 멀리 운무가 끼었네.　　　滄海茫茫雲煙嘘
술 단지 속 백주에 당귀로 안주를 삼으니　　　瓦樽白酒當歸肴
단풍처럼 붉은 얼굴 온몸에 온기 퍼지네.　　　丹楓醺面胸氣紆

밤새 신선을 기다리나 선인은 오지 않고 竟夜待仙仙不至
세상사가 황당하게도 꿈속에서 맴돌았네. 世事荒唐夢遽遽
삼신산의 불로초는 끝내 그 누가 캤을까 三山藥草竟誰采
처량히 허연 머리카락 부질없이 쓰다듬네. 白髮霜凄空自梳
내 신선을 못 봤으나 어찌 신선이 없으리 我不見仙仙豈無
방장산이란 명칭은 응당 헛되지 않으리라. 方丈之名應不虛
천상의 참된 신선 어찌 구할 필요 있으랴 天上眞仙不須求
이 세상에도 고인들의 유허지가 남았는데. 天下古人有遺墟
삼장원[60]을 배출한 삼장봉과 악양정[61]이여 三壯元峯岳陽亭
여러 현인 배출하여 맑은 기운 머금었구나. 孕出群賢淑氣儲
천 길 봉우리 위에 옥 하나를 더 올렸다던[62] 千仞峯頭冠一玉
남명 선생의 문장이 옥처럼 찬란히 빛나네. 冥老文章放瓊琚
천 길 절벽처럼 삼백 년을 우뚝하게 서서 巖巖壁立三百載
소미성 정기가 남명 처사 집에 다 모였네. 少微精收處士廬
불일암 앞의 높은 대는 어디가 그곳인지 佛日臺高何處是

---

60 삼장원(三壯元) : 현 경상남도 하동군 옥종면 정수리에 살던 조선전기 지족당(知足堂) 조지서(趙之瑞, 1454~1504)를 가리킨다.

61 악양정(岳陽亭) : 현 경상남도 하동군 화개면 덕은리에 있는데, 이곳에서 일두(一蠹) 정여창(鄭汝昌, 1450~1504)이 독서하였다.

62 천……올렸다던 : 조식(曹植)의 「유두류록(遊頭流錄)」에 보이는 문구로, 산수의 아름다움을 구경한 것보다 유람 도중 한유한(韓惟漢)·정여창·조지서 세 군자를 만난 것이 더 소중하였다는 뜻으로 한 말이다.

연천의 미수 선생 수레타고 와 구경했네.[63]　　漣上長眉花外車
눈길 닿는 대로 천만 겹 봉우리 다 보고　　　　放眼看盡千萬疊
지초 난초 잔뜩 캐 향기가 옷깃에 스몄네.　　采采芝蘭薰襲裾
내 신선은 영원히 죽지 않는다 들었으나　　　　我聞神仙長不死
사람은 죽지 않고 세상에 명예를 남기지.　　　人能不死垂名譽
이 산은 영원히 사람을 어기지 않으리라　　　此山不騫人不朽
만고에 다함이 없는 까마득한 이 땅이여.　　　萬古無盡茫堪輿
태산 정상에선 천하도 작게 보인다 하니　　　泰山頂上天下少
세상 끝이 비록 머나 모두 뜰처럼 보이네.　　八荒雖遠皆庭除
노력하여 오르면 기이한 경관이 있으리니　　努力躋攀有奇觀
청컨대 그대들 도중에 주저하지 마시게나.　　請君半途莫躑躅
나의 이 방장산 노래는 맑고 아름다운데　　　方丈山歌淸且都
하늘바람 솔솔 불어 가을 등불 희미하네.　　天風籟籟秋燈疎
방장산 신선을 여기서 만나볼 수 없으니　　方丈神仙不可見
돌아가 처음 본성 회복하는 것만 못하리.　　不如歸去遂復初

---

63 연천의……구경했네 : 허목은 경기도 연천 출신으로, 1640년 9월 지리산 청학동을 유람하
　　고 「지리산청학동기(智異山靑鶴洞記)」를 지었다.

○ 일관대 日觀臺

천왕봉 위에 일관대가 있는데, 비바람이 방해하여 올라가 볼 수 없었다. 사람들이 하는 말에 "그 위는 너무 추워 초목이 자라지 않으며, 팔월에도 눈과 서리가 내릴 때가 있다. 바위벽에 의지해 담장을 쌓아 일출을 구경하는 장소로 만들었다. 서북쪽은 산으로 막혀 있고, 동남쪽은 바다가 훤히 보이도록 끝없이 넓다. 일출을 볼 때에는 붉은 구름과 누런 연하가 드리워 황홀하고도 매우 괴이한데, 마치 도르래로 끌어올리듯 순식간에 해가 솟아오른다. 크기는 소반만한데 그 냉기가 사람에게까지 엄습하니, 또한 기이한 현상이다. 서해로 해가 질 적에는 돌을 물에 던지듯 눈 깜빡할 사이에 빛이 없어져서 끝까지 볼 수가 없다. 해가 지는 것이 그림자조차 없어지는 것 같으니, 온 세상이 어두워지고 지척을 분변할 수 없어 돌아올 수 없다. 일관대에서 종종 천 길 벼랑으로 떨어져 죽는 자가 많다."라고 한다. 대개 인간세상의 황혼녘은 곧 이 일관대에선 대낮이고, 이 일관대의 새벽빛은 바로 인간세상의 한밤중일 것이다. 그러니 이 일관대에서 해를 보는 것이 과연 어떠하겠는가. 소동파(蘇東坡)의 시에 이른바 '하루가 이틀을 겸하였다.'[64]라고 한 것이 바로 그런 경우이리라. 항상 이곳에 사는 사람은 노을을 마시고 선

---

64 하루가……겸하였다 : 이는 소동파의 문집에 보이지 않고, 송나라 때 양만리(楊萬里)의 『성재집(誠齋集)』에 '일소겸양일(一宵兼兩日)'이라는 시구가 보인다. 아마도 저자가 착오를 일으킨 듯하다.

약(仙藥)을 먹어 인간세상의 사람들보다 두 배나 더 사니, 어찌 신선이 되지 않을 수 있겠는가. 天王峯上有日觀臺 爲風雨所阻 不得上見 人言其 上寒冷 草木不長 或八月飛霜雪 依巖壁築垣 爲日觀之所 西北阻山 東南際 海 浩茫無涯 見日出之時 紫雲黃霞 怳惚百怪 須臾日上 如轆轤之牽登 大如 槃子 冷氣逼人 其亦異哉 淪入西海時 如石之投水 頃刻無光 不可窮看 其沒 若沒影 則天地晦塞 咫尺不辨 未得還來 臺處種種致艶於千塹萬壑者 多矣 盖人世黃昏 卽此臺之白日 此臺晨光 卽人世之長夜 其得日 果何如哉 蘇詩 所謂一日兼兩日者 此也 恒居此者 飮霞服藥 其生倍於人世 豈不得爲神仙乎

묵묵히 혼천의[65]로 해가 가는 길을 살피건대　　　　默推銅渾日行途
겨울은 짧고 여름은 기니 이런 이치 없으리.　　　　冬短夏永此應無
하계의 인간세상은 바야흐로 한밤중 꿈인데　　　　下界人生方夜夢
중천의 신선세계에선 이미 아침식사를 하네.　　　　半天仙侶已朝餔
붉은 구름은 금빛 교룡을 뿜어내는 듯하고　　　　赤雲噴薄金螭蚪
푸른 바다는 옥빛 도르래를 끌어올리는 듯.　　　　碧海牽登玉轆轤
지척의 천상세계를 친히 보지는 못하였으나　　　　咫尺瑤臺親未見
꿈속의 부열을 그려서 찾았다[66]고 들려오네.　　　　聽來傳說影中圖

---

65 혼천의(渾天儀) : 원문의 '동혼(銅渾)'은 고대 천체(天體)의 위치를 측량하던 기구, 곧 혼천의를 가리킨다. 동혼의(銅渾儀) · 동천의(銅天儀) · 동의(銅儀) · 혼의(渾儀)라고도 한다.

66 꿈속의……찾았다 : 상(商)나라 고종이 어진 인재를 얻어 천하를 잘 다스리고픈 염원이 간절하여 꿈속에서 만난 인물의 초상을 그려 널리 찾게 하였는데, 부암의 들판에서 축대

○ 지리산 智異山

지리산은 국토 남단 영남과 호남의 일곱 개 고을 사이에 웅거하고 있다. 서쪽으로 반야봉에서부터 산맥이 뻗어오다 우뚝 일어나 천왕봉이 되었다. 천왕봉 위에 일관대가 있다. 동쪽으로 뻗어내려 진주의 덕산이 되었고, 남쪽으로 뻗어내려 세석평전이 되었다. 그곳에 석문이 있는데, 그 문을 통해 내려가면 하동의 화개와 악양 등지가 된다. 서쪽으로는 쌍계사와 칠불사이며, 북쪽으로는 함양과 산청을 흐르는 엄천(嚴川)과 마천(馬川) 등지가 된다. 주위 수백 리가 전라도의 진산이 된다. 대개 지혜로운 사람과 특이한 산물이 이 산에서 많이 산출되기 때문에 지리산이라한다. 두류산이라고도 하며, 방장산이라고도 한다. 智異 南據嶺湖七邑之間 西自盤若峯 落脉崛起 爲天王峰 峰上有日觀臺 東迤爲晋州德山 南遵爲細石坪田 有石門 從門而下 爲河東花岳等地 西爲雙溪七佛 北爲咸陽山淸嚴川 馬川等地 周回數百餘里 爲全羅鎭山也 盖智人異物多產於其間 故謂之智異 一名頭流 一名方丈云

반야봉과 천왕봉이 우뚝하게 일어나서	盤若主峯奮起於
영남과 호남의 경계에 크게 서려 있네.	嶺湖中界大蟠居
지혜로운 이와 특이한 산물 많이 나니	智人異物多藏畜

를 쌓던 부열을 찾아 재상으로 삼았다고 한다. 여기서는 신선세계를 간절히 그리워한다는 뜻으로 쓰였다.

이 산이 얻은 그 이름이 헛되지 않구나.   山得其名不是虛

○ 두류산 頭流山

『해동여지도』의 지리지(地理誌)를 살펴보건대, 백두산은 함경도 갑산부 혜산진 서북쪽에 있다. 천하의 물이 모두 그 산에서 나온다. 그 가운데 한 근원은 삼수의 서쪽에서 나와 설렬한령(薛列罕嶺) 북쪽을 넘어 요동의 봉황성으로 통한다. 또 한 근원은 동관 북쪽에서 나와 흑룡강과 두만강이 되는데, 모두 수로이다. 산맥이 동쪽으로 뻗어내려 선춘령이 된다. 선춘령 남쪽에서 전라도 지리산까지의 거리는 삼천 리이다. 그 사이에 긴 강과 큰 산악이 겹겹이 포개져 있으니, 어찌 삼천 리의 맥락이 산을 넘고 물을 건너 남쪽으로 흘러내려 자리산이 되었겠는가? 세상에서 혹 이 산을 일컬어 백두산이 남쪽으로 뻗어 내렸기 때문에 두류산이라 한다고 하는 설은 매우 허탄함이 심하여 믿기 어렵다. 그래서 이와 같이 분변한다. 按海東輿地圖誌 白頭山在咸鏡道甲山府惠山鎭西北 天下之水 皆出於是山 一源自三水西 踰薛列罕嶺北 通遼東鳳凰城 一源自潼關北 爲黑龍江豆滿江 皆水道也 山脉東走 爲先春嶺 自先春南踞全羅智異 爲三千里也 其間長江大岳 重重疊疊 安有三千里之落脉 踰山渡水 南流爲智異者乎 世或稱此山 卽白頭之南流 故曰頭流 其說甚虛遠難信 辨之如此

지리산은 백두산에서 뻗어내린 산이라 하니   智異山云祖白頭

백두산 지맥이 남쪽으로 흘러왔다는 말이지.   白頭餘脉是南流
아득하고 요원하기만 한 지리가들의 설이여   蒼蒼遠遠埋輿說
여기서 선춘령까지 몇 백 고을이 있겠는가.   此去先春幾百州

○ 방장산 方丈山

방장산은 우리나라 삼신산의 하나이니, 지리산이 바로 그 산이다. 중
국 직방씨의 설에 "삼신산은 동해에 있는데, 봉래산·영주산·방장산
이라 한다. 신선들이 사는 곳이다."라고 하였다. 천고토록 제왕들 중 부
질없이 이 허탄한 말을 믿어 바다를 건너 불사약을 구하고자 한 사람이
많았다. 아! 삼신산의 나라에 살고 있으니, 이 나라 사람들은 모두 신선
이며, 이 나라 마을 사람은 모두 장수한다는 말인가? 이 세상에 허황된
말을 사모하는 자들은 모두 이와 같은 경우일 것이다. 方丈 卽海東三山
之一 智異是也 中國職方氏說云 三神山在東海上 曰蓬萊 曰瀛洲 曰方丈 仙
人所居也 千古帝王 謾信虛誕之言 而入海求之者 多矣 噫 居三山之國者 人
人盡仙 村村皆壽乎 天下之人慕虛曠者 皆如是夫

한 산을 일컫는 이름이 세 가지이니   一山稱號有三山
방장산 두류산 지리산이 그것이라네.   方丈頭流智異山
바닷가 삼신산을 하필이면 사모하리   海上三山何必慕
이 산을 보고나면 다른 산이 없으리.   此山看後更無山

○ 천왕봉가 天王峯歌

지금 우리의 산행이 천왕봉에 오르지 못한 것은 단지 비바람의 장난 때문만은 아니고, 또한 천왕이 사는 곳을 끝까지 밟지 않으려 하였기 때문이다. 세간의 어떤 일이든 항상 여지가 있게 마련이다. 이미 궁극에 달하면 다시는 여지가 없다. 그러므로 나아갈 줄만 알고 물러날 줄 모르는 것은 항룡(亢龍)처럼 후회함이 있게 되는 까닭이며,[67] 얼음이 있으면 잃음이 있는 것은 새옹지마처럼 화복(禍福)이 서로 의존하는 까닭이다. 흥이 다하면 슬픔이 찾아오고, 만물이 번성하면 반드시 쇠퇴하는 것이 이치의 당연함이다. 옆에 있는 사람은 이 의미를 모르고서, 아홉 길의 산을 만들다가 한 삼태기 흙을 채우지 못해 그 공적이 허물어진 격[68]이라고 한결같이 말하였다. 이는 공부에서 진보할 때와 똑같이 말할 수 있는 상황이 아니다. 공부에서 나아갈 때는 계속해 진보하면 그치지 말아야 한다. 그래서 온전한 그 경지에 이르기를 기약하는 것이 옳다. 그러나 지금 산행은 유람하며 구경하는 일에 불과하다. 흥이 다하면 그만두는 것이니, 어찌 굳이 기이하고 괴이한 것을 끝까지 찾아다니며 구경하여 궁극의 그곳까지 가보기를 구하겠는가? 또한 천왕봉이라는 호칭은 존귀하면서도 막중하다. 인간세상의 미미한

---

67 항룡(亢龍)처럼······까닭이며 : 이는 『주역』 건괘(乾卦) 문언(文言)에 보이는 '항룡유회 (亢龍有悔)'를 변용해 쓴 것이다. 항룡은 건괘 상구효(上九爻)를 가리키는 말로, 양이 극에 달하면 후회가 있다는 뜻이다.

68 아홉······격 : 이는 『서경(書經)』 「여오(旅獒)」에 보인다.

발자취가 함부로 밟는다면 또한 왕을 존중하는 도리가 아니다. 양 태부(梁太傅)[69]가 올린 상소에 "발이 도리어 위에 있고, 머리가 도리어 아래에 있습니다."[70]라고 하였으니, 이는 머리와 발이 자리를 바꾼 것이다. 오랑캐의 환란은 반드시 이런 데에서 시작된다. 아! 왕풍(王風)이 이미 쇠하여 세상 사람들은 왕을 존중하는 의리를 모르니, 오랑캐의 환란이 이때보다 더 심한 경우는 아직까지 없었다. 진실로 아랫사람이 윗사람을 능멸하고 천한 자가 귀한 사람을 업신여기는 데에 이르는 것이 이에서 말미암으니, 경계하지 않을 수 있겠는가. 今吾行未躍天王者 非直爲風雨所戲 而亦不欲窮躅天王也 夫世間甚事 常有餘地 已極則更無餘矣 故知進而不知退 亢龍所以有悔也 有得則有失 塞馬所以倚伏也 興盡悲來 物盛必衰 理之常也 傍人不識此意 以九仞之虧 一爲言 此非可與進工時言也 進工則進進不已 期到十分地頭 可也 此不過遊觀之事 興盡則已 何必窮奇索怪 以求至乎極處也 且天王之號 尊而重也 下界微踪 妄踏肆踐 則亦非尊王道理 梁太傅疏曰 足反居上 首顧居下 是頭足易處 夷狄之禍 必兆於此矣 噫 王風已降 世不知尊王之義 而夷狄之患 未有甚於此時者 亶由於下凌上賤侮貴之致也 可不戒哉

방장산의 상상봉을 천왕봉이라 부르니   方丈上峯是天王

---

69 양 태부(梁太傅) : 중국 한(漢)나라 때 가의(賈誼)를 말한다.
70 발이…있습니다 : 이는 『전한서(前漢書)』 권48 「가의열전(賈誼列傳)」에 보인다.

천왕봉이란 호칭은 황제만큼 존귀하네.　　　　天王之號尊如皇

세인들은 천왕봉이 귀중한 줄 모르고　　　　世人不識天王重

천왕봉 밟기를 마치 마당 밟듯이 하네.　　　　足踏天王如暉場

우러를지언정 어찌 밟을 수 있으리오　　　　寧可仰止那何踏

산이 중하지 않고 그 이름 황송해서라.　　　　山非重也名是惶

이번 산행 천왕봉을 능멸할 뜻 없으니　　　　今行未敢凌高意

춘추대의가 마음에 가득 차 있기 때문.　　　　春秋大義在腔腸

여섯 닭 울고 비바람 쳐 산 동쪽 어두울 제[71]　　六鷄風雨山東晦

한 선비[72] 우뚝 일어나 기강을 부지했네.　　　一士個儻能扶綱

천왕봉에 영특한 기운 없어진 지 오래라　　　久矣天王無英氣

남쪽 오랑캐 제멋대로 창궐하게 하였네.　　　至使蠻夷恣搶攘

쌍으로 밝던 천지 연나라처럼 흐려지니　　　雙明日月歸燕世

온 세상 사람들 한양에 모여 들끓었네.　　　萬國衣冠動漢陽

발이 위에 있고 머리가 아래 있는 세상　　　足反居上頭居下

가의 태부의 말씀[73]이 바로 지금이라네.　　　太傅之言今切當

---

71 여섯……제 : '여섯 닭'은 중국 전국시대(戰國時代) 때 서쪽에 위치한 진(秦) 외의 여섯 나라, 곧 조(趙)·위(魏)·한(韓)·초(楚)·연(燕)·제(齊)나라를 가리킨다. 따라서 '산 동쪽'도 서쪽의 진나라에 비해 동쪽에 있던 이 여섯 나라를 일컫는다.

72 한 선비 : 중국 전국시대 제나라의 노중련(魯仲連)을 가리키는 듯하다. 그는 진시황이 천하를 통일하면 그런 암흑 세상에 사느니 차라리 동해에 빠져 죽어 명월이 되어 세상을 밝히겠다고 하였다.

73 말씀 : 중국 한나라 때 가의가 장사왕 태부(長沙王太傅)로 좌천되었을 때 지은 「조굴원부(弔屈原賦)」에 세상의 가치가 전도된 점을 극도로 언급한 내용을 가리킨다.

원안[74]은 부질없이 한나라 황실 걱정하여　　　　　袁安空自懷王室
한밤중에 베개를 어루만지며 눈물 흘렸네.　　　　　中夜捫枕涕淚滂
화 땅 봉인의 축원처럼[75] 미천한 내 간절함　　　　微臣偏切華封祝
천왕이 신령한 빛 드러내기를 바랄 뿐이네.　　　　但願天王發靈光
귀신같은 칼과 도끼로 요망한 자들 몰아내　　　　神劍鬼斧驅魍魎
이 땅을 환히 청소해 밝은 햇빛 돌려주소서.　　　　廓淸區宇回霽暘
천왕처럼 막강하게 우리나라 안정되게 하시고　　　奠我家邦如天王之强
천왕처럼 오래오래 우리 황제 장수하게 하소서.　　壽我皇帝如天王之長
아! 천년토록 만년토록　　　　　　　　　　　　　於千萬年
영원히 무궁하게 하소서.　　　　　　　　　　　　永享無疆
높기로는 하늘만큼 높은 것이 없겠고　　　　　　高高莫若天之高
존귀하기로는 왕만큼 존귀한 분 없다네.　　　　　尊尊莫若王之尊
이 산이 비록 높지만 대지 위에 있으니　　　　　　此山雖高猶在地
높다한들 어떻게 하늘 문까지 닿으리오.　　　　　高高那得及天門
이 산이 존귀하지만 이 나라 국토이니　　　　　　此山雖尊猶國土
존귀한들 어찌 천왕과 이름을 함께 하리.　　　　　尊尊那得名相渾
산 위의 하늘이 바로 이 산의 왕이시니　　　　　　山之天也山之王

---

74 원안(袁安) : 후한(後漢) 화제(和帝) 때 사람으로, 나라를 걱정하여 한숨 쉬며 눈물을 흘리
지 않은 적이 없었다고 한다.
75 화……축원처럼 : 중국 화(華) 땅의 봉인(封人)이 요(堯) 임금에게 장수하고 부유하고 아
들을 많이 두기를 축원했다고 한다.

하늘을 통솔하는 천황이 천지인 조율하네.	統天皇王調三元
다만 바라노니, 천왕봉 위의 신령이시여	但願天王峯上靈
우리 천왕의 대대손손을 영원히 도우소서.	輔我天王萬萬世子孫
그 덕은 천왕봉의 존귀함처럼 존귀하고	德如天王峯之尊
그 복은 천왕봉의 높이만큼 높게 하여	福如天王峯之高
한 차례 온 천하의 먼지를 쓸어주소서.	一掃烟塵廓乾坤

○ 제명대 題名臺

벽계암 앞에 삼층탑이 있으니, 사리가 보관되어 있는 곳이다. 삼층탑 곁에 바위가 있는데, 평평하면서도 둥글며, 기울었으면서도 누워 있다. 이름을 새길 만한데 넓지 않은 것이 오히려 안타깝다. 혹자는 말하기를 "벽계암 오른쪽 석벽이 넓고도 평평합니다. 한 행에 세 줄로 먹을 갈아 차례로 쓸 수 있습니다. 이곳은 비바람이 한 차례 지나고 나면 예전의 석면으로 돌아가는 데 불과하니, 그곳에다 이름을 새길 만합니다."라고 하여, 내가 말하기를 "훗날 마모되는 것이 얼마나 걸릴지는 모르겠으나, 지금 사람들의 이름을 작은 글자로 새기는 것은 불가합니다. 삼층탑 곁의 석대가 비록 작으나 어찌 못 새기겠습니까?"라고 하였다. 이에 춘간옹이 큰 붓을 잡고 나이순으로 이름을 차례로 썼다. 조용진(趙鏞振)을 필두로 장석신(張錫藎)·이도묵(李道默)·장두상(張斗相)·안익제(安益濟)·이인하(李仁夏)·안충제(安忠濟)·유진하(劉

鎭夏)・안희제(安熙濟) 아홉 사람의 이름을 차례로 써서 향산구로(香山九老)[76]와 조응이 되게 하였다. 그러니 소년 세 사람에게 혐의가 있었다. 내가 말하기를 "오늘은 구월 구일입니다. 천시(天時)와 사람의 수가 모두 아홉에 합하니, 이 어찌 중구(重九)[77]가 아니겠습니까?'라고 하자, 모두 "좋은 말씀입니다."라고 하였다. 드디어 그 끝에다 '계묘중구(癸卯重九)'라고 써서 이인하에게 줘서 새기는 일을 맡게 하였다. 대개 이인하는 본디 일을 주간하는 것이 상세하고 영민한 사람인데다, 또 가까운 곳에 살고 있기 때문이었다. 아! 지금 우리는 모두 연로한 사람들이다. 다시 이 산에 들어오는 것은 거의 기필할 수 없다. 후세 자손들이 이 산에 올라 이 제명대를 본다면, 아련히 옛날의 일에 감격하는 마음이 반드시 있을 것이다. 그리고 대대로 친하게 지낸 돈독한 우의를 헤아릴 수 있을 것이다. 이점은 기록할 만하다. 碧溪庵前 有三層塔 舍利所藏也 塔傍有巖石 平而圓 欹而臥 可以題名 而猶恨不廣 或曰 庵右石壁 廣且平 而三陜一行 以墨列書 此不過一番風雨後 依舊石面 於此 可以刻之 余曰 未知日後磨洗 爲久近 而今礫人之名 刻之不可 塔傍石臺 雖少 何妨 於是 春翁以巨筆序齒書啣 以趙鏞振爲首 次張錫藎 李道默 張斗相 安益濟 李仁

---

76 향산구로(香山九老) : 향산은 당나라 때 시인 백거이(白居易)의 호이다. 벼슬에서 물러난 뒤 향산거사라 자호하고서 호고(胡杲)・길민(吉旼)・정거(鄭據)・유진(劉眞)・노진(盧眞)・장혼(張渾)・적겸모(狄兼謨)・노정(盧貞) 등과 구로회를 결성하여 노닐었다고 한다.

77 중구(重九) : 구(九)가 겹쳤다는 뜻으로 9월 9일을 상징한다. 여기서는 위의 아홉 사람을 일컫는다.

夏 安忠濟 劉鎭夏 安熙濟九人 以香山九老應之 則有嫌於少年三人 余曰 今

日乃九日也 天時人數 兩合於九 則是豈非重九乎 僉曰善 遂書其尾曰 癸卯

重九 以給於仁夏 使之擔刻役 盖仁夏 本幹事詳敏者 而又居於近地故也 嗚

乎 今吾輩 俱年老矣 更入此山 渺不可必 而後之子孫登是山 而覽是臺 則必

有油然感舊之心 而世契之篤 又可量乎 是可以識

바람이 갈아내지도 비가 뒤집지도 못하니	風不能磨雨不翻
이 산이 존재하는 한 이 이름도 남으리라.	此山存日此名存
아홉 사람을 한 조각에 이름을 새겼으니	九家一片向題後
응당 후대 자손들도 대대로 정이 도타우리.	應是來昆世誼敦

○하산하여 공전촌에 이르다 下山 到公田

노란 국화로 빚은 술통 곳곳에 널려있고	黃花樽處處
붉은 콩으로 지은 밥 집집마다 넉넉하네.	赤豆飯家家
산간 백성들 곤궁하다고 말하지 마시게	休道山民嗇
가는 곳마다 모두 푸짐하게 대접한다네.	到皆供億奢

출전: 『남선록(南選錄)』, 「두류록(頭流錄)」

일시: 1903년 8월 27일부터 약 한 달 간

동행: 조용진(趙鏞振), 장석신(張錫藎), 이도묵(李道默), 장두상(張斗相), 이인하(李仁夏), 안충제(安忠濟), 유진하(劉鎭夏), 안희제(安熙濟) 등

일정: 의령 부림 설뫼 – 칠령 – 어촌 – 궁소 – 대안현 – 평구 – 유린역 – 미연정 – 뇌룡정 – 가회 삼덕재 – 단성 법물 – 진태 세한정 – 적벽강 – 효자담 – 학이재 – 칠송정 – 도구대 – 입덕문 – 탁영대 – 산천재 – 공전촌 – 동당촌 – 중산촌 – 벽계암 – 중산촌 – 공전촌

관련 유람록: 안익제의 「두류록(頭流錄)」

관련 자료: 『선인들의 지리산 유람록 5』(보고사, 2013)

관련 설명: 악익제는 1903년 8월 경상북도 인동(仁同)에 살던 장석신 일행이 찾아와 지리산 유람을 권하자, 인근의 사우(士友)들과 함께 한 달 동안 기행하였다. 이 유람에서 안익제는 「두류록」과 기행연작시 2편을 남겼다.

『남선록』 서문에 의하면, 장석신이 돌아온 후 유람 도중에 지은 작품을 모아 「남유록(南遊錄)」으로 엮었고, 안익제가 『남유록』 가운데에서 지역이나 경물을 읊은 시만을 선별하고 거기에 장석신과 함께 낙동강 선유(船遊)에서 읊은 작품을 더하여 『남선록』으로 엮었다. 그러나 『남유록』은 현전하지 않고 『남선록』만 전하고 있다. 『남선록』은 상하로 나누어져 있으며, 모두 2편의 기행연작시가 실려 있다. 의령을 출발해 산청 덕산에서 남명 조식의 유적지를 본 후 법계사를 거쳐 천왕봉을 오른 일정을 「두류록」으로 엮었고, 이후 하산하여 하동 청학동(靑鶴洞)으로의 일정은 「악양록(岳陽錄)」이라는 제목으로 하권에 실었다. 두 편에 실린 각각의 시에는 안익제가 쓴 유람록의 해당 부분을 서문으로 붙여 놓았다.

저자: 안익제(安益濟, 1850-1909)

자는 희겸(義謙), 호는 서강(西岡)이며, 본관은 탐진(耽津)이다. 탐진안씨는 순흥안

씨에서 분파된 집안이다. 경상남도 의령군 부림면 입산리 설뫼마을에 살았다. 부친은 안휴로(安休老)이고, 모친은 벽진이씨(碧珍李氏)이다. 조부는 안종국(安宗國), 증조부는 안덕문(安德文)인데, 모두 학술이 있었다. 집안에서 가학을 전수받았다. 뒤에 자동(紫東) 이정모(李正模)로부터 성리설을 전해 들었고, 신오(薪塢) 김규영(金奎泳)에게 역학을 배웠다. 천거되어 선공감 감역을 지냈다. 저술로 11권 5책의 『서강유고(西岡遺稿)』가 있다.

누가 저 하늘을 열어
다시 학을 불러오게 하리

안익제의 악양록

누가 저 하늘을 열어 다시 학을 불러오게 하리

안익제安益濟의 악양록岳陽錄[1]

○ 갈령 葛嶺

방장산 남쪽은 산천이 모두 수려한데, 하동이 그 중 제일이다. 하동의
빼어난 경관 중에는 악양을 중국 항주의 전당(錢塘)에 비유한다. 우리
는 바야흐로 방향을 바꾸어 하양[2]으로 향했다. 갈령이라는 고개 하나
가 눈앞에 나타났는데, 공전촌(公田村) 남쪽 5리쯤에 있다. 갈령은 높
고 험준했지만, 한 번 험난한 천왕봉에 오른 뒤여서 마치 평지인 듯 오
르기가 용이하였다. 산의 평이함과 험난함은 산 자체에 있지 않고 사
람의 마음에 달려있음을 비로소 깨달았으니, 도리어 한 바탕 웃을 만
한 일이다. 方丈之南 山川皆秀麗 河東爲第一 河東之勝 以岳陽爲杭州之錢

---

1 악양록 : 이 시는 앞의 「두류록」과 같은 지리산행에서 지은 것으로, 하동 청학동으로의
  일정만을 분리하여 수록하였다.
2 하양(河陽) : 현 경상남도 하동의 옛 이름이다.

塘也 方轉向河陽 有一嶺當路 曰葛嶺 在公田之南五里也 嶺雖高峻 而一自
上天難之後 視猶平地 容易攀登 始覺山之夷險 不在於山 在於人心 還可笑
笑耳

깊숙한 산골짜기 지나 물의 근원 다한 곳에　　　行過山窮水盡頭
풀벌레 소리 떨어진 낙엽 이미 가을 깊었네.　　吟虫敗葉已深秋
지금 다시 하동 지역을 향해 떠나가는 것은　　此時又向河陽去
내 삶을 흡족하게 해줄 유람을 위해서라네.　　只爲吾生滿意遊

굵은 칡넝쿨 드리우고 그늘진 나무 끝에서　　　老葛垂垂蔭樹頭
낮에도 온 산에 벌레 소리 요란한 가을이라.　　晝虫喧集滿山秋
한 번 천왕봉에 올랐다가 내려와서 그런지　　一從天上經來後
큰 고개도 도리어 평지인 듯이 유람한다네.　　大嶺還如平地遊

○ 하한정[3] 夏寒亭

양구촌[4] 앞에 토대(土臺)가 하나 있는데, 무성한 숲과 길쭉한 대나무가

---

3 하한정(夏寒亭) : 현 경상남도 하동군 옥종면 청룡리에 있는 개항기 때 정자로, 1881년
　5월 하동의 지역인사 26인이 세웠다.
4 양구촌(良龜村) : 현 경상남도 하동군 옥종면 면소재지 남쪽에 있는 마을이다.

둘러 있다. 그 가운데에 날아갈 듯한 정자가 하한정으로, 양씨(梁氏)와 이씨(李氏)가 함께 세웠다. 정자에 올라 사방을 조망하니 산천이 수려하였다. 북쪽으로 조망하여 넓은 골짜기가 철수동이고, 서쪽으로 마주하여 우뚝 솟은 봉우리는 자옥산[5]이다. 마을의 이름은 운곡이다. 잠시 쉬고는 바야흐로 청수재를 향했다. 마을 사람 이도정(李都正)-복영(卜榮)-, 이백하(李伯夏)-수형(壽亨)-, 정응운(鄭應運)-한균(漢均)-, 양성옥(梁成玉)-규환(奎煥)-, 정학일(鄭學一)-종학(鍾鶑)- 등 노소 10여 인이 굳이 묵어가라고 만류하였다. 하룻밤의 맑은 대화는 속세의 기상이 아니었다. 좌중의 이씨 두 노인은 수염과 눈썹이 하얗게 세었으며 용모는 맑고 순수했으니, 참으로 방장산의 신선노인이었다. 良龜村前 有一土臺 環以茂林脩竹 中有翼然者 曰夏寒亭 梁李兩氏所合設者也 登亭騁眸 山川秀麗 北望谻然者 曰鐵水洞 西對挺然者 曰紫玉山 里名雲谷也 少歇 方向靑水齋 村人 李都正-卜榮- 李伯夏-壽亨- 鄭應運-漢均- 梁成玉-奎煥- 鄭學一-鍾鶑- 老少十餘人 苦挽留宿 一夜淸話 不是塵世氣 座中李氏兩老 鬚眉皓白 容儀淸粹 眞方丈仙老也

가을바람에 나그네가 하한정에 올랐더니
소나무 숲 그늘져서 대낮에도 어둡구나.
방장산의 두 노인은 두 마리 백학인 듯

秋風客上夏寒亭
松樹陰陰晝欲冥
方丈老人雙鶴白

---

5 자옥산(紫玉山) : 현 경상남도 하동군 옥종면 서쪽에 있는 옥산을 말한다.

영주산 학사는 한 마리 푸른 노새인 듯.　　　　　　瀛洲學士一驢靑

철수동 지날 적엔 생황소리 들은 듯도　　　　　　行過鐵洞笙如聞

옥산이 무너져도 취한 술은 깨지 않네.　　　　　　頹臥玉山酒未醒

강 건너 남쪽 진주에 옛 벗이 많으니　　　　　　南渡晉陽多舊友

내 발길 닿는 곳마다 굳이 만류를 하네.　　　　　吾行處處强挽停

○운곡을 지나는 도중 회암⁶의 시에 차운하다 雲谷道中 次晦菴韻

세상 사람들 자양부자⁷ 숭상하여　　　　　　世人崇紫陽

이따금씩 운곡⁸을 일컫곤 한다네.　　　　　　往往稱雲谷

헛된 명성 함께 하기를 원하지 말고　　　　　莫慕虛名同

실제로 도를 보기를 기약해야 하리.　　　　　須期實見獨

길을 따라 운곡 안으로 지나가니　　　　　　路過雲谷中

마치 다시 운곡⁹을 뵙는 듯하네.　　　　　　如復見雲谷

---

6 회암(晦菴) : 중국 송나라 학자 주희(朱熹)를 가리킨다. 회암은 그의 호이며, 흔히 주자(朱子)로 일컫는다.

7 자양부자(紫陽夫子) : 자양은 주희의 호이다.

8 운곡(雲谷) : 중국 복건성 건양현에 있는 지명으로, 무이산(武夷山)과 인접해 있다. 송나라 주희가 이곳에 집을 지어 강학하였다. 그의 「운곡기(雲谷記)」가 전한다.

9 운곡 : 여기서는 주자를 가리킨다.

가고 가도 사람이 보이지 않아서　　　　　　　　　行行不見人
비스듬히 거문고 안고 홀로 있네.　　　　　　　　斜抱瑤琴獨

○ 공옥대 拱玉臺

하한정 동쪽은 들판의 형세가 평평하고 넓으며, 중간에 작은 언덕이
두 개 있어 바다 속 섬처럼 점점이 보였다. 이 고을 사람들이 말하기를
"옛날에 두 산이 있었는데, 곤양에서 바닷물에 떠밀려 와 여기에서 그
쳤습니다."라고 하였다. 우리 조정의 명현(名賢) 스물네 분[10]이 일찍이
유람하며 감상하던[11] 곳을 공옥대라 한다. '공옥'이라는 뜻이 어디에서
근거했는지는 알 수 없다. 내 생각으로는, 그 두 산이 다른 고을에서
떠밀려 왔으니, 타산지석도 내 옥으로 다듬을 수 있다는 의미일 듯하
다. 그렇다면 '옥을 다듬는다'는 뜻의 '공(攻)' 자는 '공(拱)' 자와 음이 같
으니, 글자가 와전된 것이리라. 또한 주산(主山)인 옥산(玉山) 앞에 벌
여 있으니, 옥산을 향해 두 손을 모으고 읍을 한다는 뜻을 취하여 그렇
게 이름한 듯하다. 이 두 가지 설 가운데 반드시 근거한 바가 있을 것이
다. 선현들이 남긴 발자취를 지금은 찾아볼 수 없고, 오직 공옥대 위

---

10 스물네 분 : 공옥대 유계(儒稧)에 참석한 24명의 유현(儒賢)으로, 하락(河洛) · 하천우(河
天祐) · 하항(河沆) · 김대명(金大鳴) · 이정(李瀞) · 최기필(崔琦弼) · 유종지(柳宗智) 등
이다. 모두가 인근 지역에 세거하던 남명(南冥) 조식(曺植)의 문인들이다.
11 감상하던 : 원문에는 '상(償)'으로 되어 있는데, 이는 '상(賞)'의 오자이다.

명월만이 맑은 강물 속에서 배회하고 있으니, 그것이 유감스러울 뿐이다. 夏寒亭東 野勢平廣 中有二小岡 點點如海中島 居人云 古有二山 自昆陽浮海而來 止於是 我朝名賢二十四員 曾所遊償處 名之曰拱玉臺 拱玉之義未知何據 而意其二山自他邑而來 則他山之石 可以攻玉 攻與拱 音同而字訛歟 且羅列於玉山前 則取其拱揖於玉山之義而云歟 於斯二者 必有所據矣 前賢遺躅 今無可證 而惟有臺上明月 徘徊於晴川之水 其可憾也已

곤양 바닷가에서 두 봉우리 떠 와	昆陽海上兩峯來
이곳에 멈추어 공옥대가 되었다네.	此地停爲拱玉臺
스물네 분의 선현이 노닐던 곳인데	二十四賢遊賞處
차가운 물에 밝은 달만 배회하누나.	寒潭明月獨徘徊

○ 백토령 白土嶺

백토령[12]은 진주와 하동 두 읍의 경계인데, '종사령'이라고도 한다. 고개의 형세가 급하지 않고 완만하게 3리쯤 된다. 춘관옹이 시령(詩令)을 반포하고 말씀하기를 "고개를 넘어갈 때까지 부르는 대로 시를 짓지 못하는 사람은 금곡원(金谷園)에서 석숭(石崇)이 시행했던 벌주[13]로 벌을

---

12 백토령(白土嶺) : 현 경상남도 하동군 옥종면 정수리에서 화정리로 넘어가는 고개를 말한다.
13 금곡원(金谷園)에서······벌주 : 진(晉)나라 장군 석숭은 낙양 교외의 별장 금곡원에서 호

받아야 할 것이오."라고 하였다. 나는 갑자기 설사가 나서 시를 짓기가
어려웠다. 이 고개에 이르러 열 걸음에 아홉 번은 쉬어 가고 있었다.
그러나 억지로 응하여 말하기를 "분부대로 하겠습니다."라고 하였다.
산 밑의 화정[14] 주막에 이르러 수창하였다. 嶺在晉河兩邑之界 或云螽斯
嶺 嶺勢緩緩不急 可三里 春翁頒詩令曰 沒嶺卽號不者 當罰以金谷時 余以
暴泄艱關 到此十步九息 强應之曰 依令 至山下花亭店而酬之

말을 타고서 화정 주막에 이르니　　　　　　　寄馬到花亭
달팽이집처럼 비좁은 초옥이로다.　　　　　　容蝸壓草屋
남편은 밭갈고 아내는 새참 내오니　　　　　　夫耕婦饁歸
이런 맛난 음식 얼마나 행복할꼬.　　　　　　滋味此焉足

봉우리 험악해 나귀도 탈 수 없어　　　　　　嶺險不鞭驢
나귀를 핑계 삼아 주막에 들었네.　　　　　　驢訴入店屋
이 산길은 신나는 길이 아니어서　　　　　　此路非榮途
한걸음 내딛기가 어찌나 힘들던지.　　　　　　如何懶擧足

화로운 주연을 베풀었는데, 시를 짓지 못하는 사람에게는 벌주 석 잔을 내렸다고 한다.
14 화정(花亭) : 현 경상남도 하동군 북천면 화정리를 가리킨다.

○ 모도재 慕陶齋

모도재는 모곡 문명선이 거주하는 집이다. 도산[15]을 숭모하는 뜻으로 집의 이름을 삼았다. 그곳에는 별도로 한 구역의 사랑할 만한 천석(泉石)이 열려 있었다. 서쪽으로는 우뚝한 해령(蟹嶺)을 바라보고, 남쪽으로는 깊고 깊은 녹동(鹿洞)과 통해 있었으니, 바로 하동 땅 초입에 있는 빼어난 곳이다. 문명선은 내가 설사병으로 기운이 떨어져 일어나지 못한다고 여겨 산초탕과 인삼을 달여 주었다. 그의 마음이 매우 정성스러웠다. 齋是牟谷文明善所居室 以崇慕陶山之義 而扁其楣也 別開一區 泉石可愛 而西望蟹嶺之巉屼 南通鹿洞之深邃 卽河東之初到勝界也 明善以 余病頹不能振 具椒湯蔘煎 其意款款焉

하양은 애초부터 아주 좋은 은거처였지	河陽自是好雲林
이곳은 처음이나 내 마음이 상쾌해지네.	此地初臨爽我心
고요한 등불 아래 말소리가 잔잔하고	寂寂孤燈人語細
혼미한 병치레로 나그네 근심 깊어가네.	昏昏病枕客愁深
해령에 높이 뜬 저 달은 물인 듯 맑고	蟹岑高月涼如水
녹동에 지는 단풍은 금빛으로 흩어지네.	鹿洞殘楓散作金
모도재 주인이 숭상하고 흠모하는 곳	齋上主翁崇慕地
청량산의 저 산색은 천 길로 푸르리라.	清涼山色碧千尋

---

15 도산(陶山) : 퇴계(退溪) 이황(李滉)을 말한다.

○ 횡천영당[16] 横川影堂

영당은 바로 최 문창후(崔文昌侯)[17]의 영정을 봉안한 곳이다. 그의 후손 선달 최정현(崔廷鉉)이 직접 재력을 마련하여 이 영당을 창건하고 하동군에 있던 진영(眞影)을 받들어 이곳에 옮겨다 안치하였다. 그리고 그 곁에다 사사로이 집을 지어 이 길을 지나는 빈객을 접대하니, 그의 마음이 가상히 여길 만하였다. 그가 현판에 걸린 시에 차운을 청하기에, 내 고루한 재능을 잊고 시를 지어 주었다. 堂卽崔文昌奉幀之所也 其後孫崔先達廷鉉 自辦財力 創建是堂 而奉本郡所在眞影 移安之 因作私室 於其傍 以接鄉道賓客 其意可嘉 請次板上韻 故忘陋構呈

맑고도 고매한 초상이 나를 흠모하게 하는데 　　　　清高肅像使人欽
그 마음 다 그리지 못하고 한 조각만 그렸네. 　　未盡靈臺一片心
황제가 내려준 자금어대 일월처럼 빛이 나고 　　紫黔皇恩光日月
황소격문은 봉우리 위의 샛별처럼 진동했었지. 　黃巢軍檄動星岑
문장은 백세토록 그 명성이 더욱 크기만 하고 　文章百世聲尤大
산수에는 천년토록 그 흔적 없어지지 않았네. 　山水千年跡不沈

---

16 횡천영당(横川影堂) : 경상남도 하동군 횡천에 최치원의 영정을 봉안하던 곳이다. 최치원의 후손과 지역 사림이 1902년 4월에 완공하였다. 이후 관리상의 여러 어려움으로 인해 1924년 하동군 양보면 운암리에 운암영당(雲岩影堂)을 중건하고 최치원의 영정을 옮겨 봉안하였다.

17 최 문창후(崔文昌侯) : 최치원을 가리킨다. 문창은 그의 시호이다.

| 참모습과 꼭 닮은 초상은 어디에서 볼 수 있나 | 彷彿眞容何處覩 |
| 횡천영당의 가을 달이 지금도 환히 비추고 있네. | 橫川秋月照于今 |

버들눈썹 두툼한 얼굴 흠모의 마음 일으키는데	楊眉豊頰起人欽
가로지른 가을 강물에 명월이 그 마음 비추네.	秋水橫江月照心
큰 뜻을 잊지 않고서 이 나라를 구제하시다가	大志不忘拯左海
미련 없이 홀로 떠나 서쪽 지리산에 은거했네.	獨行無讓采西岑
금빛 무늬 자금어대는 황제가 하사해 주었고	鏤金紫帒恩宣授
첩첩 바위 홍류동[18]은 그 자취를 숨긴 곳이라.	疊石紅流跡晦沈
이 세상 깊숙한 곳에 누각 한 채 솟아 있으니	天地陰陰高一閣
우리 사림의 원기는 예나지금이나 한 가지로세.	吾林元氣古猶今

○ **하동부** 河東府

구자산 산세가 굽이굽이 남쪽으로 뻗어 내리다 서려서 하동군 터가 되었는데, 그 형세가 삼태기와 같아 두 팔로 감싼 듯하였다. 그 남쪽으로 흐르는 큰 강은 섬진강이고, 그 서쪽으로 웅장하게 서린 큰 산은 백운

---

18 홍류동(紅流洞) : 현 경상남도 합천군 가야산의 홍류동 계곡을 가리킨다. 최치원이 만년에 이곳에 은거하여 간 곳을 알지 못했으며, 지금도 관련 유적 및 이야기가 산재하고 있다.

산이다. 평원은 까마득하게 펼쳐지고 섬들은 옹기종기 모여 있는 것이 넓고 반듯한 평원이었다. 눈을 들어 보면 사방이 시원하게 열려 가슴이 상쾌해지니, 참으로 남쪽 고을 가운데 하나의 명승이었다. 하동부 관아로 들어갔다. 하동군수 박기창은 일찍이 의령현감을 지낸 적이 있어, 평소 친분이 있었다. 또 우리 집안과는 인척간이다. 임금의 총애가 있어 오래 한양에 머물다가 돌아왔다. 얼마 전에 또 광양으로 행차하였기에 만나볼 수 없어 서운하였다. 그의 아들 박순소(朴舜韶)-성구(成九)-가 관아에서 나와 정성스럽게 우리를 접대하였다. 龜玆山勢 蜿蜒南下 盤奠爲郡基 拱抱如栲栳然 大江經其南曰蟾津 巨嶽蔚其西曰白雲 平原綿邈 島嶼重重者 廣方坪也 眼界通暢 胸襟灑落 眞南州一名勝 入其府 主守朴耆昌 曾宰於宜春 有雅分 又與小族結姻也 以有天寵 久留於京師還 未幾 又作光陽之行 不見是悵 其子朴舜韶-成九- 出館款接

서쪽으로 끊긴 두류산이 다시 동쪽으로 뻗어   西盡頭流更向東
넓은 호수 가을 강물이 하나인 듯 바라보이네.   平湖秋水一望同
하동 관아의 화려한 누각엔 아침햇살이 비추고   鈴衙畵閣凝朝旭
울긋불긋한 어선 깃발이 저녁바람에 나부끼네.   彩帆漁旗掛晚風
귤나무 밑의 노인은 귀밑머리가 하얗게 세었고   橘裏老人鬂髮白
단풍 숲으로 가는 길손의 복색은 붉기도 하네.   楓間行客簪裾紅
가까이 모시던 신하가 먼 고을 수령 되었으니   股肱遠郡頻近侍
하동태수는 응당 술에 취해 지내서는 아니 되리.   太守不應使酒中

하동의 명승은 우리나라에서 으뜸이라더니	名勝河東擅海東
강가 교외 드넓어 사방이 하나인 듯 보이네.	江郊漠漠四望同
소상강의 후비 사당 비 내리는 대숲에 있고[19]	湘妃古廟篁林雨
굴원의 귤나무는 바람에 가지들이 흔들리네.[20]	楚客歸橘樹風帆
관아 누각의 풍악소리에 가을 강물은 푸르고	郡閣鼓笳秋水碧
마을의 다듬이소리에 새벽까지 등불이 환하네.	店村砧杵曉燈紅
민가의 마을이 반쯤은 신선 세계가 되었으니	民居半是神仙窟
복을 쌓는 어떤 이가 이 마을에 살고 있겠지.	種福何人在此中

○ 섬진강 蟾津江

하동과 광양의 두 고을 사이에는 가운데를 가로지르는 강이 있어 섬진
강이라고 부른다. 그 수원은 전라도 순창군에서 나온다. 교룡산에서
흘러내려 봉성산에 이르렀다가 구례와 곡성 땅으로 들어가는데, 굽이

---

19 소상강의……있고 : 순(舜) 임금의 두 왕비인 아황(娥皇)과 여영(女英)이 소상강(瀟湘江)
에서 남편이 죽었다는 소식을 듣고 피눈물을 흘리다 소상강에 투신하였다. 그때 두 부인
이 흘린 피눈물이 대나무에 묻어 반죽(斑竹)이 되었다고 전하며, 후에 이들을 기리는 사
당을 세워 추념하였다. 여기서는 하동 악양 일대에 소상강이 있어 인용하였고, 또한 그
일대의 뛰어난 경관으로 '소상팔경(瀟湘八景)'이 유명하였다.

20 굴원의……흔들리네 : 원문의 '초객(楚客)'은 굴원을 말하며, 그가 남쪽지방으로 유배 와
서 귤나무를 보고 읊었다는 『초사(楚辭)』「귤송(橘頌)」을 가리킨다. 여기서는 하동이 남
쪽지방이므로 인용한 듯하다.

굽이 수백 리를 흘러내려 이곳 하동에 이른다. 하동 위쪽을 동정(洞庭) 또는 소상(瀟湘)이라 부르는데, 그 명칭이 한 가지가 아니다. 이 강을 섬진강이라고 하는 것도 상세하지 않다. 아마도 악양 일대에 밝은 달이 천 리를 비추고, 금빛 모래사장에 비춘 옥빛 그림자가 흡사 섬궁(蟾宮:月宮)에서처럼 황홀하기 때문에 그렇게 이름을 붙인 듯하다. 강가에 있는 관아의 문을 계영루(桂影樓)라고 하니, 그 또한 여기에서 그 뜻을 취한 것이리라. 河東光陽兩邑之間 有江中斷 曰蟾津 其源出於全羅 淳昌郡 自蛟龍山 至鳳城山 入求禮谷城之地 逶迤數百里而至此者也 其上曰 洞庭曰瀟湘者 不一其名 此云蟾者 亦未詳 而意其岳陽一帶 皓月千里 金光 璧影 有若怳惚於蟾宮 故名之歟 郡門臨於江上 曰桂影樓 其亦取諸此乎

강가에 임해 하동 땅이 끝나는 곳으로 들어서니	臨入河陽地盡頭
영남과 호남의 중간을 가로질러 큰 강이 흐르네.	嶺湖中斷大江流
옛 사람들은 벌써 두꺼비 타고 멀리 떠나버리고	昔人已騎蟾蜍去
이곳에는 텅 빈 하동관아의 계영루만 남아 있네.	此處空留桂影樓

○ 관황묘 關皇廟

관황묘는 하동부 서쪽 귤나무와 소나무 숲 사이에 있다. 하동은 본래 관황(關皇:關羽)의 고향[21]이기 때문에 사당을 세워 그에게 제사를 지낸다. 대개 우리나라를 도와 신령함을 누차 드러냈기 때문에 덕을 숭모

하고 공적에 보답하는 의식을 왕의 예와 동일하게 한다. 옛날부터 이
사당이 있었는데, 규모가 협소하며 사당 터가 무너졌다. 하동군수 박
기창(朴耆昌)이 어전(御殿)에서 아뢰어 중수(重修)를 청해 그 제도를
한 번 새롭게 하였다. 울긋불긋한 단청이 찬란히 빛나 사람들의 이목
을 현란하게 하였다. 가는 길이 그 앞을 지나게 되어, 일행은 일제히
사당에 올라 우러러 배알하였다. 사당의 모든 제도는 경성(京城)에 있
는 것[22]만 못하였다. 작은 고을의 재력으로는 이것도 장대한 일인데,
어찌 감히 나라에서 만든 사당과 대등할 수 있겠는가. 廟在府西橘林松
樹之間 河東本以關皇故里 立廟以祀之 蓋佑我家邦 靈異累顯 故其崇德報功
之儀 與王禮同 古有是廟 制度狹隘 堂址頹廢 主守耆昌奏塔請修 一新其制
金碧照耀 眩人耳目 方路過其前 一行齊升瞻拜 凡百制度 非如在京者 小邑
之力 此亦壯矣 烏敢當國勢哉

관황의 고향이 중국의 하동 땅이라 하여	關皇故里盖河東
백세토록 존숭하고 왕례와 같게 하였네.	百世尊崇典禮同
새 사당에서 공연히 한참동안 우러르니	蕭蕭新庭瞻仰久

---

21 하동은……고향 : 중국 삼국시대 관우(關羽)는 산서성 운성시(運城市) 하동군(河東郡) 출
　　 신으로, 후대 관제(關帝) 또는 관황(關皇) 등으로 불리며 민간신앙의 추앙 대상이 되었다.
22 것 : 임진왜란 때 관우의 영령이 왜병을 격퇴시켰다고 하여, 명나라 장수들의 요구로 1602
　　 년(선조 35)에 창건되었다. 관우를 일종의 호국신으로 섬기는 사당으로, 당시 한양에 남
　　 관왕묘(南關王廟)와 동관왕묘(東關王廟)가 설립되었으며, 한말에는 관우 신앙의 여파로
　　 서울의 서쪽과 북쪽에도 각각 설립되었다. 지금은 동관왕묘만이 현존하고 있다.

용 수염 봉황 눈이 맑고 늠름한 풍모로다.　　　　　龍髥鳳眼凜淸風

○ 백운산 白雲山

『여지도』를 살펴보건대, 백운산은 전라도 무주 등지에 있는데, 덕유산
의 줄기이다. 지금 광양의 가장 높은 산봉우리를 백운산이라고 하니,
그 상세한 내막을 모르겠다. 혹자는 백운산을 억불봉(憶佛峯)이라고도
하니, 그 설이 이치에 가깝다. 그 정상에는 절과 도관(道觀)이 많아, 주
술이나 부적으로 귀신을 섬긴다. 근처에서 시주하는 사람들이 가끔 특
이한 효험을 본다고 한다. 이는 일부러 한(漢)나라 때 봉선제(封禪祭)[23]
를 지낸 일을 차용한 것이다. 按輿地圖 白雲山在全羅茂朱等地 德裕山餘
脈也 今指光陽之最鉅峰 曰白雲 未知其詳 或云憶佛峰 其說近理 其上多梵
宮道觀 神呪鬼符 近地檀柹者 往往得異效云 故借用漢家封禪之事

백운산의 산색이 멀리서 푸르고 푸른데　　　　　白雲山色遠蒼蒼
호남 땅에 웅거하여 천왕봉을 마주하네.　　　　　雄鎭湖南對天王
만약 한나라가 여기서 선제를 올렸다면　　　　　若使漢家禪此疇

---

23 봉선제(封禪祭) : 천자가 태산에 올라 천신(天神)에게 봉제(封祭)를 지내고, 내려와 산
　　밑에서 지기(地祇)에게 선제(禪祭)를 지낸 것을 말한다. 여기서는 백운산 정상의 사찰과
　　도관에서 천신에게 제사지내는 풍습을 말한 것이다.

봉제 중에 상서로운 섬광이 빛났으리라.　　　　　　封中應有發祥光

○ 두릉재 杜陵齋

검각산 밑에 두릉촌이 있다. 마을 뒤에 서숙이 있는데, 손광언(孫光
彦)-익표(翊杓)-이 그 주인이다. 마당 안 우뚝 선 바위에는 법도에 맞게 상
읍례도(相揖禮圖)를 그려 놓았다. 그가 학문에 뜻을 두고 있음을 알 수
있다. 그는 스스로 '사미헌(四未軒)[24] 장공(張公)의 문하에 출입하였다'
고 말하였다. 劍閣山下 有杜陵村 村後有書塾 孫光彦-翊杓- 爲其主 庭中竪
石 從規矩 作相揖禮圖 其有志於學 可知 自言出入於四未張公門下云

어둑어둑 두릉정에 해가 떨어지는데　　　　　　蒼蒼落日杜陵亭
검각산의 산빛이 말머리에서 푸르네.　　　　　　釖閣山光馬首靑
구불구불한 해안도 상읍례를 아는 듯　　　　　　海曲猶知相揖禮
뜰 안에 선 바위에 도형이 그려있네.　　　　　　中庭竪石劃圖形

---

24 사미헌(四未軒) : 경상북도 칠곡군 각산에 살던 장복추(張福樞, 1815-1900)의 호이다. 장
　　석신의 스승이기도 하다.

○ **악양루** 岳陽樓

화심동에서 이곳까지 모두 악양이라 일컫고, 강가에 우뚝 솟은 한 언덕을 악양루라고 한다. 옛날에는 누각이 있었는데, 지금은 터만 남아 있다. 이 악양루를 다시 지을 사람이 없어 명승지를 적막하게 만들어 버렸으니, 매우 한스럽다. 두보의 시[25]에 차운하였다. 自花心洞 至此 皆稱岳陽 而有一岡竦立於江上 曰岳陽樓 古有樓閣 今已墟矣 無人更起此樓 使名勝之地 歸於寂寞 甚可恨也 次杜甫韻

선비들 떠나간 지 몇 천 년이나 흘렀는지	青袍去後幾千載
이곳엔 이름만 있고 누각은 보이지 않네.	此有樓名不見樓
남쪽고을에 오래도록 산수의 주인이 없어	南國久無山水主
적막하게 떠가는 구름에게 다 맡겨두었네.	寥寥一任白雲浮
만 리의 파릉[26] 같은 이곳 하동 고을에는	萬里巴陵此一郡
소상강 가에 악양루라는 누각이 있었다네.	瀟湘江上岳陽樓
옛 누각은 보이지 않고 소상강만 흐르는데	古樓不見瀟湘去
강 남쪽 슬피 바라보니 외기러기 날아가네.	悵望江南獨鴈浮

---

25 시 : 중국 당나라 시인 두보(杜甫)의 「등악양루(登岳陽樓)」를 가리키는 듯하다.
26 파릉(巴陵) : 중국 호남성 악양현의 동정호(洞庭湖)가 있는 곳이다.

○ 소상강 瀟湘江

섬진강 상류가 소상인데, 강 양쪽 언덕에는 대숲이 수십 리나 길게 뻗어 있다. 옛날에는 반죽(班竹)[27]이 있었는데, 초동과 목부가 날마다 베어가 지금은 없다. 춘옹(春翁)[28]이 죽지사(竹枝詞)[29]를 지었다. 蟾津上流卽瀟湘 夾岸竹林 連亘數十里 古有班竹 而樵牧日侵 今亡焉 春翁作竹枝詞

차가운 산에 노을 져서 문득 빛이 사라지니	寒山落照忽收輝
강가는 쓸쓸한데 기러기 한 마리 날아가네.	江上蕭蕭一鴈歸
천고토록 소상강의 반죽엔 한이 서려 있어	千古湘靈班竹恨
사람을 슬프게 해 모두 눈물로 옷깃 적시네.	令人怊悵盡沾衣

소상강 북쪽 언덕에는 대나무 가지 푸른데	瀟湘江北竹枝碧
소상강 남쪽 언덕엔 대나무 잎이 시들었네.	瀟湘江南竹葉枯
대나무 가지엔 바람 차고 댓잎엔 비 내리니	竹枝風寒竹葉雨
상군[30]의 정령이 여기에 있는지 없는 건지.	湘君精靈有也無

---

27 반죽(班竹) : 얼룩무늬 대나무를 말한다. 옛날 순 임금이 남방을 순시하다가 소상강에서 별세하였는데, 그의 부인 아황과 여영이 달려와 통곡하다 따라 죽었다. 그때 흘린 눈물이 대나무에 얼룩져서 반죽이 되었다고 전한다.

28 춘옹(春翁) : 장석신의 호이다.

29 죽지사(竹枝詞) : 중국 고대 악부시의 제목이다.

30 상군(湘君) : 순 임금의 두 부인 아황과 여영이 소상강에서 죽어 상군이 되었다고 전한다.

쓸쓸하고 적막한 반죽에는 지전이 걸려 있고   楚竹蕭蕭掛錢紙
초혼가를 부르다가 성 모서리에서 날 저무네.   招魂歌唱暮城隅
소상강 이 일대는 남쪽의 형 땅보다 더 크니   湘江大於荊南國
삼려대부 일곱 자 체구도 용납할 수 있으리.[31]   容得三閭七尺軀

장사태부 가의(賈誼)는 복조부[32]를 지었고   長沙太傅賦鵩鳥
남쪽으로 좌천되어 삼려대부를 조문했다네.   南渡當年弔三閭
천 년 동안 그 누가 장사태부를 조문했는가   千載何人弔太傅
소상강 물만 모른 척 태연히도 흘러가누나.   湘水無知流自如

○ 동정호 洞庭湖

악양 입구의 소상강 북쪽에 평평하게 넓은 호수가 있으니, 이를 동정
호라고 한다. 장마가 지면 물이 10여 리에 가득하다. 이 물로써 중국
동정호 7백 리에 비유하니, 그 말이 잘못이 아니겠는가. 호사가들이 억
지로 '소상팔경(瀟湘八景)'으로 수식하였다. 이백(李白)의 시[33]에 차운

---

31 삼려대부(三閭大夫)……있으리 : 삼려대부는 굴원(屈原)을 말하며, 여기서는 소상강이 있
는 넓은 악양 일대를 두고 말한 듯하다.
32 복조부(鵩鳥賦) : 중국 한나라 때 가의가 장사태부로 좌천되었을 때 자신의 불우한 처지
를 굴원에 비유해 지은 작품이다.
33 시 : 중국 당나라 시인 이백의 「족숙인 형부시랑 이엽과 중서가사인을 모시고 동정호에
이르러 유람하다 5수[陪族叔刑部侍郎曄及中書賈舍人 至遊洞庭 五首]」 가운데 첫 번째

하였다. 岳陽口瀟湘北 有平濶水匯處 是謂之洞庭 潦雨則瀰滿十餘里 以此

比七百里 不其謬乎 好事者 强餙以八景也 次李白韻

동정호 남쪽 바라보니 물 가운데가 나누어졌고	洞庭南望水中分
노을 속에 한 줄기 연기 흩어져서 구름이 되네.	落日孤烟散作雲
나뭇잎 쓸쓸히 뒹굴고 가을은 아득하기만 한데	木葉蕭蕭秋渺渺
하늘 끝 멀리 있는 나그네도 임금을 걱정하네.	天涯遠客亦憂君

동정호 가 구름이 세 가지로 나누어 보이는데	湖邊雲物畵三分
동정호 위의 구름만이 진짜 구름인 줄 알겠네.	只信洞庭湖上雲
천고의 시인들이 허튼 소리를 많이도 했었지	千古詩人多詭誕
동정호 가에 상군의 영령이 아직 살아 있다고.	洞庭湖上有湘君

○ 봉황대 鳳凰臺

평사마을 밑에 흙으로 된 평평하고 넓은 대가 있는데, 무성한 숲과 우뚝한 바위가 좌우로 빙 둘러 있다. 이곳을 봉황대라고 한다. 이 봉황대는 아미산(峨嵋山)·검각산(劍閣山)과 마주하고 있다. 오른쪽은 동정호이고, 왼쪽은 회남(淮南)이다. 바야흐로 운자를 내어 시를 지을 때

시를 가리킨다.

춘옹이 말하기를 "본래의 운자로 오언고시 한 편씩 지읍시다."라고 하여, 모두가 "그러지요."라고 하였다. 그때 나는 일행과 뒤처져 있어서 그 말을 듣지 못하였다. 시축(詩軸)에 적을 때 내가 칠언시를 지어 보였는데, 좌중이 모두 웃었다. 그것은 내가 춘옹의 시령(詩令)을 어겼기 때문이었다. 平沙村下 有土臺平廣 茂林腦石 環植左右 是指鳳凰臺 與峨嵋 劍閣相對 右洞庭 左淮南也 方拈韻 春翁曰 以本韻作五言古詩一篇 皆曰諾 時余在後 未及參聞 及題軸 余以七言應之 座中皆笑 其犯詩令

천고의 세월 동안 남아 있는 그 이름 봉황대　　　　千古留名鳳凰臺
강남의 경치에 얼마나 많은 사람이 유람했나.　　　江南風月幾人遊
고인도 이 대에 올랐고 지금 사람도 오르건만　　　古人臺上今人上
봉황대 너머 긴 강은 부질없이 절로 흘러가네.　　　臺外長江空自流
오나라 궁궐은 고소산의 언덕에서 적막하였고[34]　吳宮寂寞姑蘇岸
초나라 사당은 완수 상수 언덕에서 쓸쓸하네.[35]　楚祠蕭瑟沅湘邱
기러기떼 맑은 시내 너머로 줄 지어 날아가고　　　鴻鴈歷歷晴川外
갈대꽃만 하얀 모래사장에 무성히도 피어있네.　　蒹葭蒼蒼白露洲

---

34 오나라……적막하였고 : 중국 전국시대(戰國時代) 때 월(越)나라 구천(句踐)이 절치부심하여 국력을 키워 오나라 부차(夫差)를 고소산에서 항복시킨 일을 일컫는다. 여기서는 봉황대가 있는 하동 악양 일대에 고소산이 있어 인용하였다.

35 초나라……쓸쓸하네 : 초나라 사당은 굴원의 사당을 일컫고, 완수와 상수는 굴원이 추방된 후 장기간 이 두 강 사이에서 유랑하였다. 여기서는 봉황대가 있는 하동 악양 일대에 상강(湘江)이 있어 인용하였다.

예로부터 지금까지 뜬구름 같이 흘러온 일들   古往今來浮雲事
수심을 읊은 작품 속에 모두 실어 놓았구나.   都付文汗漫愁章

나그네가 되어 봉황대에 올랐으니   客上鳳凰臺
여기가 바로 봉황이 노닐던 곳이라.   此地鳳凰遊
봉황대 저 위에는 고소산성이 있고   臺上姑蘇城
봉황대 아래엔 소상강이 흘러가네.   臺下湘江流
봉황은 날아가 다시는 보이지 않고   鳳凰不復見
가을 풀만 언덕에 무성히 덮여있네.   秋草連壟邱
강가 단풍 든 수레 길이 희미하니   江楓輦路暗
어느 곳이 경성으로 가는 물가일까.   何處汴水洲
천 년 간의 지난 일을 떠올려 보니   懷哉千載事
먼 곳의 나그네 수심 금할 길 없네.   不禁遠人愁

○ 고소성 姑蘇城

고소성은 악양 서쪽 높은 봉우리의 중대(中臺)에 있다. 성첩이 사방에
둘러 있고, 석축이 아직 온전하다. 어느 시대에 쌓았는지 모르지만, 생
각건대 신라 때나 고려시대의 옛 성터인 듯하다. 산 아래에 사는 사람
들이 간혹 그 돌을 가져다 집의 담장을 보수하면 반드시 갑작스런 재앙
이 닥친다고 한다. 그러므로 감히 그 성을 훼손하지 못한다고 하니, 그

또한 기이한 일이다. 城在岳陽西高峯中臺 垣堞周遭 石築尚完 未知何代
創起 想是羅麗古址也 山下居人 或取其石 補家垣 則必有突禍 故不敢毀之
其亦異哉

지금 고소산성에 오르니 옛일이 새롭게 느껴지네　　　　今上姑蘇舊感新
무너진 담장에 깔린 잡초들 몇 천 년을 견뎠는지.　　　　頹垣敗草幾千春
옛날엔 푸른 누에 흰 모시가 번화했던 이곳인데　　　　翠蛾白苧繁華地
노래하는 초동과 피리 부는 목부만 보일 뿐이네.　　　　惟見樵歌牧笛人

고소산성 위에는 가을달이 떠서 참신한 느낌이고　　　　姑蘇城上秋月新
고소산성 아래엔 봄철인 듯 풀잎이 파릇파릇하네.　　　　姑蘇城下草如春
회계산과 항주의 서호가 어디에 있는지 알겠으니　　　　會稽杭湖知何在
고소산성 그 이름은 사람에게만 가당한 것이로다.　　　　姑蘇山名秪可人

○ 한산사 寒山寺

고소산성 서남쪽 모퉁이 중간 봉우리에 평평하고 안온한 곳이 있으니,
바로 한산사이다. 신라 시대에 창건하였는데, 지금은 폐허가 되었다.
어지러이 흩어진 섬돌 사이로 반죽이 돋기도 하였는데, 키는 한 자 남
짓이며 떨기로 자라고 있을 뿐이었다. 고소산성과 한산사는 모두 그
옛날 번화했던 곳인데, 지금은 이처럼 적막하게 되었으니 더욱 슬퍼할

만하다. 城西南隅中峯 有平穩處 是寒山寺 羅代創立 而今已墟矣 亂砌之隙
或生班竹 而長無尺餘 只有叢生而已 姑蘇寒山 皆古繁華之地 而今寂寞如此
尤可悲也

오래된 절은 삼십삼천³⁶을 텅 비워버렸으니　　　　古寺幻空三十天
남은 터는 적적하여 새들도 오히려 잠들었네.　　　　遺墟寂寂鳥猶眠
긴 섬진강에는 물소리 울리는 바위들만 있어　　　　長江惟有嘈吰石
한밤중 종소리가 나그네의 뱃전까지 들리네.³⁷　　　夜作鍾聲到客船

한산사 가는 돌길은 구름 덮인 하늘로 나 있고　　　寒山石逕白雲天
단풍잎은 쓸쓸히 떨어지고 시든 버들 잠잠하네.　　楓葉蕭蕭老柳眠
절문에 범종소리 끊기자 고기잡이 불빛 켜지니　　鍾斷寺門漁火發
소상강 강물 위로 한밤중에 어선이 돌아오누나.　　瀟湘江上夜歸船

---

36 삼십삼천 : 지옥 · 축생 · 아귀 · 수라 · 인간의 다섯 세계와 수미산 중간부터 시작되는 욕
　　계(欲界)의 6천, 색계(色界)의 18천, 무색계(無色界)의 4천 등 28천을 합해 33천이라 한다.
37 한밤중……들리네 : 한산사는 본래 중국 소주(蘇州)에 있는 절인데, 당나라 때 시인 장계
　　(張繼)가 「풍교야박(楓橋夜泊)」에서 "고소성 너머에 있는 한산사에서, 한밤중 종소리가
　　나그네 뱃전에 들려오네[姑蘇城外寒山寺, 夜半鐘聲到客船]"라고 읊은 구절로 더욱 유명
　　해졌다. 여기서는 한산사가 고소산 아래 영 · 호남의 배가 드나드는 섬진강 가에 있어
　　이를 두고 인용한 듯하다.

○ 아미산 峨嵋山

두릉촌(杜陵村) 뒤에 두 봉우리가 깊고도 빼어난데, 아미산[38]이라 한다. 대개 중국의 양자강 남쪽지방 및 서촉(西蜀) 지방은 1만 리나 떨어져 있으니, 여기에 이런 산이 있는 것은 또한 잘못된 것이 아니겠는가? 「악양루기(岳陽樓記)」[39]에 "북쪽으로는 무협[40]으로 통하고, 남쪽으로는 소상강까지 닿았다."라고 한 것은, 동정호 7백 리의 호수가 넓고 끝없이 아득하여 저절로 먼 곳까지 눈에 들어옴을 말한 것이다. 杜陵之後 有雙峰深秀 曰峨嵋 盖江南西蜀 相距萬里 則此地之有此山 不亦謬乎 岳陽樓記 北通巫峽 南極瀟湘云者 言其洞庭七百湖 曠邈無涯 自是眼界之遐通也

아미산의 산색은 가을인 듯 싸늘하고	峨嵋山色冷生秋
알록달록 단풍나무 푸른 물에 비치네.	紅樹參差映碧流
검각산과 두릉촌이 나란히 벌여 서서	釖閣杜陵羅列在
풍물은 마치 파주와 그대로인 듯하네.	依然風物似巴州

백 길의 아미산은 구월의 가을이로다	百丈峨嵋九月秋
낙엽소리는 강물 가득 비가 내리는 듯.	葉聲如雨滿江流

---

38 아미산(峨嵋山) : 본래 중국 사천성 아미현(峨嵋縣)에 있는 보현보살의 성지이다. 옛날로 보면 서촉(西蜀) 지방에 있던 산이다.

39 악양루기(岳陽樓記) : 송나라 때 범중엄(范仲淹)이 악양루에 대해 지은 기문이다.

40 무협(巫峽) : 중국 양자강 중류 삼협(三峽) 중 제2협으로 길이가 가장 길다.

모르겠네, 소식과 이백이 읊고 간 후[41]   未知蘇李吟歸後
다시 문장이 이 고을에 있게 된 건지.   復有文章在是州

○ 검각산 劍閣山

아미산 북쪽으로 뾰족한 칼끝이 수없이 솟구친 듯한 산이 검각산이다.
산세가 비록 험준하지만, 두보(杜甫)의 시에 '서촉의 지형은 천하에 험
하다'[42]라고 한 것과 이백(李白)의 시에 '촉으로 가는 길이 어렵나니, 푸
른 하늘에 오르는 것보다 어렵도다.'[43]라고 읊은 것이 이만은 못할 듯하
다. 峨嵋之北 劍角森蠹者 是劍閣也 勢雖峻極 而杜詩所謂'西蜀地形天下險'
李詩亦謂'蜀道之難 難於上青天'者 似不如是矣

촉나라 땅은 우리나라와 연결되지 않았는데   三蜀三韓地不連
검각산 한 번 보니 까마득해 오를 수 없네.   一看劍閣杳無緣
만약 이 곳에서 저처럼 험한 산을 보았다면   若如此地觀如彼
이백이 하늘 오르는 것보다 어렵다 했을까.   李白胡云難上天

---

41 소식과……후 : 아미산은 중국 사천성 서쪽에 있는데, 당나라 때 시인 이백이 아미산을
　　자주 찾았고 유명한 「아미산월가(峨眉山月歌)」를 남겼다. 또한 아미산 동쪽에 있는 낙산
　　(樂山)은 송나라 때 문장가인 소식(蘇軾)의 고향으로, 그의 삼부자(三父子)를 모신 삼소
　　사(三蘇祠)가 있다.
42 서촉(西蜀)의……험하다 : 두보의 「제장 오수(諸將五首)」 중 제5수에 보인다.
43 촉으로……어렵도다 : 이백의 「촉도난(蜀道難)」에 보인다.

바위 형세가 검처럼 뾰족하게 솟았다가　　　　　石勢削如劍
울퉁불퉁 범의 어금니처럼 이어져 있네.　　　　麒醯虓牙連
육룡이 해를 끌어올려 돌릴 높은 봉우리[44]　　六龍回日標
허공 속의 잔도는 밝고 오를 길이 없네.　　　　雲棧躡無緣
우공(愚公)[45]이 여기에 옮겨놓은 것일까　　　愚叟能移否
촉 땅의 높은 산이 우리나라에 와 있구나.　　　蜀山在東天

○ 악양 도중 岳陽道中

악양 한 구역에는 팔경이 갖추어져 있어 하루 동안 여러 곳을 둘러보며 각자 절구를 지었다. 종일 시를 짓느라 고심하다 보니, 흥취를 느낄 겨를이 없었다. 춘옹이 나에게 말씀하기를 "이백이 두보를 만나 희롱한 시구에 '시를 짓느라 매우 수척해진 유생'이라는 시구가 있는데, 그대는 어찌 나를 괴롭게 여겨 이토록 수척해졌는가?'라고 하여, 내가 답하기를 "공이 저를 수척하게 한 것일까요? 제가 공을 수척하게 한 것일까요? 영공의 넉넉한 자산으로는 만 섬의 곡식을 소비하더라도 쓰는 데 부족하지 않을 것입니다. 그러나 저의 한 말밖에 되지 않는 재량으로

---

44 육룡이……봉우리 : 이백의 「촉도난」에 "위에는 여섯 용이 해를 돌릴 만한 높은 꼭대기가 있네[上有六龍回日之高標]"라고 한 시구를 가리킨다.
45 우공(愚公) : 『열자(列子)』 「탕문(湯問)」에 보이는 「우공이산(愚公移山)」의 우공을 가리킨다.

는 계속해서 시를 짓기가 어려우니, 어찌 수척해지지 않을 수 있겠습니까?'라고 하였다. 그리고 서로 더불어 한 바탕 웃었다. 岳陽一區 八景俱焉 一日之內 周觀諸處 而各有絶句 盡日役於詩 無暇興趣 春翁謂余曰 李杜且有'緣詩太瘦生'之句 子何苦我而瘦之 余曰 子瘦我乎 我瘦子乎 以令公瞻庫富府 傾倒萬斛 用之不竭 顧余斗筲之量 繼之不及 烏得無瘦乎 相與一笑之

시 짓느라 번개처럼 시간 흘러 쉬지도 못하고	電過風吟不暫休
소상강의 팔경을 한 차례 모두 다 둘러보았네.	瀟湘八處一周流
우습구나, 내 백발이 어찌하여 수척해졌는가	笑吾白髮緣何瘦
시 짓는 수심 반 나그네 수심 반 때문이리라.	半是詩愁半客愁

○ 화개 시장 花開市

악양정 서쪽 5리 지점에 화개 시장이 있는데, 바로 영남과 호남이 만나는 큰 도회지이고, 구례와 곡성이 강 하나를 사이에 두고 있다. 산천이 화려하여, 세상 사람들이 화악(花岳)이라 칭하는 것은 이 때문이다. 이산량(李山亮) 어른이 찾아왔는데, 광릉(廣陵:廣州) 사람으로 이 근처에 와서 우거하고 있다. 자못 나그네를 좋아하고 시를 잘 지었다. 그와더불어 쌍계사 유람을 하게 되었으니, 또한 기이한 만남이다. 연구(聯句)로 시를 지었다. 岳陽亭西五里有市 卽嶺湖大都會之地 而求禮谷城 隔

一江也 山川華麗 世稱花岳者 此也 李丈山亮來 廣陵人 來寓於此近 頗好客
能詩 將與爲雙溪之行 亦奇會也 占聯句

멀리서 온 나그네 화려한 비경 탐닉하여   遠驪眈麗境
구월에 지리산 화개동 길로 접어들었네.   九月路花開
　　-이는 춘옹이 지었다.

한 걸음씩 살금살금 앞으로 나아가며   步屧從容去
아름다운 풍광을 가리키면서 왔도다.   風光指點來
　　-이는 남천(南川)[46]이 지었다.

호수를 껴안고 있어 섬이 되었는데   抱湖仍作嶼
포개진 바위 저절로 대가 되었구나.   累石自成臺
　　-이는 소려(小旅)[47]가 지었다.

숲의 운기는 민가에 의지해 가물거리고   林靄依人屋
귤 향기는 나그네에게 술잔을 들게 하네.   橘香動客盃
　　-이는 소농(素農)[48]이 지었다.

---

46 남천(南川) : 현 경상남도 산청군 단성면 남사마을에 살던 이도묵(李道默)의 호이다.
47 소려(小旅) : 장기상(張箕相)의 호이다. 경상북도 칠곡군 각산에 살았다.
48 소농(素農) : 안익제의 호이다.

비록 재화를 교역하는 시가지에 살지만   雖居交貨市
능히 속세의 욕정을 재처럼 태워버렸네.   能使俗情灰
　　-이는 춘옹이 지었다.

춥고 따뜻함은 제철의 국화에서 보고   寒暖看時菊
영고성쇠는 구멍 난 괴목에서 안다네.   榮枯笑穴槐
　　-이는 남천이 지었다.

온 산은 비단처럼 화려하기만 하고   千山粧錦繡
나무들은 세찬 바람에 소리를 내네.   萬木吼風雷
　　-이는 소려가 지었다.

두 봉우리엔 신이 보물을 감추었으니   雙岳神藏物
문장은 경우에 맞게 재단해야 하리라.   文章爲品裁
　　-이는 소농이 지었다.

○쌍계석문 雙溪石門

정금촌(停琴村)에서 몇 리를 가니 큰 다리가 나왔다. 시냇가에 걸터앉
아 다리를 바라보니 마치 무지개와 같았다. 다리를 건너 단풍나무 숲의
대나무 사이로 들어서니 동천에 서 있는 석문이 있었는데, 그 바위 면

에 '쌍계석문'이라 새겨져 있었다. 유진하(劉鎭夏)가 "이는 바로 최 문창후의 글씨입니다."라고 하였다. 自停琴村行數里 有巨橋 跨川望之如虹 從橋入楓林竹樹之間 有石門立於洞天 其面刻雙溪石門 鎭夏卽崔文昌筆云

문창후의 글씨 새긴 바위 모습이 존엄하니	文昌一筆石顔尊
귀신 울리고 바람 경동시켜 동문을 진압하네.	泣鬼驚風鎭洞門
천고의 세월에 몇 사람이 이곳으로 들어갔나	千古幾人由此入
돌길이 깊이 패여 그 흔적을 남기고 있구나.	磚路深穿着跟痕

○ 쌍계사 雙溪寺

쌍계석문에서부터 차례로 유람하며 금강문·사천왕문·팔영루에 이르렀다. 승려들이 합장을 하고 우리 일행을 맞이하고는 깨끗한 방을 택해 우리를 머물게 하였다. 길 안내를 맡은 승려 범성(梵性)은 자못 총명한 데다 문자를 잘 알았다. 그와 함께 경내의 대웅전·화엄전·명부전을 구경하였다. 경내 한 가운데에 신라시대 국사 진감선사의 공덕을 기록한 비석이 있었는데, 그 또한 문창후가 직접 짓고 친필로 쓴 글씨였다. 반쯤 파손된 비석 모서리는 글자가 불분명하여 읽을 수 없었다. 방향을 틀어 고승암으로 들어갔다. 청학루·봉래각·팔상전·육조탑은 단청이 영롱하고 황홀하여 그 모습을 형상할 수 없었다. 이에 천하의 재물이 모두 이곳에서 소진된 줄을 알았다. '산속의 옛 친구들 응당 나를 부르는 노래와 전원으로 돌아가리라는 시가 있을 것이다.
[山中故人應有招我歸來篇]라고 한 시구⁴⁹를 가져다 운자를 나누어 시를
지었다. 自石門歷覽 至金剛門·天王門·八詠樓 緇徒叉手迎之 擇淨室以
居之 有指路僧梵性者 頗聰明能識字 偕觀寺內大雄殿·華嚴殿·冥府殿 中
庭有新羅國師眞鑑記功碑 亦文昌自製自筆 石稜半破處 漶漫不可讀 轉入古
僧庵·靑鶴樓·蓬萊閣·八相殿·六祖塔 金碧玲瓏 怳惚不可狀 乃知天下
財物 皆消於此也 以山中故人應有招我歸來篇 分韻賦詩

찬바람이 부는 구월의 화개동 길로 들었다가	天風九月花岳路
다시 물길 따라 걸음 옮기며 무릉도원을 찾네.	移再逐水尋武陵
천 년 고찰인 쌍계사가 바로 이곳에 있지마는	千年古刹雙溪在
신라 때 창건한 당나라 제도는 징험할 길 없네.	羅創唐制並無徵
최고운이 짓고 쓴 희미한 글씨만이 남아있는데	惟有孤雲漶漫筆
귀두는 떨어지고 비석 모서리는 마모되었도다.	龜頭剝落磨石稜
청학은 하늘로 날아가 지금은 보이지도 않으니	靑鶴上天今不見
누런 닭이 울면 천지개벽한다는 말 못 믿겠네.	黃鷄鬪地亦無應

   –이는 「청학동록」에 보인다. 見靑鶴洞錄

지친 다리 조금 쉬자니 승려가 차를 내왔는데	病脚少歇茶盂進

---

49 시구 : 이는 소동파(蘇東坡)의 「서왕정국소장연강첩장도왕진경화(書王定國所藏烟江疊
    嶂圖王晉卿畫)」에 보인다. 이 시구의 '초아(招我)'는 좌사(左思)의 「초은시(招隱詩)」를
    가리키고, '귀거편(歸去篇)'은 도연명(陶淵明)의 「귀거래사(歸去來辭)」를 가리킨다.

용단차인 듯 봉소차인 듯 맑은 향기가 진하네.　　龍團鳳蘇淸香凝
범성이란 승려가 우리 위해 길을 안내하는데　　梵性道師爲指路
누대며 불사며 불탑이 찬란히 넓게 들어섰네.　　樓臺宮塔赫敞弘
차가운 시냇물 나무뿌리 사이로 졸졸 흐르고　　澗泉寒鴻幽樹根
종소리는 저 멀리 층층의 구름장까지 들리네.　　鍾聲遙落亂雲層
주장자 짚는 승려 발길 날개 달린 신선인 듯　　飛錫輕輕如化羽
이 몸은 편안히 대승의 경지로 들어가는 듯.　　此身居然入上乘
이래서 민생들 미혹되어 빠져나오지 못하니　　所以民生迷不返
법사와 승려들 번성하게 일어나게 된 것이라.　　緇師髡弟寔繁興
새벽녘 경쇠소리에 문득 잠에서 깨어난다면　　晨磬一發飜覺悟
우리의 유도는 떠오는 해처럼 크게 밝아지리.　　吾道大明如日昇

방장산 아래에 있는 쌍계사의 봉래각이라　　方丈山下蓬萊閣
신선을 방문하기 위해 이 산까지 찾아왔네.　　爲訪仙人到此山
나 또한 옛날 영주산을 유람하던 나그네라　　我亦舊日瀛洲客
큰 구경거리인 삼신산을 모두 둘러보았네.　　大觀能盡三神山
석가모니부처와 관세음보살과 아미타불이　　釋迦觀音阿彌佛
대웅전 가운데에 산처럼 안치되어 있구나.　　大雄殿中坐如山
단청이 영롱하여 사람의 눈을 어지럽히니　　金碧玲瓏眩人目
항사[50]처럼 많은 중생 수미산을 떠받드네.　　恒沙界尊須彌山
연화세계인 천상의 세계에 금당을 열어서　　蓮花上界金堂闢
육조의 정상탑이 구층의 산처럼 우뚝하네.[51]　　六祖頂塔九層山

팔영루에 올라 둘러보니 운무가 희미한 곳	登樓縱目雲煙渺
소상강 강가에 있는 동정호의 뒷산이로다.	瀟湘江上洞庭山
청학루 동쪽에 있는 골짜기가 청학동인데	靑鶴樓東靑鶴洞
청학봉과 백학봉이 서로 마주하여 서 있네.	靑鶴白鶴相對山
봉우리는 나는 듯 춤을 추듯 모두 학 같아	峯峯翥舞皆是鶴
청학봉이 어느 산봉우리인지 잘 모르겠구나.	不知靑鶴是何山
오색으로 물든 국화며 단풍이 물든 나무들	五色菊花丹楓樹
상수리와 밤나무가 뒤섞여 사방을 둘러있네.	雜還橡栗遍四山
조정에서 근년에 특별히 공물을 면제해 주어	太常年來蠲錫貢
산골백성 도끼날에 봉산의 나무 다 베어졌네.	峽氓樵斧楮封山
쌍계석문 네 글자 사슴정강이만 한 크기인데	雙溪石門鹿脛字
그 필력은 능히 오로산52을 옮길 만하도다.	筆力能移五老山
오래 된 진감선사비는 이끼에 마모되었는데	眞鑑古碑蒼苔泐
최고운은 가야산에 들어가 무얼 하고 있는지.	海雲何事入倻山

---

50 항사(恒沙) : 항하사(恒河沙)와 같은 말이다. 인도(印度)의 동쪽을 흐르는 갠지스 강을 한음(漢音)으로 '항하(恒河)'라고 하며, 불경(佛經)에서 많은 수량을 말할 때 흔히 '항하의 모래'에 비유하였다.

51 육조(六祖)의……우뚝하네 : 육조는 중국 선종(禪宗)의 제6대조였던 혜능(慧能)을 가리키며, 쌍계사 금당에는 혜능의 머리[頂相]를 봉안한 탑이 있어 육조정상탑(六祖頂相塔)이라고 일컫는다.

52 오로산(五老山) : 중국 운남성 곤명 북북 지역에 있는 산 이름이다.

○육조정탑 六祖頂塔

팔상전 뒤에 육조정상탑(六祖頂相塔)이 있다. 탑은 건물 안에 있다. 아마 먼저 이 탑을 세운 뒤에 비각을 지어 감춘 듯하다. 건물의 길이와 높이가 탑과 서로 같다. 불교 설화에 육조대사〔惠能〕가 신묘한 경지에 들었는데, 하루는 향기로운 빛이 방안에 가득하였다. 상서로운 기운이 하늘로 올라가더니 문득 사라지고 구슬만이 책상 위에 남아 있었다. 그러므로 절 안의 사람들이 그 구슬을 탑 속에 감추고는 탑을 만들었다고 전한다. 八相殿後 有六祖頂相塔 塔在房中 盖先立其塔 閣以藏之 其長短高下 與塔相齊也 佛說六祖大師 通神入妙 一日香光滿室 瑞氣登天 忽化去 惟有珠在案 故寺中以珠藏塔而修造云

금당의 화려한 방안에 신기한 빛이 뻗쳤는데   碧房金殿寶光騰
육조의 구슬 보관한 몇 층짜리 탑만 있다네.   六祖珠藏第幾層
참된 공부 오래도록 하면 응당 이와 같으리   積累眞工當若是
공든 탑은 무너지지 않음을 여기에서 알았네.   乃知功塔不應崩

○ 환학대 喚鶴臺

쌍계사에서 불일암으로 오르는 중간 지점의 완만한 고개에 큰 바위가 있는데 '환학대'라고 새겨져 있으며, 이 또한 최 문창후의 필적이라고 한다. 그 옛날 최 문창후가 이곳에서 학을 불렀는데, 청학과 백학 두

마리가 날아와 그 위에서 춤을 추었다고 한다. 自雙溪 上佛日 至半嶺 有
大石 刻喚鶴臺 亦云文昌筆也 昔文昌喚鶴於此 而靑白兩鶴 飛舞於其上云

고인이 이 높은 대에서 학을 불렀다고 하는데	昔人喚鶴此高臺
사람은 가고 대만 남았으나 학은 날아오지 않네.	人去臺空鶴不來
청학봉 백학봉은 예전처럼 그대로 솟아 있으니	靑白兩峯依舊在
다시 누가 저 하늘을 열어 학을 불러오게 하리.	復誰喚起雲霄開

○ 불일대 佛日臺

불일대는 청학봉과 백학봉 사이에 있다. '불일'의 의미는 알 수 없다.
불일대가 햇빛을 반사하는 중천에 있어 그렇게 부른 것이라면, '불(佛)'
자는 '불(拂)' 자의 오자인 듯하다. 臺在靑鶴白鶴兩峯之間 佛日之義 未知
而盖臺在半天所拂日之光而云歟 則佛爲拂字之誤也

푸르른 불일대가 중천에 비스듬히 자리하는데	蒼蒼佛日半空斜
사다리 밟고 넝쿨을 당겨서 힘을 다해 올랐네.	踏棧緣藤費力多
가파른 절벽에 매달려서 붉은 낙엽이 쌓인 길	危壁攲懸紅葉路
자른 듯한 벼랑이 흰 구름 속에 떠있는 듯하네.	斷崖浮在白雲家
옥 같은 폭포 수없이 꺾여서 용추로 떨어지고	玉流萬折龍湫盪
칼 끝 같은 청학봉과 백학봉 양쪽에 우뚝 섰네.	劍角雙臨鶴屻羅

이곳에서 선배의 발자취를 미루어 생각해 보니   此地追惟先輩蹟
우리가 고인을 보는 그 마음 후인은 어떠할지.   今之視昔後之何

길가의 소나무 가지에 모자 걸려 삐딱해지고   路畔松枝打帽斜
험한 바위 붙잡고 오르느라 있는 힘을 다했네.   攀登危石費心多
학이 나는 청학봉과 백학봉 사이 깊은 골짜기   鶴飛青白深深壑
단풍잎 붉고 노랗게 깔려 인가와 멀기만 하네.   楓葉丹黃遠遠家
지리산 깊은 골짜기에 불국토 열어 놓았는데   智異山窮開佛國
소상강이 경상도와 전라도 경계를 갈라놓았네.   瀟湘江割界全羅
무너진 담장 오래된 전각에 폭포수가 튀기고   頹垣古閣餘流瀑
산새들은 어찌하여 하루 종일 고요한 것인지.   盡日無聞野鳥何

○ 청학동 靑鶴洞

살펴보건대, 『유원총보』[53]에 "지리산 속에 청학동이 있다. 청학 한 쌍이 항상 그 위에 깃들어 살았기 때문에 그런 이름이 붙여졌다."라고 하였다. 또 살펴보건대, 옥려자[54]의 「청학동결」[55]에 "청학동 안은 둘레가

---

53 유원총보(類苑叢寶) : 조선중기 김육(金堉)이 지은 유서(類書)로, 47권 30책의 방대한 백과사전이다.

54 옥려자(玉盧子) : 옥룡자(玉龍子)의 오류인 듯하다. 옥룡자는 신라 말의 승려 도선(道詵, 827-898)의 자(字)이다.

40리이고, 상대(上臺)·중대(中臺)·하대(下臺)가 있다. 64개 성씨가 각각 그들의 터전을 갖고 있다. 문신 1천 명과 무관 1만 명이 그 안에서 나올 것이다. 소나무와 전나무가 하늘까지 솟아 그늘지고 냉랭하여 사람이 살 수가 없다. 양기가 돌아오고 천지가 개벽한 후를 기다려야 사람이 거주할 수 있다. 토질이 비옥하여 종자 한 되를 파종하면 한 섬이 생산되니, 토지가 개간되면 얼마나 많이 밭을 갈겠는가?'라고 하였다. 비결서의 '누런 닭이 하늘을 보고 운다.〔黃鷄唱天〕라는 말은 아마도 기유년⁵⁶에 그런 징조가 나타날 것이다. 근세에 청학동도(靑鶴洞圖)가 세상에 알려졌다. 그 그림을 보면 형세와 지지(地誌)가 마치 버들고리를 구부려 만든 것처럼 억지스럽다.

불일대 앞에 석문이 있다. 석문 밑은 모두 폭포이다. 물을 밟고 석문으로 들어가면 사방이 에워 쌓인 곳이 있는데, 허공을 나는 새도 감히 들어올 수 없다. 비록 진정한 무릉도원(武陵桃源)이라 하더라도 반드시 이와 같지는 않을 듯하다. 사람들이 의혹스러워하여 지도를 가지고 찾아보지만 끝내 그 근원을 찾을 수 없다. 부질없이 마음을 허비하고 재물을 탕진하여 혹 패망에 이른 자도 많다. 아! 이 삼가(三家)의 설은 모두 허탄하여 믿을 수 없다.

나는 중년에 두류산에 들어와 몇몇 곳을 두루 유람한 적이 있다. 지

---

55 청학동결(靑鶴洞訣) : 도선이 지은 『옥룡비기(玉龍秘記)』 6편 중 하나이다.

56 기유년 : '황계창천'의 황(黃)은 기(己)에 해당하고, 닭은 유(酉)에 해당하기 때문에 작자가 그렇게 추정한 것이다.

금 또 쌍계사·칠불사 등지를 살펴보니, 봉우리가 뾰족하고 골짜기가 오밀조밀하여 어느 곳에도 둘레가 40리 되는 땅이 없다. 오직 세석평전만이 평평하고 넓으며 삼대(三臺)가 있다. 백운산이 정면의 안산(案山)이 되고, 남해의 물이 문에 해당하고, 석문이 남쪽에 있으니, 「청학동도」의 설과 자못 유사하다. 그러나 석문이 산등성이에 있고, 그 밑에는 폭포와 물길이 없다. 지형이 사방 모두 낮아 어느 곳으로든 들어갈 수 있으니, 어찌 굳이 석문을 통과한 뒤에야 그곳으로 들어가겠는가? 그러니 이곳은 또한 이른바 청학동이 아니다.

내 생각은 이렇다. 형세로써 찾아보면, 세상에 청학동은 없다. 명칭으로 찾아보면, 불일암의 청학동이 그에 해당할 듯하다. 미수(眉叟)[57]의 「청학동기(靑鶴洞記)」[58]에 "불일암 앞의 대에 올라, 청학동을 굽어보았네."[59]라고 하였다. 지금 불일암에 도착해 보니, 암자는 무너지고 신사(神祠)만 있는데, 신사 앞에 대가 있다. 조금 평평하여 10여 명이 앉을 수 있다. 미수가 이른바 '전대(前臺)'라고 한 것은 이것이리라. 그 아래 용추는 요란하게 소용돌이치는데, 깊이를 헤아릴 수 없다. 용추는 청학봉과 백학봉 사이에 있다.

---

57 미수(眉叟) : 허목(許穆, 1595~1682)의 호이다.
58 청학동기(靑鶴洞記) : 허목의 『기언(記言)』 권28에 보이는 「지리산청학동기(智異山靑鶴洞記)」를 가리킨다. 허목은 1640년 9월 청학동을 유람하였다.
59 불일암……굽어보았네 : 허목의 「지리산청학동기」에는 "불일암 앞 대의 석벽 위에 이르러 남쪽을 향해 서서 청학동을 굽어보았다.[至佛日前臺石壁上 南向立 乃俯臨靑鶴洞]"라고 되어 있다.

나는 나무를 부여잡고 절벽에 붙어 서서 내려다보았는데, 눈에 현기증이 일어 떨어질 뻔하였고, 발이 기울어져 아찔하였다. 나이든 동행 두세 사람은 몇 걸음 뒤로 물러나 앉아, 감히 용추를 바라보지 못하였다. 또한 나를 쳐다보지도 못하고 경계하기를 "물속의 귀신이 바로 발밑에 있는데, 어찌 천명이 이와 같은 줄을 모른단 말입니까."라고 하여, 내가 웃으며 말하기를 "미수 옹이 굽어 본 곳이 어찌 이 자리가 아니겠습니까? 오직 정신을 집중하는 것이 어떠한가에 달려있으니, 어찌 두렵겠습니까?"라고 하였다.

소년 두세 사람은 다시 내가 있는 곳을 지나 곧장 1백여 자 밑으로 내려갔는데, 그들의 그림자는 보이지 않고 중얼거리는 말소리만 물소리처럼 들릴 뿐이었다. 한참 뒤에 그들이 돌아와 그 골짜기 안의 형상을 갖추어 말하기를 "두 절벽 밑에는 구멍처럼 뻥 뚫린 계곡이 있는데, 물이 그 안에 가득합니다. 그곳이 바로 폭포인데, 물이 빙빙 도는 곳은 넓어 수십 아름쯤 되며, 깊이는 몇 자인지 알 수가 없었습니다. 하늘을 우러러보니 둥근 덮개에 불과했고, 물속의 교룡(蛟龍)과 독룡(毒龍)이 사람을 핍박할 듯하여, 두려워서 오래 머물 수 없었습니다."라고 하였다.

나는 그들의 말을 듣고 탄식하기를 "이곳은 구경할 만한 청학동이지, 거주할 만한 청학동은 아닙니다. 세상에 어찌 옥룡자의 비결이나 「청학동도」와 같은 곳이 있겠습니까? 이 점은 논변하지 않을 수 없습니다."라고 하였다.

按 類苑叢寶云 智異山中 有靑鶴洞 靑鶴一雙 常棲止於其上 故得是名 又按

玉廬子靑鶴洞訣云 洞中 周迴四十里 有上中下三臺 六十四姓 各有其址 文
千武萬 出於其間 松檜參天 陰冷 不可居 待其陽回地闢後 可居 土沃可稼 升
種石出 地闢何禩 黃鷄唱天 盖以己酉現露也 近世 靑鶴洞圖出 觀其圖 形與
誌 如栲栳然 前有石門 門下皆瀑布 踏水入門 四塞之地 飛鳥不敢入 雖以武
陵眞源 未必如是 人惑之 以圖求之 終不得其源 徒自費心殫財 或至於敗亡
者 多矣 噫 三家說 皆虛誕不足信 余中年 入頭流山中 遍踏幾處 今又觀雙七
等地 則峯巒簇簇 洞壑密密 都無四十里周回之地 惟細石坪田 平廣有三臺
白雲爲正案 南海水當門 石門在南 與圖說頗近 然石門在嵲脊 其下無瀑布
踏水之路 地形四低 無處不入 何必由石門而後入乎 此又非所謂靑鶴洞也 余
意 以形求之 則世無靑鶴 而以名取之 則佛日之靑鶴 其是歟 眉翁靑鶴洞記
云 登佛日前臺 俯瞰靑鶴洞 今到佛日庵 庵廢而有神祠 祠前有臺 少平可坐
十餘人 眉翁所謂前臺者 此也 其下 龍湫喧澄 深不可測 在靑白兩鶴峯之間
余扶樹附壁而俯看 目眩而隕 足傾而凜 老伴數三 退坐數武地 不敢視湫 又
不敢視余而戒之曰 水府夜叉 卽在側足間 何不知命之若是也 余笑曰 眉翁俯
瞰處 豈非此坐乎 惟在自家聚精會神之如何 何怛惙之 有少年數三 又過余而
直下百餘尺 不見其影 但聞人語淙淙若水響 久之乃返 備道洞中形像云 兩壁
之底 洞然有穴 水滿其中 卽瀑布瀠洄處 廣可數十圍 深不知幾尺 仰見天 不
過圓盖 潛蛟毒龍 若將逼人 凜不可留 余聞而嘆曰 此可觀之靑鶴 非可居之
靑鶴 世豈有靑鶴 如玉訣圖說者哉 是不可不辨

세상에 전하는 청학동의 동천을 그린 그림은　　　　世傳靑鶴洞天圖
구멍 난 바위 틈새로 물을 밟고 들어가는 길.　　　　石竇嵞�踏水途

안익제의 악양록　137

사십 리 넓은 구역은 모두 산으로 둘려 있고	四十里區都拱抱
문신 일천 무관 일만이 나올 땅이라 했다네.	萬千文武可排鋪
무릉도원에 관한 진나라의 설은 다 황당하고	桃源秦說皆荒誕
봉래산에 대한 제나라의 속담 또한 괴이하네.	蓬海齊談亦怪迂
지리산에서 그런 청학동은 찾을 수가 없으니	智異山中無覓處
불일대 청학동을 말한 허미수가 진실이라네.	佛臺漣筆是眞符

○ 국사암 國師菴

국사암은 쌍계사 우측에 있다. 언덕을 넘어 몇 리를 가면 산세가 빙 두른 곳이 있는데, 암자 분위기가 청정하다. 바로 진감국사가 창건한 암자이므로 국사암이라 이름하였다. 근년에 무너졌는데, 승려 용담(龍潭)이 중수하였다고 한다. 그 밑에 반 이랑의 네모난 못이 있고, 연꽃을 심어 7-8월에는 연꽃과 연잎을 완상할 수 있다. 지금은 가을인지라 시든 잎과 마른 줄기만 보일 뿐이다. 庵在雙溪右 越嶺數里 山勢周遭 寺樣淨潔 卽國師眞鑑所創 故名以國師 近年頹敗 而龍潭僧修葺云 其下有半畝方塘 蓮花滿種 七八月花葉可玩 而今見敗葉殘莖而已

연꽃 못 가 소나무 숲에 있는 사원	松院蓮池上
그 암자의 이름을 국사암이라 하네.	有庵曰國師
진감국사는 이제는 만나볼 수 없고	國師今不見

그의 진영만이 공허하게 남아 있네.　　　　　　　眞影空留之

신도가 시주하는 것 누구의 힘인가　　　　　　檀越是誰力
옛날 진감국사가 창건했기 때문일세.　　　　　眞鑑古國師
오래된 빗돌엔 이끼도 끼지 않으니　　　　　　老石苔不蝕
최 문창후가 크게 글씨를 써 놓았네.　　　　　文昌大書之

○ 세이암 洗耳巖

삼신동에서 시내를 따라 동쪽으로 들어가면 매우 빼어난 골짜기가 있다. 골짝 입구에 물이 고인 곳이 있으며, 바위는 평평하여 누울 수 있는데, '세이암' 세 글자가 새겨져 있다. 전하는 말에 "이 바위는 최 문창후가 귀를 씻은 곳으로, 직접 글씨를 썼다."라고 한다. 내 생각으로는, 문창후가 세상을 사절하고 은둔한 것이 소부(巢父)나 허유(許由)[60]와는 같지 않으니, 문창후가 귀를 씻었다는 의미는 근거가 없다. 춘옹과 논쟁을 하다가 돌아왔다. 自三神洞 從溪東入 卽大勝谷也 洞門有水匯處 巖石平臥 刻洗耳巖 傳云 崔文昌洗耳處而自筆也 竊念文昌之謝世隱遯 與巢許不同 則洗耳之義 無所據也 與春翁相訝詰而返

---

60 소부(巢父)나 허유(許由) : 두 사람 모두 중국 요(堯) 임금 때의 은자(隱者)이다.

고운 선생의 도는 저 바위처럼 평탄하였고   先生道如巖之平
고운 선생의 마음은 저 물처럼 청정하였으리.   先生心似水之淸
마음 맑고 도는 평탄하여 얽매임이 없었기에   心淸道坦應無累
인간세상에 귀를 씻었다는 말 생기게 했으리.   惹起人間洗耳聲

○ 철불 鐵佛

세이암 곁에 큰 구멍이 있는데, 매우 큰 철불 두 상을 안치해 놓았다. 아마도 시냇가에 그 옛날 절이 있었던 듯한데, 절이 없어지자 이곳에다 부처를 안장해 놓은 듯하다. 요즘 불교가 점점 왕성해지고 있어, 법당에 울긋불긋 단청을 해서 곳곳이 영롱하였다. 유독 이곳 철불만은 적막한 물가에서 곤궁하게 굶주리고 있는데, 아무도 공양을 하는 사람이 없다. 불교의 곤궁함과 현달함도 인간세상과 같은 것일까? 이 철불을 본 사람들은 모두 마음이 상하였다. 洗耳巖傍有巨竅 置鐵佛二坐甚大 面目如生 盖溪之上 古有寺 寺廢而藏佛于此 今佛道漸熾 金殿珠闕 在在玲瓏 而獨是佛 窮餓於寂寞之濱 無人供養 佛之窮達 亦如人世耶 見之者 咸傷之

천 년 된 철불이 빈 산에서 늙어가는구나   千年鐵佛老空山
법당에 있었을 땐 왕의 반열에 있었겠지.   曾在金宮列王班
흥망과 궁달이 어찌 이와 같다는 말인가   興廢炎凉那若是
아미타불의 세계도 인간세상과 똑같구나.   阿彌陀界亦人間

○ 영지 影池

삼신동 서쪽 길은 칠불암(七佛菴)까지 10여 리쯤 된다. 절문 3백여 보 앞에 영지가 있는데, 옥구슬 같은 물이 흘러 매우 맑으며, 단청을 칠한 절간이 연못에 비친다. 절문이 물결 속에 거꾸로 비치는데, 그 문설주에 '동국제일선원(東國第一禪院)' 여섯 자가 큰 글씨로 걸려있다. 대개 절이 영지 위에 있으면 이치상 참으로 절문이 비칠 것이다. 그러나 절문이 영지 왼쪽에 비껴 있고 또 멀리 있어 미칠 수 없는데 그 모습이 비치니, 그 또한 기이한 일이다.

어떤 승려가 말하기를 "옛날 수로왕이 아들 열 명을 두었는데, 일곱 아들이 가야산에서 성불하여 이 칠불암에 일곱 분의 영정을 봉안하게 되었습니다. 일곱 왕자가 이 암자에 거주할 적에 그의 어머니 허 황후(許皇后)가 이곳에서 일곱 아들을 만나고자 하였는데, 일곱 아들이 도를 배워 선정(禪定)에 들어서 속세의 미련이 공부에 방해가 될까 두려워해 형체를 드러내지 않았습니다. 그래서 도술로 영지 속에 그림자를 드러내 어머니로 하여금 그 그림자를 보고 돌아가게 하였습니다. 그 뒤로 절간의 문루(門樓)와 탑이 모두 그 영지 속에 비추었다고 합니다."라고 하였다.

우리 일행 중 혹자는 "도술이 신통하고 신묘하다."라고 하였고, 혹자는 "산의 그림자가 비스듬히 비친 것이다."라고도 하였다. 두 설이 분분해서 결론을 내리지 못하기에, 내가 웃으며 말하기를 "이는 요사스런 설입니다. 어찌 참으로 도술이 있겠습니까? 지금 사설(邪說)과 정도

(正道)를 거칠게 분변하는 사류(士類)들도 오히려 이와 같이 서로 힐난하는데, 하물며 어리석은 세속의 백성들이 쏜살같이 불가의 세계로 빠져드는 것이 어찌 괴이하겠습니까? 대체로 이 영지가 절 밑에 있지는 않지만, 영지 모서리에서 절문을 보면 형세가 곧고 마주하고 있으며, 절은 높고 영지는 낮으니, 어찌 조응함이 없겠습니까? 그러므로 영지에서 바로 보면 그림자가 없지만, 모서리에서 보면 그림자가 보이는 것입니다. 그 이치가 이런 것이니, 어찌 괴이하겠습니까?'라고 하였다.

三神洞西 距七佛 爲十餘里 未及寺門三百餘武地 有方池 玉流澄淸 金碧照耀見 寺門倒映於波底 其楣額大書'東國第一禪院'六字 盖寺在池上 則理固相映 而橫在池左 遠不能及 其亦異哉 僧言昔首露王有子十人 七子成佛於伽倻山 奉安七影於是庵 方七子之居是也 其母許后欲見七子於此 而七子學道入定 恐塵諦之有妨於工 不使見形 以道術現影於池中 使母見其影而去 其後寺門樓塔 皆映於其中云 行中或云 道術通妙 或云 山影橫照 二說紛紜 不決 余笑曰 此妖說也 豈眞有道術哉 今士子粗辨邪正者 猶以此相詰 況愚生俗民 駸駸然入於空寂 奚足怪焉 大抵 此池 雖不在寺下 而從池角 觀寺門 則勢直而形對 寺高而池卑 安得無照應乎 是以 從池正看則無影 而隅看則有影 其理然也 奚足怪乎

단청한 절간이 영지에 비치고 글자도 보이는데   金碧倒池玉字濃
이 절 문은 저 멀리 늘어선 봉우리 밑에 있네.   寺門迢遞在橫峯
만 겹의 깊은 산속에서 사람은 어디로 갔는지   深山萬疊人何去
부질없이 빈 못가에서 칠불의 모습을 떠올리네.   空對虛汀七佛容

○ 노전 蘆田

칠불암 문 앞에 갈대밭이 있는데, 지금 계절이 구월인지라 눈꽃 같은 하얀 갈대꽃이 어지러이 피어 있다. 내가 보건대, 생물의 본성은 각기 그들이 살기에 적합한 곳이 있다. 예컨대 강남의 귤이 강북으로 가면 탱자가 되고, 난초가 변하여 혜초(蕙草)가 되는 것은 그들의 거처가 그렇게 변화시켰다. 지금 이 갈대는 본래 물가에서 자라는 것이 본성인데, 이 산언덕으로 옮겨와 자라면서도 꽃과 줄기가 무성하고 장대하여 강가의 습지에서보다 더 성대하게 자란다. 이 또한 하나의 기이한 구경거리였다. 七佛庵門前 有蘆田 時當九月 雪花紛紛 余觀 物性 各有其地 如橘之爲枳 蘭之化蕙 其居使之然也 今是蘆 本水性 而移種於此地 花幹苗 壯 尤盛於江湖 亦一奇觀也

만 겹의 산 속 밭에 하얀 물결이 넘실대는데	萬疊山田白浪斜
흰 구름도 아니고 눈꽃도 아닌 갈대꽃이라네.	非雲非雪即蘆花
갈대꽃은 본디 강가 습지에서 자라는 것인데	蘆花自是江湖物
이 산에 와서 보니 그 모습 더욱 아름답구나.	此地來看景又加

○ 칠불암 七佛菴

칠불암은 칠불의 영정이 봉안된 곳이다. 법당이 자못 신선하고 정결하였다. 벽안당(碧眼堂)의 온돌방은 아자형(亞字形)으로 되어 있는데,

온돌 위에 또 온돌을 놓았다. 높이는 한 자 남짓 되며, 넓이는 몇 자나 되었다. 종이판을 깔고 무쇠와 주석을 입혔다. 5일에 한 번 불을 때는데, 높고 낮은 곳이 똑같이 따뜻하니, 이 또한 기이한 일이다. 菴是七佛 影奉安之所也 宮殿頗鮮潔 而碧眼堂房突 作亞字形 突上加突 高可尺餘 廣 可數尺 藉以紙版 緣以鐵錫 五日一爨 其寒暖高低一般 亦奇事也

만 겹의 두류산 서쪽 봉우리 밑에 있는 절	頭流萬疊第西峯
칠불암의 선방은 아자 모양의 온돌방이라네.	七佛禪房亞字容
낙엽이 쌓여 지팡이 나막신이 푹푹 빠지는데	落葉成堆筇屐沒
차가운 샘물 언 벽면에 전서 글씨가 선명하네.	寒泉潤壁篆書濃
은대 학사[61]가 양주의 학을 타고 날아갔다지[62]	銀臺學士騎楊鶴
옥보 진인 발우의 용[63]처럼 도술이 신통했네.	玉寶眞人化鉢龍
가득한 갈대꽃은 명월이 뜬 달밤처럼 밝은데	滿地蘆花明月夜
고향 산천 남쪽에서 보니 집 생각이 깊어지네.	家山南望意重重

---

61 은대 학사(銀臺學士) : 은대는 승정원의 별칭으로, 은대학사는 인망 있는 사람이 왕명을 출납하는 승지가 된 것을 말한다.

62 양주의……날아갔다지 : 여러 사람이 모여 각자의 소원을 말하는데, 혹자는 양주자사가 되고 싶다고 하고, 혹자는 재물을 많이 얻기를 원하고, 혹자는 학을 타고 하늘로 날아오르고 싶다고 하였다. 그러자 어떤 사람이 "나는 허리에 십만 관의 돈을 차고, 학을 타고서 양주로 날아가고 싶다."고 하였다. 여기서는 원하는 것을 다 얻고자 하는 실현불가능한 욕망을 의미하는 뜻으로 쓰였다.

63 발우(鉢盂)의 용 : 서역의 고승 섭공(涉公)은 용을 부릴 수 있는 신통한 법력이 있어, 가뭄이 들면 주술로 용이 발우 속에 들어가 큰 비를 내리게 했다고 전한다. 여기서는 옥보고의 신통한 도술을 비유하는 의미로 쓰였다.

초당의 가을 달이 서쪽 봉우리에 떠오르더니	草堂秋月在西峯
사방을 볼 수 있게 내 속진 흉금을 허락하네.	許我塵襟四座容
온 밭의 하얀 갈대꽃 흰 물결이 넘실대는 듯	一田蘆白湖光動
온 골짜기의 붉은 단풍은 술기운이 농염한 듯.	萬壑楓丹酒氣濃
아자방의 온돌 위에는 무쇠와 주석을 입혔고	亞榻房櫳綠鐵錫
네모난 영지엔 사찰 모습이 구불구불 비추네.	方池殿宇倒蛇龍
옥보고⁶⁴가 떠나간 뒤 거문고 소리 끊어지고	仙胎已化琴聲斷
옥보대만 몇 겹의 나무숲에 덩그렇게 남았네.	玉寶臺空樹幾重

○옥보대 玉寶臺

칠불암 뒤편 가파른 언덕의 평평하고 넓은 곳이 옥보대다. 옛날 은자 옥보고(玉寶高)라는 사람이 이 언덕에 올라 거문고를 타자, 검은 학〔玄鶴〕이 그 위로 날아와 춤을 추었다. 뒤에 옥보고가 변해 현학(玄鶴)이 되어 날아갔다고 한다. 이는 일부러 정령위의 고사⁶⁵를 빌어다가 꾸며 낸 것이다. 庵後斷壟平廣處 是爲玉寶臺 古有隱人玉寶高者 登壟弄琴 玄鶴

---

64 옥보고(玉寶高) : 신라 경덕왕 때 육두품 출신으로 지리산 운상원(雲上院)에 들어가 50년 동안 거문고를 배우고 30여 곡의 새로운 곡을 지었다고 한다.

65 정령위(丁令威)의 고사 : 정령위는 중국 한(漢)나라 때 요동사람으로 영허산(靈虛山)에서 신선술을 배워 신선이 되었다. 뒤에 학이 되어 요동으로 돌아왔는데, 사람들이 그를 알아 보지 못하였다고 한다.

來舞於其上 後寶高化爲玄鶴而飛去 故用丁令威故事

옥보 진인이 그 옛날 거문고를 타던 곳이라   玉寶眞人昔弄琴
현학이 와서 소나무 그늘에서 춤을 추었지.   翩翩玄鶴舞松陰
천년토록 돌아오지 않는 정령위 같은 현학   千年不返丁令威
적막한 텅 빈 대에 산새 울음만 들려오네.   寂寞空臺有鳥吟

○ 쌍계사에서 돌아가는 길 雙溪回路

만 겹의 봉우리와 수없이 굽이도는 시냇물   萬疊峯巒百折溪
쌍쌍이 나는 까치 구름사다리에서 내려오네.   雙雙飛鳥降雲梯
찬 강의 저녁 돛단배 쓸쓸한 모습 선명하고   寒江暮帆蕭蕭楚
먼 숲의 외로운 연기 점점이 나란히 깔렸네.   遠樹孤烟點點齊
선경이 점점 멀어져서 동천의 학은 돌아가고   仙境漸遙歸洞鶴
인가가 가까워 울타리 닭 우는 소리 들리네.   人家稍近聽籬鷄
노새 타고 가는 학사가 다리 끝을 지나다가   回驢學士橋頭過
화개 길로 접어들었으니 헤매지는 않겠구나.   前路花開去不迷

○ 악양정 岳陽亭

악양정은 일두[66] 선생이 옛날 거주하던 집이다. 그런데 담장이 그대로 아직 남아 있다. 경자년(1900)에 이 고을 사람과 본손(本孫)이 악양정을 창건했는데, 한훤당(寒暄堂)[67]·일두·탁영(濯纓)[68] 등 여러 선생의 시를 현판에 새겨 걸어 놓았다. 그러므로 공경히 그 시에 차운하였다.

亭卽一蠹鄭先生舊居之宅 而垣墻依然尙在 庚子 本鄕士林與本孫 創建是亭 刻寒暄一蠹濯纓諸先生韻於板上 故敬次之

남쪽지방으로 내려오니 바람 기운이 온화한데	南土由來風氣柔
선현들이 교화 남겨 백년토록 전해오고 있네.	先賢遺化百年秋
옛터에 새로 지은 악양정 이제 와서 우러르니	新亭舊宅今來仰
강 언덕은 검푸르고 강물은 유유히 흘러가네.	江岾蒼蒼江水流

○ 소상강 배 안에서 瀟湘舟中

이산량(李山亮) 노인[69]이 하동의 상선을 구해 와 악양정 밑에다 대놓았다. 노인과 젊은이가 각각 한 척씩 나누어 타고 섬진강을 따라 내려가

---

66 일두(一蠹) : 조선전기의 학자 정여창(鄭汝昌, 1450-1504)의 호이다. 정여창이 이곳에서 몇 년 동안 독서하였다.

67 한훤당(寒暄堂) : 김굉필(金宏弼, 1454-1504)의 호이다.

68 탁영(濯纓) : 김일손(金馹孫, 1464-1498)의 호이다.

69 이산량(李山亮) 노인 : 원문에는 '이장산(李丈山)'으로 되어 있는데, '산(山)' 자 다음에 '량(亮)' 자가 빠져 있다.

면서, 정일두(鄭一蠹) 선생이 지은 「악양(岳陽)」의 "두류산[70] 천만 봉우리를 다 둘러보고, 외로운 조각배 타고 또 큰 강을 내려가네."라는 시구를 낭랑히 읊조리니, 홍취가 다시 일어 시들지 않았다. 갑자기 비바람을 만나 배가 쏜살같이 내려가 순식간에 하동에 도착하였다. 그리하여 남창의 고사[71]를 생각했는데, 지금 벌써 9일이 지났으니, 다시 무슨 생각이 더 나랴. 李丈山得河東市船來 泊岳陽亭下 老少各一隻 放乎中流 浪吟鄭先生'看盡頭流千萬疊 孤舟又下大江流'之句 興復不淺 忽遇風雨 船往如箭 瞬息之間 已抵河東 因思南昌故事 而今已過九日矣 更何益焉

청산이 주마등처럼 나루터 입구에 나타나고	靑山歷歷渡頭生
하늘처럼 푸른 가을 물에 조각배가 가볍구나.	秋水如天一葉輕
곧장 소상강의 비바람 속으로 들어가 봤더니	直入瀟湘風雨裡
남창의 번화한 곳으로 우리 일행을 보내는 듯.	南昌神府送吾行

저 멀리 청산이 눈앞을 스쳐 지나가는데	遠遠靑山瞥眼生
만 리 부는 서풍에 돛단배 하나 가볍구나.	西風萬里一帆輕
악양정 위에서 다시 고개 돌려 바라보니	岳陽亭上更回首

---

70 두류산 : 원문에는 '두(頭)' 자 다음에 '류(流)' 자가 빠져 있다.
71 남창(南昌)의 고사 : 중국 당나라 때 왕발(王勃)이 지은 「등왕각시서(滕王閣詩序)」에서 남창 등왕각 앞을 흐르는 강가의 번화한 풍경과 등왕각의 아름다운 연회를 묘사한 일을 가리킨다.

일두 노인도 그 옛날 이런 유람 하셨겠지.　　　　蠹老當年有是行

○ 해산정 海山亭

해산정은 하동부 관아의 문이다. 멀리 바다와 산을 바라볼 수 있고, 아래로는 시가지를 살필 수 있어서 정신을 기쁘게 하고 흥금을 상쾌하게 한다. 고을수령 박서산(朴西山)[72]이 관아로 돌아와 있었다. 우리 일행이 하동에 도착했다는 소식을 듣고 아들 박순소(朴舜韶)를 보내 은근한 정을 극진히 하였다. 나는 춘관옹·소려와 함께 들어가 그를 만났다. 술상이 성대했으며, 접대가 매우 후하였다. 그리고 하룻밤을 묵으며 정담을 나누자고 하였다. 일행이 유람을 하느라 피로하다는 이유로 사양하고 나왔다. 다음날 아침 내가 작별을 하자, 박서산이 굳이 만류하며 말하기를 "오늘 이 고을 문사를 초청해 산과 바다를 유람하는 연회를 할 것입니다."라고 하였다. 그때 나는 긴급한 일이 있어 사양하고 떠났다. 춘관옹·남천 등 여러 공들은 머물렀다. 이 날 해산정 위의 풍류는 자못 적적하지 않았다고 한다. 나는 돌아온 뒤 여러 공들의 시를 보고서 차운하였다. 亭是河東郡門 遙可望海山 俯可觀市井 足以怡神爽襟矣 主守朴西山 今已還衙 聞吾行之抵府 送其子舜韶 以致殷勤 余與春翁小旅 入見之 盃盤燦爛 待之甚厚 因留爲夜話之計 一行以行役之憊 辭出 翌朝

---

72 박서산(朴西山) : 박기창(朴耆昌)을 말한다. 서산은 그의 호이다.

余作別 西山固挽曰 今日招致郡中文士 爲海山之遊 時余以緊關事 辭去 春
翁南川諸公 留之 是日 亭上風流 頗不寂寥云 歸後 覽諸作而賡之

바다 가엔 청산이, 관청 밑에는 다리 있어   海上靑山郡下橋
예악문물이 행해져서 모든 게 고요하구나.   文章行也盡蕭蕭
드나드는 문을 엄히 하여 관아는 조용하고   鈴索霜封官舍靜
다듬이소리 바람결에 먼 어촌에서 들리네.   砧聲風落水村遙
섬진강에는 돛단배로 사람들이 왕래하고   蟾津江帆人來往
오모 대부에게 사인이 저물녘에 문안하네.[73]   烏大夫門士暮朝
광문 같은 한 선비 말 타고 먼저 떠나가니[74]   有一廣文騎馬去
좌중 빈객들 웃으며 서로 가지 말라 부르네.   座中賓客笑相招

절 구경하고 가는 길에 관아 다리 건너는데   空門回屐渡官橋
돌길은 깊고 깊어 골풀과 대쑥 하나도 없네.   石逕深深沒菅蕭
봉래산으로 가는 구름 노새 등에서 어둑하고   蓬島歸雲驢背暗
동정호엔 낙엽 날리고 기러기 소리 멀어지네.   洞庭流葉雁聲遙
어찌 백발의 수령이 청렴한 규범을 어기리오   如何白首違淸範

---

73 오모(烏帽)……문안하네 : 오모는 귀한 신분의 자들이 쓰던 모자이다. 여기서는 고을수령
    을 가리키며, 유람하던 일행이 그를 만난 것을 의미한다.
74 광문(廣文)……떠나가니 : 광문은 당나라 때 사람으로 현종(玄宗)이 그의 글재주를 사랑
    하여 광문관(廣文館)을 설치해 박사로 삼았다. 여기서는 저자인 안익제를 가리키며, 자신
    이 먼저 떠나게 된 것을 비유하였다.

이제부턴 관복 입고 성스러운 조정 함께 하리.　　自是緋袍共聖朝
한 번 하동수령이 되어 인재를 취함이 많으니　　一鎭河陽多取士
거문고 몇 곡조로 임금을 위해 부르는 노래.　　高琴數曲爲君招

십 리마다 장정 있고 오 리마다 다리 있으니　　十里長亭五里橋
서풍이 끊임없이 불고 낙엽이 쓸쓸히 뒹구네.　　西風無限葉蕭蕭
고향 꿈에서 남몰래 따르던 나비들 흩어지고　　鄕夢暗隨蝴蝶散
나그네 여정에 함께 한 기러기도 멀어져가네.　　客程相共雁鴻遙
가장 아끼는 좋은 벗들이 다 모인 오늘 밤에　　最愛良朋來此夜
붉은 촛불 끄지 말고 새벽까지 즐겨 보세나.　　莫辭紅燭達明朝
작별하는 마음 섬진강 강물처럼 흐느끼는데　　離心亦似蟾江水
동쪽으로 떠나가며 만류를 기다리지 않네.　　滾滾東流不待招

　　-이는 서산(西山)[75]이 지었다.

○ 하동에서 작별한 시 河陽別章

내가 출발을 하자, 애헌 하자천,[76] 정학일,[77] 양성옥,[78] 유성남[79]도 따라나

---

75 서산(西山) : 당시 하동군수였던 박기창의 호이다.

76 하자천(河子天) : 자천은 자인데 이름은 자세치 않다. 하동군 옥종면 월횡리에 살던 인물
　　이다.

77 정학일(鄭學一) : 정종학(鄭鍾鸒)을 말한다. 학일은 그의 자이다.

섰다. 춘관·남천·소려·군오·태약만 남았다. 진양을 향해 출발하
니, 이른바 '남은 자가 반이고, 떠나는 자가 반이다.'라는 격이었다. 한
달 동안 함께 유람한 뒤이니, 어찌 서로 헤어지는 슬픔이 없을 수 있겠는
가? 余卽發 艾軒河子天·鄭學一·梁成玉·劉聖南 亦隨之 春觀·南川·
小旅·君五·泰若留 作晉陽之行 所謂處者半去者半 一月同遊之餘 那得無
分離之悵耶

강물은 전송하는 듯 산은 머무르는 듯한데　　　　　水似送人山似留
이 중 재촉하는 노인은 수염 허연 나로다.　　　　　此中催老鬢生秋
만약 지금 다시 소상강에서 작별을 한다면　　　　　如今又作湘江別
붉은 잎과 누런 꽃도 모두 수심에 잠기리.　　　　　紅葉黃花摠是愁

섬진강 물은 일찍이 멈춘 적이 없었을 테고　　　　　蟾津江水不曾留
단풍잎 쓸쓸히 나부끼고 기러기 나는 때라.　　　　　楓葉颼颼遠雁秋
하염없이 떠가는 인생 작별하는 길도 많지　　　　　滾滾浮生多別路
선계에서 나오자마자 내 마음 슬프게 하네.　　　　　仙門纔出使人愁

남은 이는 가는 자를, 가는 이는 남은 자를 그리네　留人懷去去懷留

---

78 양성옥(梁成玉) : 양규환(梁圭煥)을 말한다. 성옥은 그의 자이다.
79 유성남(劉聖南) : 성남은 법계사 앞 바위에 이름을 새긴 유진하(劉鎭夏)의 자인 듯하다.

꽃들도 모두 시들어 국화만 남아있는 늦가을이로다.　　又是殘花菊一秋
예로부터 인생살이는 그리워하는 정으로 늙어가지　　從古人生情界老
흰 구름과 붉은 단풍이 모두 수심에 잠긴 듯하구나.　　白雲紅葉摠關愁
　　－이는 남천이 지었다.

어른들은 서쪽으로 가고 나만 남쪽에 남았는데　　丈人西去我南留
기러기소리 들리는 산수유와 국화의 계절일세.　　鴻應聲高茱菊秋
비로소 알겠네, 인간세상에서 작별이 큰일임을　　始識人間離別大
사내라고 예로부터 어찌해 수심이 없었으리오.　　男兒從古孰無愁
　　－이는 장재화가 지었다. 장재화는 소려의 손자이다.　張在和 小旅孫

백 리 길을 함께 하다 작별하게 되어 슬픈데　　百里同行悵去留
하늘 맑고 강물 광활한 범선 띄울 저물녘이네.　　天晴水闊暮帆秋
서풍에 나뭇잎 떨어져 우수수 날리는 밤중에　　西風木落蕭蕭夜
나그네가 나그네를 보내는 수심 더욱 슬프네.　　客裏尤難送客愁
　　－이는 군오(君五)[80]가 지었다.

여러 날 고향을 떠나와 함께 유람을 했는데　　幾日殊鄕同去留
오늘 아침 이별하니 또한 쇠잔한 늦가을일세.　　今朝離別又殘秋

---

80 군오(君五) : 안충제(安忠濟)의 자이다.

백 리 여정 생각하니 어느 집에서 유숙할지 　　計程百里誰家宿
강가의 청산만 홀로 밤새 근심에 잠기리라. 　　江上靑山獨夜愁
　-이는 태약(泰若)[81]이 지었다.

가는 마음 물과 같아 떠나면 머물기 어려운데 　　歸心如水去難留
하물며 이곳이 바로 소상강의 구월 가을임에랴. 　　況乃瀟湘九月秋
새벽서리에 돌아가는 발걸음 관아 다리 나서니 　　曉霜回展官橋出
기러기 울음소리가 나그네를 보내는 수심일세. 　　鴻雁寒叫送客愁
　-이는 성남(聖南)이 지었다.

○ 화정 갈림길에서 애헌과 작별하다 花亭路 別艾軒

화정은 백사령 밑에 있는 산촌이다. 이곳에 이르러 길이 나뉜다. 애헌
하자천과 작별하면서 설산(雪山)과 월횡(月橫)에서 서로 그리워하자
는 약속을 하였다. 이는 대개 나는 설산에 살고, 애헌은 월횡촌에 살고
있었기 때문이다. 花亭卽白土嶺下山村也 至此 爲岐路 與艾軒河子天臨別
贈以雪月相思之約 盖余居雪山 艾軒居月橫村故云

화정까지 함께 와서 각자 길을 달리하니 　　偕到花亭路各之

---

81 태약(泰若) : 안희제(安熙濟)의 자이다.

백발에 이별이란 참으로 하기 어렵구나.　　　　　白頭離別政難爲

내 명월을 보고 그대는 눈을 볼 것이니[82]　　　　我看明月君看雪

백 리 밖에서 서로 그리며 생각하겠지.　　　　　百里相思兩想知

○사월동 沙月洞

사월동은 남천이 살고 있는 곳이다. 하동부에서 작별할 적에 남천은
은근히 나에게 한 번 방문해 줄 것을 청하였다. 그러므로 돌아가는 길
에 이 마을에 들렀다. 초상을 당한 이정부(李定夫)-병기(炳基)-에게 조문
을 하였다. 그는 바로 칠우(七友) 이회주(李會周)의 아들이다. 생사에
대한 감회가 없을 수 없었다. 그리고는 남천의 동생 이경유(李敬維)-도
추(道樞)-를 방문하여 그의 백형과 함께 유람한 일을 말하고, 율시 한 수
를 지어 남천에게 받들어 올린다고 하였다. 沙月洞 卽南川所居也 河陽
之別 南川勤囑余一訪 故歸路入是洞 弔李喪人定夫-炳基- 乃七友會周之子也
不能無存沒之感 因訪南川之弟敬維-道樞- 敍其與伯公同遊之事 留寫一律 奉
呈南川云

서쪽 하동에서의 작별이 슬프나니　　　　　　　　西愴河陽別

---

82 내……것이니 : 저자 안익제가 사는 곳은 의령 설뫼이고, 하자천이 사는 곳은 하동 월횡
　　(月橫)이므로 명월과 눈을 끌어와 읊었다.

함께 유람하다 떠나고 남게 되었네.　　　　　去留一路中

두꺼비는 깜짝 놀라 조수가 급하고　　　　　蟾驚潮水急

기러기 멀리 날아 맑은 하늘 비었네.　　　　雁遠晴天空

우리 일행 평평한 사월동에 이르러　　　　　行到平沙月

옛 문벌의 아름다운 풍속 다시 보네.　　　　復看古閥風

남천이 사는 깨끗하고도 고요한 집　　　　　南川瀟灑屋

한가로이 니구산 동쪽에 자리하였네.　　　　閒點尼邱東

○ 니구산 尼邱山

니구산은 진주 사월동 뒤편에 있는데, 사면이 모두 바위로 되어 험하
며, 중앙에 구멍이 있다고 한다. 여러 봉우리가 늘어선 산 능선에 우뚝
하게 솟아, 마치 공자 문하의 70명 제자들이 장단(莊壇)에서 빙 둘러
모시고 있는 듯하다. 적벽강(赤壁江) 하류가 그 남쪽에 흐르고 있는데
'문천'이라 하였다. 접때 묵동에서 문천을 건너 덕산으로 남천의 일행
을 따라갔기 때문에 바빠서 미처 니구산에 올라보지 못하였다. 지금
돌아오다가 유성남과 함께 다시 사월촌에 들어가 이 산을 한참동안 우
러러보면서, 앞의 유람이 헛되어 진경을 빠뜨렸음을 더욱 탄식하였다.

尼邱山在晉州沙月洞後 四面皆巖巖石确 中有孔穴云 悚立於諸峰羅列之中
有如七十弟子 環侍莊壇也 赤壁下流經其南 曰汶川 向自墨洞 渡汶水 追南
川之行於德山 故忙未登覽 今回與聖南 更入沙月 瞻仰久之 益嘆前遊之虛曠

而遺其眞也

멀리 빈산을 유람하다 가까운 진경을 빠뜨렸고	遠馳虛曠近遺眞
돌아가는 길에 문수 가에서 도의 근원 찾았네.	復路尋源汶水濱
아, 우리 영남은 추로지향으로 불리는 곳이니	猗我嶠南鄒魯地
니구산 산색이 푸르러 오히려 새롭기만 하네.	尼邱山色碧猶新

○ 단성 후동 丹城後洞

백마산성 북쪽 10리 지점에 후동이 있다. 우리 집안사람 안이선이 사는 곳으로, 농소는 그의 서실 당호이다. 안이선은 집안이 빈한하고 부친이 연로한데, 몸소 농사를 지어 봉양을 후하게 하면서도 독서를 그만두지 않으니, 그의 뜻이 가상히 여길 만하다. 내가 밤중에 층층의 농로를 따라 그를 찾아가다가, 바위 밑 대숲 사이에서 밝은 등불이 다가오는 것을 보았다. 그가 독서하는 것이 훌륭하다고 여겨서 그를 방문하였다. 白馬城北十里 有後洞 宗人安而善所居 而農巢 其書室號也 而善家貧親老 躬耕以厚養 且不廢讀 其志可嘉 余方冥行墻埴 見明燈出於巖根竹樹之間 認其讀書之大而訪之也

외로운 백마산성으로 석양이 넘어가는데	白馬孤城落日斜
가다가 꽃나무 속 오랜 집을 찾아 나서네.	行尋花樹百年家

바위 밑 대숲 사이로 밝은 등불 나타나니   巖根竹裏明燈出

농소의 집이 여기서 멀지 않은 줄 알겠네.   認是農巢不在遐

  -역자 주 : 이하는 지리산권역을 벗어난 작품이므로 생략한다.

작품
개관

출전 : 『남선록(南選錄)』, 「악양록(岳陽錄)」

일시 : 1903년 8월 27일부터 약 한 달 간

동행 : 조용진(趙鏞振), 장석신(張錫藎), 이도묵(李道默), 장두상(張斗相), 이인하(李仁夏), 안충제(安忠濟), 유진하(劉鎭夏), 안희제(安熙濟)

일정 : 갈령-양구촌 하한정-백사령-북천 모도재-횡천영당-하동 구자산-하동부-관황묘-두릉촌-악양루-동정호-평사촌　봉황대-고소산성-소상-악양정-화개-정금촌-쌍계석문-쌍계사-환학대-불일암-국사암-삼신동-세이암-삼신동-칠불암-옥보대-삼신동-화개-소상-해산정-횡천-화정-단성 사월촌-묵동-의령 설산

관련 작품 : 안익제의 「두류록(頭流錄)」(유람록 및 기행연작시)

관련 설명 및 저자 안익제(安益濟, 1850-1909) : 93쪽 참조.

방장산은
함부로 오르기 어려움을 알았노라

이태하의 방장기행

방장산은 함부로 오르기 어려움을 알았노라

이태하李泰夏의 방장기행方丈記行

○신해년(1911) 4월, 나는 동지들과 함께 방장산을 유람하기로 약속하고 곧장 행장을 꾸려 출발하니, 바로 4월 초8일이었다. 행정(莕亭)[1]에서 의춘읍(宜春邑)[2]으로 나왔는데, 마침 장날이었다. 시가지 음식점에서 점심을 배부르게 먹고 외국의 온갖 물건을 두루 보았다. 시장에 가득한 상인들은 작은 이익을 서로 다투며 상점을 벌여놓고 있었는데, 입으로는 난해한 말을 하였다. 미적미적 하는 사이에 벌써 해가 서쪽으로 기울었다. 여러 벗들과 길을 떠나 보천(寶川)[3]의 이진수(李鎭秀) 집에 이르러 며칠 동안 머물렀다. 11일 출발하여 진주에 이르렀다. 북과 호각 소리 속에 학도가(學徒歌)가 강가 진주성에서 요란하게 울리고 있었다. 인력거와 자동차가 도로에 연이어 있어, 이를 피해 한 모서리로 갔다. 포장이 산

---

1 행정(莕亭) : 현 경상남도 의령군 대의면 행정리 행정마을을 말한다.
2 의춘읍(宜春邑) : 현 의령군 의령읍을 말한다.
3 보천(寶川) : 현 의령군 화정면 상일리 보천마을을 일컫는다.

처럼 벌여있고, 호각소리가 진동했다. 가까이 다가가 보니 외국의 광대
무리였다. 곧장 촉석루로 올라가 보니, 무너진 성가퀴는 쓸쓸하고 지난
자취는 희미하였다. 누각에 기대 멀리 바라보니, 강물은 오열하고 사당
은 처량하여 나도 모르게 임진왜란 당시를 떠올렸다. 나는 여러 벗들을
돌아보며 말하기를 "이곳이 바로 삼장사(三壯士)⁴가 죽음을 맹세한 누각
이며, 한 의로운 기생이 강물에 몸을 던진 바위입니다."라고 하였다. 그
리고 함께 강개한 마음으로 현판의 시에 차운하였다. 歲辛亥四月 余與同人
相約往遊於方丈山 始理行裝 卽初八日也 自杏亭 至宜春邑 適値市日矣 午饒於市
肆 周視波斯之萬物 滿場商賈 錐刀相競 羅列廛房 口言難 因循之頃 不覺日已西矣
與諸益行 至寶川李鎭秀家 留數日 十一日發行 抵晋府 鼓角聲學徒歌擾動於江城
人力車自動車相接於道路 避至一隅 布帳山列 角聲震動 近而視之 是異國之侏倡輩
也 卽上矗石樓 頹堞蕭條 往跡依俙 倚軒眺望 江水鳴咽 祠宇悽慘 不覺思入于龍蛇
之當日也 余顧謂諸友曰 此三壯士矢死之樓 一義妓投水之岩也 相與慷慨 因次其板
上韻

이 일대의 긴 강이 산을 감싸고 흘러가는데	長江一帶抱山流
우뚝 솟은 촉석루가 푸른 물가 언덕에 있네.	矗石嵬嵬傍碧洲
임금에게 보답한 우리 삼장사가 순국한 곳	東國報君三壯士
남쪽지방 보장인 진주성의 한 높은 누각일세.	南州保障一高樓
근래 진주성 성가퀴 무너져 그림자도 없는데	日來城堞頹無影
논개의 의암⁵에서 바람 이니 수심이 있는 듯.	風起介岩若有愁

---

4 삼장사(三壯士) : 경상남도 진주성 싸움에서 장렬하게 전사한 세 명의 장군이다. 일반적으
　로는 '김천일(金千鎰)·황진(黃進)·최경회(崔慶會)'를 일컫는데, 다른 설도 있다.
5 의암(義巖) : 경상남도 진주성 촉석루 아래 남강변 수면 위로 솟아올라 있는 바위를 가리킨

그 옛날 붉은 충정은 어디서 다시 상상하리   伊昔丹忠何處想
푸른 물결 마르지 않아 백구만 노닐고 있네.   蒼波不渴白鷗遊

○시를 지은 뒤 서로 더불어 여관에 들어가 큰 사발의 술을 마시고 국수
를 먹고는 편안히 잤다. 다음 날(12일) 출발하여 모 처에 이르러 다리를
쉬고 점심을 배불리 먹었다. 그리고 다시 길을 떠나 수십 리를 채 못 갔
는데, 해가 이미 산에 기울었다. 여관에 들어가 주인을 불러 하루 숙박
하기를 청하자, 주인이 맞아주었다. 저녁식사를 한 뒤 어떤 두 사람이
와서 우리의 성명과 거주지를 물었는데, 바로 현행법의 이른바 '숙박기'
라는 것이었다. 다음 날(13일) 덕천강을 따라 올라가서 도구대(陶丘臺)
에 이르렀다. 이 도구대는 곧 우리 종선조 도구공(陶丘公)⁶께서 우거하
시던 터이다. 옛 생각에 감회가 일어 흠모의 마음을 금할 수 없었다. 오
언절구 한 수를 읊었다. 題畢 相携入旅館 飮大白食落麵而穩宿 翌日發行 至某
處 訖脚而午饁 行未數十里 日已崦嵫矣 入旅屋 呼主人 請一宿 主人迎之 夕後 有二
人來 問姓名居住者 卽法之所謂宿泊記者也 翌日 隨德川江 而登陶丘臺 此臺乃吾
從先祖陶丘公棲息.之址也 感舊懷 不禁糞墻之思 因吟五言一絶

다. 1593년 6월 제2차 진주성 전투에서 진주성이 일본군에 의해 함락되자, 논개(論介)는
   성을 점령한 일본군이 승리의 기쁨에 들떠 있을 때 일본군 장수를 이곳으로 유인한 후
   끌어안고 남강에 투신했다. 이러한 논개의 순국정신을 현창하기 위해 영남 사람들은 이
   바위를 '의암'이라고 불렀다. 서쪽 면에 각자가 있다.
6 도구공(陶丘公) : 이제신(李濟臣, 1510~1582)을 말한다. 자는 언우(彦遇)이고, 도구는 그의
   호이다. 남명 조식의 문인으로 경상남도 의령에 살았는데, 스승이 만년에 덕산으로 옮겨
   살자 가족을 데리고 이곳에 와서 살았다.

도구대 밑에는 시퍼런 물이 고였고	陶丘臺下水
도구대 위에는 푸른 산이 솟아 있네.	陶丘臺上山
당시 공의 일을 미루어 상상해 보니	追想當年事
공의 유풍이 이 도구대에 남아 있네.	遺風在此間

○산모퉁이를 돌아 입덕문(入德門)에 이르렀다. 웅장하게 서려 있는 거대한 바위는 위로 층층이 포개져 있고, 아래는 평평하여 둘러 앉아 발을 씻었다. 그리고 옷을 털고 일어나 작은 주막으로 들어가 술을 사서 마시고, 곧장 남명 선생의 서원이 있는 마을에 이르렀다. 비가 내려 며칠을 머물렀다. 동행한 여러 벗들은 일이 있어 각자 옛 장원으로 돌아가고 나만 홀로 남아 있었다. 나물 반찬이 매우 맛있어서 서로 웃으며 절구 한 수를 지었다. 轉至入德門 雄盤巨石 上層下夷 因匝坐濯足 振衣入小肆賒酒 卽抵南冥先生之書院村 而滯雨數日 同行諸友因事各歸故庄 余獨留 菜饌甚佳 因相笑而吟一絶曰

푸른 나무 소반 위의 나물 반찬들	盤靑木頭菜
비단 물결의 꽃이 피어난 듯하네.	著發錦浪花
산골마을 부엌에는 별미가 많으니	山廚多別味
어찌 물 위에 핀 꽃을 부러워하리.	何羨水梭蘤

○다음 날 세심정에 올라 현판의 시에 차운하다 翌日 登洗心亭 次板上韻

| 세심정은 어찌 그리도 우뚝하던지 | 洗心亭何屹 |

입덕문과 서로 바라보이는 데 있네.　　　　　　　相望入德門

의로운 길 오히려 평탄하기만 하고　　　　　　義路猶平垣

지혜로운 물은 또 근원에서 나오네.　　　　　　智水又淵源

삼강오륜 부지하던 담장 무너졌지만　　　　　　三綱墻已頹

　-닥천서원의 옛 담장을 말한다. 卽書院舊墻

하나의 필적은 오히려 남아있구나.　　　　　　一筆跡猶存

찬란한 전각의 문설주 위에 쓴 글자　　　　　　煌煌楣上字

이를 보고 속진의 번뇌를 씻는다네.　　　　　　看來滌塵煩

　-당시 덕천서원 터는 황폐해졌는데, 임금이 하사한 비석 두 기는 그대로 있었다.
　하나는 남명 선생의 비석이고, 하나는 최수우당[7]의 비석이다. 時院址草蕪 而有御製
　碑二 一先生碑 一崔守愚堂碑也

○17일. 일찍 조반을 먹은 뒤 등산의 행장을 꾸려 며칠 먹을 식량을 싸
가지고 허관천(許觀川)-학로(學魯)-과 함께 권극오(權克五)[8]·권순검(權順
儉)[9]을 방문하여 함께 다간(茶澗)[10]의 김증국(金曾國)[11]의 집에 갔다. 주인
이 술을 사다가 매우 정성스럽게 대접했다. 그와 함께 길을 떠나 금포정

---

7 최수우당(崔守愚堂) : 남명 조식의 문인 최영경(崔永慶, 1529-1590)을 가리킨다. 수우당은
　그의 호이다.

8 권극오(權克五) : 권용하(權庸夏)를 말한다. 극오는 그의 자이다.

9 권순검(權順儉) : 순검은 자인 듯한데 자세치 않다.

10 다간(茶澗) : 현 경상남도 산청군 삼장면 대하리 다간마을을 가리킨다.

11 김증국(金曾國) : 자세치 않다.

(錦布亭)¹²에 이르렀는데, 수목이 주밀하고 수석이 명랑하여 완연히 선인의 자취가 있는 듯했다. 그리하여 감흥이 일어 시를 읊었다. 十七日 早食后 治上山之行 持數日粮 與許觀川-學魯- 訪權克五·權順儉 相携入茶澗金曾國家 主人沽酒甚款 與同行 至錦布亭 樹木稠密 水石明朗 完然如有仙人之跡 因感而吟

참으로 좋구나, 방호산의 금포정이여	好是方壺錦布亭
꾀꼬리는 울어대고 숲은 푸르러 가네.	鶯梭憂札織林青
골짜기 입구에서 신선의 길을 찾는데	相憑谷口尋仙路
제일곡의 자지가¹³에 술이 반쯤 깨네.	一曲芝歌酒半醒

○ 풍암으로 나아가 조금 쉬다가 내원촌에 이르렀다. 내원촌 앞에 큰 나무가 있고, 또 큰 바위가 있었다. 사람들이 그 바위에 둘러앉아 불을 지피고 물을 마셨다. 그리고는 권씨를 방문하여 함께 시를 수창하며 갈증을 풀고 구두로 시를 지었다.-권씨는 삼가에서 이곳으로 와서 살고 있는 사람이다.- 前進風岩 小憩 至內源村 村前有大樹 又有巨石 匝坐藝火吸水 因訪權氏 與之相酬 解渴而口號-權氏自三嘉來寓於此者也-

길을 나서 풍암 지나 내원촌으로 향하는데	行度風岩向內源

---

12 금포정(錦布亭) : 현 산청군 삼장면 대포리 내원사 계곡 입구에 있던 정자이다.
13 자지가(紫芝歌) : 진(秦)나라 때 상산사호(商山四皓)가 남전산(藍田山)에 들어가 불렀다고 하는 노래로, 채지조(採芝操)라고도 한다.

마을 풍경 그윽하여 사립문도 보이지 않네.　　　村容幽邃掩柴門

천왕봉이 여기에서 얼마나 먼 지 알겠으니　　　王峯此去知何處

울창하고 빽빽한 숲에서 모두들 말이 없네.　　　鬱鬱叢林摠不言

○ 천왕봉이 얼마나 멀리 있는지 마을 사람에게 물었더니, 모두 말하기를 "층층의 바위는 절벽을 이루고, 수목은 빽빽하게 우거졌으며, 새와 짐승이 무리를 이루고 살아, 쉽게 오를 수는 없을 것입니다."라고 하였다. 또 말하기를 "길을 아는 사람이 있으면 괜찮지만, 길을 아는 사람이 없으면 안위를 예측할 수 없습니다. 그러니 산길을 잘 아는 사람을 골라서 떠나는 것이 좋습니다."라고 하였다. 그러자 일행 모두가 말하기를 "참으로 그러합니다."라고 하였다. 곧바로 한 사람을 구해 앞서 안내하게 하고, 우리는 그 뒤를 따랐다. 5리쯤 가자 해가 이미 저물었고, 또 소나기가 세차게 쏟아져 산막에 들어가 비를 피하였다. 잠시 뒤 비가 그쳤는데, 높은 나무 위에 노란 꾀꼬리가 나란히 앉아 습기를 걱정하고 있었다. 이에 시 한 수를 지었다. 其上峯之遠近 問於村人 皆曰 層岩絶壁 樹木鬱密 禽獸成群 不可容易而行 且曰 有知路則已 若無知者 安危未可料也 擇村人熟路者 可也 咸曰 固然 卽求一人 前導隨後 去來五里 日已西 且驟雨沛然 入山幕避雨 小頃雨歇 喬木黃鶯竝坐愁濕 仍点韻

울창한 숲 성근 비에 습기를 근심하는 꾀꼬리　　　疎雨稠林愁濕鶯

꾀꼴꾀꼴 벗을 구하는 소리로 평생을 보낸다지.　　　嚶嚶求友過平生

지리산에 오르려 하다가 이곳에서 멈추었으니　　　欲登智異止斯地

무단히 세속의 인정에 끌리는 내가 부끄럽구나.　　　愧我無端任俗情

○산가의 협실을 빌려 묵었는데, 굼벵이가 매우 많아 잠을 편히 잘 수 없었다. 주인을 불러 다른 곳을 구해 숙소를 옮겼는데 그곳도 협실이었다. 그러나 하룻밤 묵기에는 충분하였다. 등불을 켜놓고, 어떤 이는 앉고 어떤 이는 누워 기뻐하며 한 바탕 웃었다. 그리하여 율시 한 수를 지었다. 乃借宿山家夾室 而蝎群甚多 未能穩眠 呼主更求 隨而去之 是亦夾室 然一夜 經宿之計 足矣 排燈或坐或臥 載欣載笑 因吟一律

서생이 지팡이 나막신으로 산촌에 들어가니	野人筇屐入山扉
빽빽한 나무 숲속에 몇 집이 의지해 있구나.	滿木叢中數屋依
비가 그친 삼경에 무릎을 구부리는 신음소리	雨歇三更吟促膝
산이 깊어 사월에도 냉기가 옷깃에 스며드네.	山深四月冷侵衣
귀 기울여 개울 물소리 듣자니 잠 못 이루고	俯聽泉響枕難睡
높은 천왕봉을 우러르니 몸은 날아가 듯하네.	仰看高峯身欲飛
옛날 오래도록 계획했던 일을 오늘 실행하여	伊昔經營今日就
천만 겹의 두류산에서 읊조리며 돌아가리라.	頭流千疊咏而歸

○다음 날 곧바로 출발하였다. 바위가 여기저기 서 있고, 산골짜기의 물은 세차게 흘러내렸다. 홀연히 돌아보니 어떤 한 아이가 따라오고 있었다. 그에게 물었더니, 이 마을 아동이라고 했다. 발걸음을 재촉하여 산으로 오르는데, 발이 부르트고 목이 마른 줄도 몰랐다. 좌우를 돌아보고 앞뒤 사람이 서로 부르면서 차례로 조심조심 나아갔다. 머리를 들어 보니, 골짜기에 가득한 나무는 한 아름이나 되지 않는 것이 없었고, 앞을

가로막고 있는 것은 모두 한 길이 넘는 바위들이었다. 등넝쿨이 칭칭 감아 반쯤 죽은 것이 모두 무슨 나무인지, 수목이 울창한 숲에서 울어대는 것은 무슨 새인지 모르겠다. 이에 갓을 벗고 망건을 쓰고서 숲을 뚫고 험한 곳을 지나니, 약초를 캐는 사람 두세 명이 짝을 이루어 끊임없이 서로를 부르고 있었다. 촉도(蜀道)¹⁴의 험난함도 반드시 이와 같지는 않을 것이다. 이끌고 두류동 입구에 이르러 입으로 읊었다. 翌日卽行 岩石參差 山水雄流 忽然顧之 有一童隨之 問之 乃村童也 乃促步登臨 不覺足之繭喉之渴 左瞻右顧 前呼後應 次第愼涉 而擧頭送目 滿壑者 無非連抱之木 當前者 盡是磨頂之岩 藤蘿深菁中半死者 盡是何樹 樹林鬱密間相鳴者 未知何禽 乃脫冠着巾 穿林躍險 則採藥者數三作伴 呼應不絶 蜀道之難 不必如是 引至頭流洞口 口呼

짧은 지팡이 날리며 홀연히 이 두류동에 이르니	短筇飄忽抵斯頭
절벽의 층층 바위 밑에 폭포 하나가 흘러내리네.	絶壁層岩一沛流
저녁나절 봄의 신이 떠나간 뒤에 여기 와 보니	晩到東君薨去後
침침한 온 골짜기에 푸른 산이 그윽하기만 하네.	陰陰萬壑碧山幽

○산간에 사는 사람에게 묻기를 "이곳에서 천왕봉까지는 몇 리나 됩니까?"라고 하였더니, 그가 답하기를 "50리쯤 됩니다."라고 하였다. 또 산세가 험한지 평탄한지를 물었는데, 그가 답하기를 "바위 하나의 거리를

---

14 촉도(蜀道) : 중국 촉 땅으로 들어가는 험난한 길을 가리킨다. 당나라 때 시인 이백(李白)의 「촉도난(蜀道難)」이 유명하다.

두더라도 하루 종일 만날 수가 없습니다."라고 하였다. 곧바로 손을 이끌고 산에 오르기 시작하였다. 잡아당기기도 하고 기어오르기도 하였는데, 마치 개미가 구부리고 층층의 얼음에 붙어 있는 것과 흡사했다. 눈을 들어 돌아보니, 거의 구름을 뚫고 속세를 초탈한 듯한 상상이 들었다. 몇 리를 더 가자, 배가 고파 더 이상 걸을 수 없는 사람이 생겼다. 나도 머리에 현기증이 나고 입이 말랐다. 서로 더불어 한 곳에 둘러앉아 함께 싸가지고 간 밥을 먹었다. 다시 오르기도 하고 쉬기도 하며 간신히 가장 높은 봉우리에 올랐는데, 천왕봉이 눈앞에 있었다. 그곳에서는 해와 달을 잡을 수 있을 듯하였다. 오뚝이 높은 바위 위에 기대어 앉자, 신선의 자취를 아련히 보는 듯했다. 곧장 상봉에 오르니, 참으로 거대한 산이었다. '천왕봉(天王峯)'·'일월대(日月臺)'라는 각자가 있었는데, 어느 시대 누구의 필적인지 모르겠다. 천 겹의 두류산을 발 아래로 굽어보니, 만 리의 푸른 바다가 지평선 끝에서 가물거리고 있었다. 바위 면에는 '천왕봉'·'일월대' 각자가 찬란히 빛나고, 사당 안에는 미륵 돌부처가 단정히 안치되어 있었다. 멀리 땅 끝을 바라보고 사해를 굽어보니, 참으로 이 산은 경상도와 전라도 두 도의 거대한 진산이었다. 그리하여 운자를 내서 율시 한 수를 지었다. 因問居人日 此去天王峯幾何 答日 五十里云 又問山勢夷險 答日 相違一岩 終日不相見 卽携手登臨 且攀且陟 比如蟲蟻之附層氷 擧目回眺 庶有凌雲脫屣之想 而至數里 或有腸虛不進者 余亦頭眩口渴 相匝坐一處 共食裹飯 且行且憩 僅登最高峯 天王在前 日月可攀 兀兀憑依巉嵓之石 隱隱如見神仙之跡 旣登上峰 眞巨岳也 天王日月之刻 未知何時何人之筆跡也 千疊頭流 低俯於腋下 萬里滄溟 出沒於眼際 天王日月輝煌於岩面 彌勒石佛端拱於堂中 遙望八埏 俯窺四海 眞慶尙全羅兩道之巨鎭也 因占韻一律日

대지가 정기를 길러 멀리 하늘까지 닿았으니　　　　　大塊毓精遠接天

천왕봉 위에는 일 년 내내 대낮처럼 환하네.	天王峯上晝如年
방장산이 함부로 오르기 어려움을 알았으니	始知方丈誠難涉
신선과 다행히도 연분이 있는 듯도 하구나.	庶或神仙幸有緣
공자께선 태산 올라 천하를 작다 하셨는데	曾謂泰山天下少
멀리 반도를 보니 바다 동쪽에 치우쳐 있네.	遙看半島海東邊
우리가 어찌하면 하늘로 오를 날개를 얻어	吾儕安得凌宵翮
사방으로 날아서 팔방의 땅 끝까지 다 볼까.	飛騖四方眄八埏

○삼라만상을 두루 구경하니 눈에 가득 보이는 것을 글로 다 기록하기 어려웠다. 바위틈에 백반과 미역을 차려 놓은 것이 있었으며, 미륵석불 앞에는 청어 한 마리가 올려져 있었다. 그것을 보고 생각해 보니 기이하기만 했다. 이는 필시 사람들이 차려 놓은 것이지 하늘이 베푼 것은 아닐 텐데, 무슨 소원이 있어 이처럼 치성을 드린 것일까? 만약 그렇다면 며칠 동안 여기에 머물며 제사를 지냈단 말인가? 알 수 없는 일이었다. 그리고서 서쪽으로 구름 낀 봉우리를 바라보았다. 동쪽의 검푸른 바다를 바라보니 드넓고 가물가물 하였다. 또 곳곳이 마치 개미두둑이나 연못처럼 보였는데, 시계가 시원하게 뚫려 소소한 산과 물은 참으로 이른 바 '산이 되기 어렵고 물이 되기 어렵다'[15]고 한 경우와 같았다. 순식간에

---

15 산이……어렵다 : 『맹자(孟子)』「진심 상(盡心上)」에 "공자께서 동산에 올라 노나라를 작게 여기셨고 태산에 올라 천하를 작게 여기셨다. 그러므로 바다를 본 자는 물이 되기 어렵고, 성인의 문하에서 노닌 자는 말을 하기가 어렵다.[孔子 登東山而小魯 登太山而小

해가 이미 세석평전으로 기운 것도 몰랐다. 그래서 얼른 일어나 서로 이끌고 하산하였다. 경계하고 두려워하며 조심조심 내려왔는데, 서로 부르며 확인하기를 그치지 않았다. 하늘을 떠받치고 있는 것은 오래 묵은 노송나무였으며, 대지에 가득한 것은 떨어진 나뭇잎이었다. 우뚝하고 험난한 높은 봉우리는 촉도(蜀道)와 검각(劍閣)[16]의 가파른 절벽이나 겹겹의 냇물과 흡사하여, 깊숙이 떨어져 있는 신선이 사는 산보다 못하지 않았다. 숲을 뚫고 가파른 능선을 헤치며 지나 분수령에 도달하자, 어두운 그림자가 벌써 나무 사이로 드리기 시작하여 지척을 분간하기 어려웠다. 가던 길을 멈추고 둘러 앉아 일제히 큰 소리를 질렀다. 그러자 한 곳에서 큰 소리로 응답하는 소리가 들렸다. 곧장 그곳으로 가서 산막에 이르렀다. 각자 통성명을 하였는데, 이 산막에 사는 사람은 김경덕이었다. 쌀을 꺼내 서둘러 밥을 지었다. 배가 고프고 목이 마르던 차에 맛있게 밥을 먹고, 험한 곳을 지나오느라 피곤하여 골아 떨어졌다. 깨어나 둘러보니 해가 이미 동해에서 솟아올라 있었다. 주인이 접대하기를 정성껏 하였는데, 일을 조처하는 것이 주밀하고 자상하였으니, 참으로 은군자였다. 드디어 그와 함께 절구 한 수를 읊었다. 周觀萬像 滿目所睹 難以筆舌盡記 而岩隙有白飯海藿之設 勒前有靑魚一尾之置 見而思之 異哉 此必人之所爲 非天之所爲 則有何所願而如是致誠也 若爾則幾日留連而致祭耶 未可曉也 因西望雲峰 東頻蒼溟 森森杳杳 處所若培塿池溏 而眼界豁然 小小山水 眞所謂難爲山難爲水者也 瞬息之間 不覺日已經細柳矣 因起相携而下山 戒懼愼涉 呼應不絶 撑天者 是老檜之木 滿地者 彼隕蘀之查 崎險崔巍 有似蜀道劍閣懸厓複流 不下神山之幽隔 穿林披巘 行到分水嶺 暝色已生於樹間 難分咫尺 休行匝坐 齊口高聲大呼

天下 故觀於海者 難爲水 遊於聖人之門者 難爲言]"라고 한 것을 가리킨다.

16 검각(劍閣) : 중국 장안(長安)에서 촉 땅으로 들어가는 험난한 요새를 말한다.

有一處 亦高聲應答 即至山幕 挑燈相看 各通姓名 是其金敬德也 出粮米促飯 腸枵
喉渴之餘 甘食而僛於涉險穩宿 覺而起視 日已上東溟矣 主人接待款曲 處事周詳
眞隱君子也 遂與吟一絶

천왕에게 작별을 고하고 분수령에 도착하여	拜別天王到水分
산막에 사는 은군자 성명을 비로소 알았네.	隱君子姓始傳聞
통명한 곳을 떠나 와 남은 사물 생각하노니	通明去後惟餘物
고개 위엔 지금도 흰 구름이 많이 있겠구나.	嶺上至今多白雲

○다시 길을 떠나 인가가 점점 가까워지자, 신선세계는 이미 까마득히
멀어졌다. 양자강·회수(淮水)·원수(沅水)[17]·상수(湘水)[18]가 비록 사마천
(司馬遷)이 남쪽으로 유람하며 구경하지 못한 곳일지라도, 사령운(謝靈
運)[19]의 발길이 닿지 못한 것은 매우 한스러워할 만하다. 나는 천만 겹의
두류산을 꿈에서라도 올라보고 싶었는데, 한 차례 방장산을 구경하고
나니, 나의 유람도 이제는 극진해졌도다. 復此人家漸近 仙源已邈矣 江淮沅
湘 雖乏司馬遷之南遊登臨 深恨無謝靈運之山屐 頭流千疊 未免夢裏 一觀方丈 遊
於是乎盡矣

---

17 원수(沅水) : 중국 호남성을 흐르는 강이다.
18 상수(湘水) : 중국 호남성 동정호 남쪽에서 동정호로 흘러드는 강을 말한다.
19 사영운(謝靈運) : 중국 남북조시대 남조 송나라 때 시인이다.

출전: 『남곡유집(南谷遺集)』권1, 「방장기행(方丈紀行)」

일시: 1911년 4월 8일-4월 21일

동행: 벗 여러 명

일정: 의령-진주성-덕산-내원촌-천왕봉-하산

저자: 이태하(李泰夏, 1888-1973)

자는 우경(禹卿), 호는 남곡(南谷), 본관은 고성(固城)이다. 경상남도 의령군 정곡면 오방리(五方里)에서 태어났다. 부친 서산(棲山) 이경모(李景模)와 모친 안동권씨(安東權氏) 사이에서 태어났다. 외조부는 권익민(權翼民)이다. 부인은 허기(許沂)의 딸로, 분성허씨(盆城許氏)이다.

어려서 족형(族兄)인 수산(壽山) 이태식(李泰植)에게 수학하였고, 후에 면우(俛宇) 곽종석(郭鍾錫)에게 나아가 배웠다. 1910년 경술국치 이후 부친을 따라 합천 황매산 중남곡(中南谷)에 들어가 살았다. 부자(父子)가 함께 강학하고 배우러 찾아오는 자가 있으면 번갈아 가르쳤으며, 광복 후에 산에서 나왔다. 저서로 『남곡유집』이 있다.

온 세상의 소소한 봉우리들
한 하늘을 이고 있네

유현수의 두류기행

온 세상의 소소한 봉우리들
한 하늘을 이고 있네

유현수柳絢秀의 두류기행頭流紀行

-정사년(1917) 가을, 이가윤[1]과 함께 서쪽으로 두류산을 기행하며 지은 5수 丁巳秋
同李可允 西遊頭流紀行 五首

○ 도구대[2] 陶邱臺

오래된 도구대에서 청류[3] 도구공을 조문하니　　　　陶邱臺古弔淸流
신령스런 발자취를 붓으로 그려낼 길이 없구나.　　　　靈躅無因筆底收

---

1 이가윤(李可允) : 이수안(李壽安, 1859-1928)을 말한다. 가윤은 그의 자이며, 호는 매당(梅
堂), 본관은 재령이다.

2 도구대(陶邱臺) : 남명 조식의 문인 이제신(李濟臣, 1510-1582)이 은거하던 곳이다. 도구는
그의 호이다.

3 청류(淸流) : 중국 고죽국(孤竹國)의 왕자인 백이(伯夷)와 숙제(叔弟)가 주 무왕(周武王)
의 정벌에 반대하여 수양산에 물러나 은거했던 것을 들어, 성인(聖人) 중에서 청(淸)에
뛰어난 분이라 일컫는데, 그런 청렴을 추구한 무리하는 뜻이다. 여기서는 이제신이 그런
부류의 인물임을 일컫는다.

선생에게 지어지선의 경지를 물어 보았더니   借問先生知止處
천 년 동안 흘러나오는 한천⁴을 가리키시네.   寒泉指證一千秋

○ 고마정⁵ 叩馬亭

우리 일행이 한유한 공의 고마정에 이르러   我到韓公叩馬亭
머리를 들고서 흔들어보니 청풍이 생겨나네.   翹頭拂拂淸風生
예로부터 이름난 절개 참으로 이와 같았으니   古來名節眞如此
국력을 돌이키기 어려워 한 선비는 떠났다네.   國力難回匹士行

○ 살천동 입구에서 薩川洞口

우뚝 선 기이한 바위는 파도를 삼킬 듯한 형세   玉立奇巖勢喫波

---

4 한천(寒泉) : 『시경(詩經)』 패풍(邶風) 「개풍(凱風)」에 보이는 말로, 효자의 지극한 효성을
말한다. 송나라 주희(朱熹)가 모친상을 당했을 때 여묘살이하던 집을 한천정사(寒泉精舍)
라 하였는데, 땅을 파서 샘을 얻듯 지극한 효성으로 모친을 다시 만나고자 하는 의미가
있다. 이런 데서 연유하여 후대에는 근원을 가리키는 뜻으로 쓰였는데, 여기서는 '도의
근원'을 의미한다.

5 고마정(叩馬亭) : 현 경상남도 산청군 시천면 사리 입구의 시천 물가를 말한다. '고마(叩
馬)'라는 말은 백이·숙제가 주나라 무왕의 말고삐를 잡고 은나라를 정벌하는 것에 대해
간언했다는 고사에 연유하였다. 여기서는 고려 말 한유한(韓惟漢)이 이곳 사리(絲里)에
은거하고 있었는데, 임금이 부르는 어명이 내려오자 후문을 박차고 나아가 이 물가에 이르
렀기 때문에 붙여진 이름이라 한다. 그러나 한유한이 말고삐를 잡고 무엇을 간언했는지에
대해서는 전하는 기록이 없다. 따라서 사리 근처에 백이·숙제가 숨어 살았던 수양산(首陽
山)이 있기 때문에 그와 연관해 유래된 이름인 듯하다.

유람객은 도리어 속세 마음 많아서 부끄럽구나.	遊人還愧俗襟多
백발로 함께 유람 온 매화나무 밑에 사는 노인[6]	白髮同來梅下老
바람 쐬며 먼저 주자의 무이도가[7]를 부르시네.	臨風先唱武夷歌

○ 벽송암[8]에서 김장중-종화-를 만나다 碧松菴 逢金莊仲-鍾和-

벽송암으로 가는 높고 험난한 길에서는	碧松天險路
문득 산행하는 이의 마음이 긴장되었지.	忽短行人心
준수하고도 출중한 젊은 벗들을 만나니	楚楚青年友
우리를 이끌고 도우며 진경을 찾아가네.	提携眞境尋

○ 천왕봉 天王峯

일월대에서 광명을 넉넉하게 하길 책려하니	策足光明日月臺
온 세상 소소한 봉우리들 한 하늘을 향하네.	千邦螺伏一天回
명산을 유람하고자 한 평생의 약속을 지켜	生平願做名山約

---

6 매화나무……노인 : 함께 유람한 이수안의 호가 매당(梅堂)이므로 그렇게 부른 듯하다.
7 무이도가(武夷櫂歌) : 송나라 때 주희가 무이산 속 무이정사(武夷精舍)에 은거할 때 무이
  구곡(武夷九曲)을 경영하고 노래한 10수의 시를 말한다.
8 벽송암(碧松菴) : 경로상으로 보아 법계사를 가리키는 듯하다. 이수안은 1917년 8월 2일부
  터 14일까지 중산리→법계사→천왕봉→대원사를 거쳐 귀가하는 일정으로 유람하였다.

쉰아홉 살 팔월에야 이 천왕봉에 올라왔네.　　　五十九年八月來

출전: 『청천사세연방록(菁川四世聯芳錄)』 중 『천우고(川愚稿)』 권1, 「정사년 가을
　　　이가윤과 함께 서쪽으로 두류산을 기행하며 지은 5수〔丁巳秋 同李可允 西遊頭
　　　流紀行 五首〕」
일시: 1917년 8월 2일-8월 14일
동행: 이수안(李壽安) 등 10여 명
일정: 단성 사월(沙月)-덕산-중산리-벽계사-천왕봉-순두촌-대원사-대포리-
　　　옥종-사월
관련 유람록: 이수안의 「유두류록(遊頭流錄)」
관련 자료: 『선인들의 지리산 유람록 5』(보고사, 2013)

저자: 유현수(柳絢秀, 1859-1920)
자는 치경(致絅), 호는 천우(川愚)이며, 본관은 진주(晉州)이다. 경상남도 단성의 정
태(丁台)에 살았다. 부친은 유원휘(柳遠輝)이며, 모친은 곽순조(郭淳兆)의 딸이다.
을사늑약 이후 지리산 및 남해 이순신 전적지 등 여러 명승을 유람하며 울분을 토로
하였다. 저서로 『우천고』가 전한다.
유현수의 지리산 유람은 이수안(1859-1929)과 그의 아들 이현덕(李鉉德, 1887-1964)
등 10여 명이 함께 하였다. 이 기행에서 이수안은 유람록인 「유두류록」을, 유현수는
이 기행연작시를 남겼다. 이현덕은 1941년 다시 이 코스로 지리산을 올라 기행연작시
18수를 남겼는데, 이때의 유람을 계승한다는 의미로 「후두류시(後頭流詩)」라 이름하
였다.

부처도 구름 그림자 속에서
졸고 있구나

하경락의 쌍칠기행

부처도 구름 그림자 속에서 졸고 있구나

하경락河經洛의 쌍칠기행雙七紀行

-계해년(1923) 4월 곽성심(郭聖深)-심(沁)- 어른, 집안사람 은호(殷浩)-용수(龍秀)-, 하도약(河道若)-계락(啓洛)-, 이자용(李子庸)-용(鎔)-, 김서구(金瑞九)-영기(永耆)-, 이공우(李孔遇)-태진(台鎭)-, 김경진(金敬眞)-영홍(永弘)-과 함께 노복 한 명을 데리고 유람을 하다. 癸亥四月 與郭丈聖深-沁- 族人殷浩-龍秀- 河道若-啓洛- 李子庸-鎔- 金瑞九-永耆- 李孔遇-台鎭- 金敬眞-永弘- 率短僕作行

○ 하동읍을 지나다 過河東邑

이곳은 반절이 안개이고 절반은 꽃이로다	半是烟雲半是花
하동 땅의 물색이 근자에 얼마나 좋은지.	河東物色近何多
큰 들판 긴 숲은 우리나라 땅이 아니러니	大野長林非我土
높은 성 굽은 성각 끝내 누구의 집이런가.	高城曲角竟誰家

-강을 따라 상하로 왜인들이 숲을 조성한 것이 매우 장엄하였다. 沿江上下 日人植林 甚壯

이익을 노리는 오랑캐 질주함을 자랑하고   射利蠻雛誇疾走
책을 낀 아이들 방자하게 옆을 지나치네.   挾書兒女恣橫過
우리 인생은 절로 천추의 한이 있기 마련   吾生自有千秋怨
취하여 명승고을에 이르니 해가 저물었네.   醉到芳洲日已斜

○ 악양정에서 묵다 宿岳陽亭

　-악양정은 화개 땅에 있는데, 정일두를 위해 지었다. 亭在花開地 爲一蠹作

한가한 날 진경 찾아 이 정자에 올랐는데   暇日尋眞到此亭
화개 땅 사월엔 비가 내려 어둑어둑하네.   花開四月雨冥冥
빛과 향기 시들어 없어졌다 말하지 마소   莫道光芬休已盡
방장산의 천 겹 봉우리 지금도 푸르다오.   方壺千疊至今靑

○ 쌍계사에서 겸재¹ 선생의 옛 시에 차운하다 雙溪寺 用謙齋先生舊韻

시냇물은 맑아서 속세 티끌 다 씻어냈고   溪淸塵已洗
바위가 빼어나서 경관조차 절경이로다.   巖秀境仍絶
성대히 운집한 모임 어느 때인지 알아   盛集知何世

---

1 겸재(謙齋) : 하홍도(河弘度, 1593-1666)의 호이다. 현 경상남도 하동군 옥종면 안계리에
　거주하였다. 남명 조식의 사후 남명학의 일인자로 칭송받았다.

깊은 생각으로 앉아 명월을 바라보네.　　　　　　　　　沈吟坐看月

○ 쌍계석문을 나오며 出雙溪石門

함께 쌍계사의 달빛 속에서 묵은 뒤　　　　　　　　　共宿雙溪月
낭랑히 읊조리며 골짜기 문을 나오네.　　　　　　　　朗吟出洞門
산들바람 짤막한 신발에서 일어나니　　　　　　　　　璇風生短屩
천 봉우리 구름 위로 올라가 보리라.　　　　　　　　　踏破千峯雲

○ 신흥동에서 선조 일헌공²의 시에 차운하다 神興洞 次先祖一軒公韻

깊숙한 절경은 한 점 티끌도 용납하기 어려워　　　　境絶難容一點埃
사람을 도리어 백 번 천 번 돌아가게 하누나.　　　　令人却欲百千回
조물주가 부린 솜씨 무슨 의도인지 알겠으니　　　　圓翁設巧知何意
물은 절로 굉음 내고 바위는 절로 우뚝하구나.　　　　水自轟雷石自臺

---

2 일헌공(一軒公) : 하해관(河海寬, 1634-1686)을 가리킨다.

○ 칠불암 七佛庵

천 겹의 방장산에 한 구역 뚫린 이 동천   千疊方壺一罅天
화개동천 깊은 곳에서 진경을 찾는 인연.   花開深處覓眞緣
옥보대 위 옥보고는 옛날의 그 사람인 듯   玉君臺上人如昨
일곱 왕자 비춘 영지 하루가 일 년 같네.   王子池邊日抵年
풍경소리에 천 봉우리는 고요하기만 하고   磬落千峯聲裡靜
구름 깊어 부처들은 그 속에서 졸고 있네.   雲深群佛影中眠
아래 속세를 굽어보니 속진으로 어둡구나   俯看下界腥塵暗
이제 신선 배우러 떠난들 누가 방해하리.   從此何妨去學仙

○ 호남으로 유람 가는 김서구와 이공우를 전송하다
送金瑞九 · 李孔遇遊湖南

가는 곳마다 선방에서 머물 터이니   禪房隨處住
속진이 머리 돌릴 때마다 없어지리.   世累轉頭空
청학이 너울너울 춤추는 물외이고   青鶴蹁躚外
백운이 가물가물 깊은 산중이리라.   白雲縹緲中
서쪽 호남에 명승이 많다고 하지   西湖多勝地
남악에선 긴 바람 불어올 터이고.   南岳有長風
사월의 화개 땅 갈림길에 있으니   四月花開路
나 홀로 함께 하지 못해 한스럽네.   孤舟恨不同

○ 화개에서 돌아오는 길에 일헌 선조의 시에 차운하다
花開歸路 用一軒先祖韻

인간 세상엔 봄이 이미 가버렸는데	人間春已盡
물외세상에선 꽃이 핀 것을 보누나.	物外見花開
향긋한 바람 씁쓸하게 계속 불어와	香風苦不斷
흰 머리카락 스치며 흩날리게 하네.	吹送白頭來

○ 이번 유람에 불일폭포 명승을 보지 못했는데, 돌아오는 길에 불
일암 밑을 지나게 되어 멀리서 바라보았다. 두 봉우리가 마주하여
우뚝 서 있는데, 하나는 백학봉이고 하나는 청학봉이니, 바로 불
일암이 있는 곳이다. 삼가 선조의 시에 차운하여 씁쓸한 마음을
드러내었다. 今行不得見佛日之勝 歸路 路過庵下 望見 雙峯相對屹立 一曰白
鶴 一曰靑鶴 乃佛日庵所在也 謹用先祖韻 以示悵然之意

불일암 가운데에 완폭대가 있다고 하더니만	佛日庵中玩瀑臺
속인이 어찌하면 바람 타고 오를 수 있으리.	塵衿那得向風開
날아갈 듯한 두 봉우리가 허공에 솟았는데	翩然兩鶴橫空在
지팡이 짚고 석양에 오르지 못해 한스럽네.	短策斜陽恨不裁

○ 오대³를 지나 삼거리로 나오다 過五臺 出三街

흐르는 냇물소리 오히려 콸콸 거리는데	水流猶瀸瀸
산의 형세 우뚝우뚝 솟구친 게 적구나.	山勢少巖巖
길을 가다가 세 가닥 갈림길에 이르러	行到三叉路
그대가 길을 안내하는 대로 따라가네.	憑君作指南

○ 영귀대⁴에서 하도약과 이자용을 작별하다 詠歸臺 別河道若李子庸

두류산 천만 겹의 웅장한 기상이	頭流千萬疊
이 영귀대로 모두 모여든 듯하네.	輸與一詠歸
높은 누대 밑에서 하룻밤 묵으니	寄宿高臺下
우리 유가의 길이 희미하지 않네.	吾家路不微

---

3 오대(五臺) : 현 하동군 옥종면 위태리 일대를 말한다. 이곳에 오대사(五臺寺)가 있었다.
4 영귀대(詠歸臺) : 현 하동군 옥종면 안계리에 있는 하홍도(河弘度) 유적의 하나이다.

출전 : 『제남집(濟南集)』 권1, 「쌍칠기행(雙七紀行)」

일시 : 1923년 4월

동행 : 곽심(郭沁), 하용수(河龍秀), 하계락(河啓洛), 이용(李鎔), 김영시(金永蓍), 이태진(李台鎭), 김영홍(金永弘) 등

일정 : 하동 쌍계사와 칠불암 일대

저자 : 하경락(河經洛, 1876-1947)

자는 성권(聖權), 호는 제남(濟南)이며, 본관은 진양(晉陽)이다. 태계(台溪) 하진(河溍, 1597-1658)의 후손이다. 진주 성태리(省台里)에서 태어났으니, 지금의 명석면 관지리에 해당한다.

젊어서 만성(晩醒) 박치복(朴致馥), 물천(勿川) 김진호(金鎭祜)를 따라 법물(法勿)의 이택당(麗澤堂)에서 수학하였다. 3년 후엔 합천 삼가로 가서 후산(后山) 허유(許愈)에게 한주(寒洲) 이진상(李震相)의 주리론(主理論)을 배워 평생 학문의 요체로 삼았다. 이후 면우(俛宇) 곽종석(郭鍾錫)의 문하에 나아가 배웠으며, 이를 계기로 백촌(栢村) 하봉수(河鳳壽), 회봉(晦峯) 하겸진(河謙鎭) 등과 동문수학하며 학문에 정진하였다.

25세 때 사미헌(四未軒) 장복추(張福樞)의 장례에 조문하고 돌아오는 길에 대계(大溪) 이승희(李承熙), 교우(膠宇) 윤주하(尹冑夏), 만구(晩求) 이종기(李種杞) 등 강좌(江左) 지역의 여러 학자를 두루 방문하고 그 지역의 학문을 섭렵했다. 다음해에는 매당(梅堂) 이수안(李壽安)과 함께 송대산(松臺山)에 있는 망우당(忘憂堂) 곽재우(郭再祐)의 유적을 시찰하였고, 다시 상경하여 한양의 문물을 두루 살피고 돌아오는 길에 회덕(懷德)의 연재(淵齋) 송병선(宋秉璿) 등 기호학파의 저명한 인사를 방문하여 견문을 넓혔다.

28세 때는 곽종석을 비롯하여 이승희, 회당(晦堂) 장석영(張錫英), 홍와(弘窩) 이두훈(李斗勳) 등 한주학파(寒洲學派) 학자들이 만귀정(晩歸亭)에서 '한주선생피무사건

(寒洲先生被誣事件)'에 관한 대비책을 수립하였는데, 하경락도 정산(晶山) 이현덕(李鉉德)과 함께 참석하였다. 이후 스승 곽종석의 탄생지인 단성 남사(南沙)로 이주하여 니동서당(尼東書堂)을 건립하고, 낙성 후에는 이곳에 상주하면서 후진을 양성하였다. 이후 고향으로 돌아가 강학과 후진양성에 힘쓰고, 한주학파의 학설을 널리 전파하는데 진력하였다. 저서로『제남집』이 있다.

대지의 연하를 보며
망국을 슬퍼하노라

김진동의 두류기행

대지의 연하를 보며 망국을 슬퍼하노라

김진동金進東의 두류기행頭流記行

－임신년(1932) 8월 2일 壬申八月二日

○ 아침 일찍 다정¹을 출발하다 早發茶亭

방장산은 수년 동안 꿈속에서 보았던 곳	方丈多年夢裡高
오늘 여섯 명의 벗과 장대한 유람 떠나네.	壯遊今日六人豪
길을 떠나자니 풍치 없을까 두렵기도 하여	臨程或恐無風致
함께 강가 주점에서 막걸리 몇 잔 마셨네.	共醉江壚數斗醪

---

1 다정(茶亭) : 현 경상남도 하동군 옥종면 운곡(雲谷)에 있던 양씨(梁氏) 소유의 서재인
  다정재(茶亭齋)를 가리키는 듯하나, 자세치 않다.

○ 갈태령²을 넘으며 踰葛台嶺

저 멀리 우뚝 서 있는 모든 기이한 봉우리는	望中矗立摠奇峯
천왕봉이 칠할의 모습 보이는 거라 생각되네.	想得天王七分容
한 번 휘파람 불면서 위태령³을 날아오르니	一嘯飛登葦台嶺
흰 구름이 사방에 천만 겹이나 이미 드리웠네.	白雲四面已千重

○ 동당촌⁴ 박헌봉의 집에서 묵다 宿東堂朴憲鳳家

천만 겹의 두류산은 연하 속에 잠겨 있는데	頭流千疊鎖烟霞
산문에 도착하자마자 경치가 벌써 빼어나네.	繞到山門景已多
냇가에서 벗을 찾으니 숲에는 달이 떠 있고	溪上尋朋林有月
등잔불 앞에서 시 지으니 붓에서 꽃이 피네.	燈前題軸筆生花
내 온 햇과일을 보아 정이 두터움을 알겠고	供來新果知情厚
뭇 봉우리 가리키며 길이 경사지다고 하네.	指點群峯語路斜
우리의 이번 산행 우연히 행한 것이 아니니	吾輩今行非偶爾
지팡이 짚고 곳곳마다 한 번 길게 노래하리.	倚筇隨處一長歌

---

2 갈태령(葛台嶺) : 현 하동군 옥종면 위태리에서 산청군 시천면 내공리로 넘어가는 고개를 말한다.
3 위태령 : 갈태령의 다른 이름이다.
4 동당촌(東堂村) : 현 경상남도 산청군 시천면 동당리 동당마을을 말한다.

○ 반천[5]의 도중에서 反川途中

지팡이 들고 풀을 헤치니 길은 깊고 깊으며
골짜기마다 맑은 시내 마음을 씻을 수 있네.
예로부터 산을 유람한 그 수많은 나그네들
이곳에 몇 번이나 와서 읊조렸는지 모르겠네.

携筇披草路深深
谷谷淸溪可滌心
從古看山多少客
不知此處幾回吟

○ 신선너들 神仙磧

신선너들 너머로 나그네가 찾아온 가을
신선이 보이지 않아 내 수심을 일으키네.
무더기로 쌓인 바위가 기이하고 빼어나서
아름다운 경치 마음속에 이미 다 담았네.

神仙磧上客來秋
不見仙翁起我愁
累石叢叢奇且絶
入懷佳景已堪收

○ 용추 龍湫

두 바위 사이에 깊은 못이 문득 나타났는데
신령한 용이 그 속에 살아 명산을 보호하네.
구름 일어 비를 내리는 공적이 없지 않으니

忽有深潭兩石間
神龍潛臥護名山
興雲下雨功無闕

---

5 반천(反川) : 현 산청군 시천면 반천리를 말한다.

태평성대 풍년 들어 아마 한가로움 있으리.　　　　　　　　大治年豊豈有閒

○ 광덕사에서 묵다 宿廣德寺

선방에서 하룻밤 편안히 머물게 해주어서　　　　　　　禪房一夜穩留人
흉중의 온갖 번뇌와 잡념을 다 잊었도다.　　　　　　　忘却胸中萬念辛
동남쪽이 툭 트여 푸른 바다 훤히 보이고　　　　　　　地闢東南滄海闊
서북쪽엔 하늘 열려 찬란한 빛이 새롭네.　　　　　　　天開西北景光新
반평생 살아온 게 모두 헛된 일이었으니　　　　　　　半生經歷皆虛事
처지 따라 편히 함이 유쾌하게 사는 길.　　　　　　　隨處安閑是快身
새벽 종소리 기다리다 잠도 들지 못하고　　　　　　　佇待晨鍾人不寐
오경에 일어나 앉아 갓과 망건 정돈하네.　　　　　　　五更起坐整冠巾

○ 천왕봉 天王峯

만 길의 높은 산이 해동의 영역을 진압하니　　　　　萬仞高山鎭海東
뭇 봉우리가 감히 이와 같다고 말을 못하네.　　　　群峯無與敢言同
얼음은 사월 지나야 바야흐로 녹을 터이고　　　　　氷經四月方能解
해는 동쪽에서 떠올라 이미 붉게도 비추네.　　　　　日出扶桑已射紅
대지의 연하 보며 나라 망함을 슬퍼하는데　　　　　大地烟霞悲故國
유람객의 지팡이와 나막신 추풍에 쓸쓸하네.　　　　遊人筇屐又秋風

이 마음 받들어 큰 소리로 부르짖고자 하니　　　　欲將心事高聲號

상제 사는 하늘이 가까워 통할 수 있어서라.　　　爲擬瑤宮近可通

○ **통천문** 通天門 −천왕봉 아래에 있다. 在天王峯下

등넝쿨이 바위벽에 이리저리 뻗어 있어　　　　　藤蘿石壁紆

앞으로 나아가려니 다시는 길이 없구나.　　　　　前進更無由

몸을 숙이고 사다리를 타고 내려가는데　　　　　側身緣梯下

아래가 너무 넓어 머리를 들 수 없네.　　　　　恢恢可舉頭

○ **세석평** 細石坪

내 세석평전까지 힘들게 올라와서는　　　　　我來細石地

자리를 옮길 때까지 마음껏 둘러봤네.　　　　縱目坐移時

아무리 기다려도 선학은 소식이 없어　　　　仙鶴無消息

공연히 내려가는 걸음 더디기만 하네.　　　　空令去路遲

○ **영신대** 靈神臺

영신대 앞에는 어떤 것이 있는가　　　　　臺前何所有

기화요초가 참 많이도 피었구나.　　　　　瑤艸與琪花

신령스런 신의 눈이 있지 않으면   不有靈神眼
누가 알리, 별난 경관이 많은 줄.   誰知別景多

○ 촉대봉 燭臺峯

형상을 가지고 그 이름을 붙인 곳   取像付其名
가로지른 큰 봉우리 오르고자 하네.   欲登大嶺橫
여기 와서 촛불을 잡는 사람 없어   無人來秉燭
단지 흰 구름만 뭉게뭉게 피어나네.   只有白雲生

○ 증봉 甑峯

그대는 증봉이 아름답다 말하지만   君說甑峯好
나는 지세가 너무 추워 근심하네.   我愁地勢寒
인간 세상에 이런 시루가 있다면   人間有此物
곡식을 쪄서 여러 집에 돌리겠지.   炊黍幾家還

○ 석문 石門

명산에 하늘이 험준한 곳 만들어   名山天設險
짐짓 기다란 석문을 뚫어 놓았네.   故闢石門長

만약 힘들여 벗어나오지 않는다면
어찌 빛나는 태양을 볼 수 있으리.

若不艱辛出

那能覩日光

작품
개관

출전: 『추당유고(秋堂遺稿)』권1, 「두류기행(頭流記行)」
일시: 1932년 8월 2일-8월 3일
동행: 벗 6인

저자: 김진동(金進東, 1882-1966)
자는 인부(仁夫), 호는 추당(秋堂), 본관은 경주이다. 산청군 단성에 살았다. 부친
김종(金宗)은 학문과 인품이 깊어 명망을 받았다. 어려서 부친에게 가학을 전수받았
고, 이후 여러 선생을 찾아가 학문을 두루 섭렵하였다. 어려운 시기에 자신을 수양하
는 공부에 진력하여 추앙을 받았다. 저술로 『추당일고』가 있다.

명승에서 인간을 어찌 쉽게 만나랴

최긍민의 쌍칠기행

명승에서 인간을 어찌 쉽게 만나랴

최긍민崔兢敏의 쌍칠기행雙七紀行

─을해년(1935) 3월 모일, 하모 산장(河某山丈)─휴(休)─, 권송파(權松坡)─경필(敬必)─,
박입암(朴立巖)─영숙(永叔)─, 하아단(河我丹)─봉조(鳳朝)─, 이이재(李頤齋)─장녀(章汝)─,
정겸와(鄭謙窩), 박고암(朴鼓巖)─명숙(明叔)─, 손경재(孫敬哉) 등 여러 형들과 함께
하다. 乙亥三月日 同河某山丈─休─ 權松坡─敬必─ 朴立巖─永叔─ 河我丹─鳳朝─ 李頤齋─章
汝─ 鄭謙窩 朴鼓巖─明叔─ 孫敬哉諸兄

○ 경모당[1]에서 묵다 宿景慕堂

그 옛날 경주에 있던 사당이었는데   昔日東都廟

옮겨 온 지도 이미 여러 해 되었네.   移來已積年

높다란 언덕에 응당 신령이 계시리   嵬靈應有陟

---

1 경모당(景慕堂) : 신라의 마지막 임금 경순왕(敬順王)의 영정을 모신 사당인 듯하다. 지금
은 경천묘(敬天廟)라고 부른다.

아득한 세월에 감개한 마음 끝없네.　　　　　　　　曠感自無邊
산나물 반찬에 실컷 먹고 마시고는　　　　　　　　山蔬宜飽喫
대자리 방석에서 또 단잠을 청하네.　　　　　　　　簞席更甘眠
주인의 호의에 감사한 마음이 일어　　　　　　　　多謝主人好
문득 강개한 마음 잊고 편안해졌네.　　　　　　　　頓忘慷慨燕

○ 악양 도중 岳陽途中

악양의 산천은 드넓어 형용하기 어려우니　　　　　岳陽形勝浩難容
복사꽃은 아마도 무릉도원처럼 붉으리라.　　　　　桃花疑是武陵紅
삼신산은 가물가물 천 봉우리 밖에 있고　　　　　三神縹緲千峯外
악양팔경 펼쳐져서 한 눈에 훤히 보이네.　　　　　八景森羅一望中
기행하는 사람 다 다르다고 괴이해 마소　　　　　無怪紀行人各異
참된 즐거움에 끌리는 건 그대와 같다네.　　　　　堪憐眞樂子相同
속세 인연 이제부터 멀어진다 느껴지니　　　　　　塵緣頓覺從今遠
호방한 기상 우리에게 특히 웅장하구나.　　　　　豪氣吾人特地雄

○ 낙안봉에서 벗을 기다리다 落雁峯 待友

요즘 사람이 고인들의 유람을 미루어 보니　　　　今人推想昔人遊
낙안봉 꼭대기에도 세월이 무단히 흘렀구나.　　　落雁峯頭歲月流

소나무 밑에서 서성이며 한참을 기다리는데   坐立松蔭延佇久
지팡이소리 들리지 않고 모래톱만 가물가물.   歸筇默默杳茫洲

○ 취적대 取適臺

취적대는 강가의 한 쪽 모서리에 있는데   取適臺臨水一方
바위글씨는 마모되어 오래도록 방황하네.   摩挲石刻久彷徨
적막한 이 세상에 유유히 떠가는 나그네   寥寥斯世悠悠客
다행히 옛날 한 녹사²가 살던 곳에 왔네.   幸到當年錄事鄉

○ 악양루에서 현판의 시에 차운하다 岳陽樓 次板上韻

사당은 우뚝하게 높고 초목은 유약하구나   廟貌巍然草樹柔
선생은 단정히 이곳에서 춘추를 강하셨네.   端宜此地講陽秋
늦게 방장산에 와 선생의 유적을 찾는데   晚來方丈尋遺躅
산은 저절로 푸르고 물은 절로 흘러가네.   山自青青水自流

---

2 한 녹사(韓錄事) : 고려 무신집권기에 지리산 섬진강 가에 은거한 한유한(韓惟漢)을 말한
다. 녹사는 그에게 내려진 대비원 녹사(大悲院錄事)라는 벼슬을 말한다. 취적대는 한유한
이 피리를 불던 바위라 하여 취적대(吹笛臺)라고도 한다.

○ 쌍계사 雙溪寺

집을 떠난 사흘 간 문득 돌아가기를 잊고	離家三日頓忘歸
무리 지어 표표히 푸른 산으로 들어왔다네.	結社飄飄入翠微
온갖 부처의 모습 신령한 경계에 제격이고	百佛威儀靈境是
온 산의 꽃나무는 세간의 것이 아니로구나.	萬山花木世間非
승려를 따라서 마음도 함께 변화하려 하여	肯隨法侶心俱化
재빨리 연하를 향해 지팡이 휘저으려 하네.	促向煙霞杖欲飛
명승에서 인간을 어찌 쉽게 만날 수 있으리	勝地人間那易得
눈앞에 보이는 모든 물체 각기 빛을 발하네.	眼前物物各生輝

○ 칠불암에서 묵다 宿七佛菴

지팡이에 맡긴 걸음걸음 숲속으로 들어가니	信筇步步入林靑
만 겹을 두른 병풍 같은 한 암자를 만났네.	萬疊周遭一畫屛
반평생 이 풍광에 사람은 늙어가기 쉬운데	半世風光人易老
오경에 선방의 촛불 꿈에서도 깨기 어렵네.	五更禪燭夢難醒
칠불암 둘러보니 모두 오래된 옛날 자취들	回看七佛皆陳迹
아득히 남쪽 하늘 향해 남극성을 바라보네.	遙向南天望極星
소매 넓은 옷에 큰 갓을 썼다 웃지 마시게	闊袖偉冠今莫笑
나무아미타불은 나 또한 듣고 싶지 않다네.	南無我亦不堪聽

○ 십이회령을 지나다 過十二回嶺

호랑이 위엄인 듯 늠름한 천 겹의 바위요	虎威凜凜千層巖
용이 포효하듯 깊고 깊은 백 길의 못이라.	龍吼沈沈百丈潭
올라보니 이전에 와본 곳으로 기억되는데	登臨記得曾行處
늦봄의 꽃과 향기로운 풀이 절로 어지럽네.	晚花芳草自毿毿

○ 귀로에 여러 벗들과 '제월광풍갱별전(霽月光風更別傳)'[3]으로 운자를 나누어 '별(別)' 자를 얻어 짓다 歸路與諸益以霽月光風更別傳分韻得別字

비루한 늙은이가 구차하게 살아남아서	傖父苟傮生
항상 홀로 고단하게 사는 게 걱정이네.	恒居憂單子
하물며 이 병든 몸에 빈한한 살림살이	矧玆病與貧
밤낮으로 번갈아 서로 삶을 억압하네.	日夜交相掣
부끄럽게도 내 견고한 심장이 없는데	愧無鐵石腸
어찌 능히 항상 근심스러워만 하리오.	那堪常惄惄
아, 내 마음을 함께 하는 그대들이여	繄我同心子

---

3 제월광풍갱별전(霽月光風更別傳) : '갠 달 맑은 바람은 따로 전함이 있네'라는 뜻으로, 중국 송나라 주희(朱熹)의 「백록강회 차복장운(白鹿講會 次卜丈韻)」이라는 시의 한 구절이다. 이는 주돈이(周敦頤)의 정신적 경지를 말한 것이다.

좋은 봄날 지리산 유람모임을 결성했네.　　乘春成團結

분발해서 쌍계사와 칠불암을 구경하니　　銳意雙七賞

지팡이도 나란히 옷섶도 나란히 했네.　　聯筇更交袺

내 오랫동안 자벌레처럼 움츠려 있다가　　悶余久屈蠖

아홉 노인 대열에 함께 하여 걱정일세.　　招招九老列

문학은 분양⁴의 유림이 가장 뛰어나고　　文藻汾河最

유학은 단구⁵의 유림이 가장 걸출하지.　　儒雅丹邱杰

사마천의 천하 유람을 기꺼이 배우고　　肯學子長遊

증점의 기수 자취⁶ 이어볼까 생각하네.　　思續沂水轍

용을 잡을 듯한 그대들의 기상이 부럽고　　羨君氣屠龍

내 마음이 자라처럼 움츠린 것 부끄럽네.　　愧我心縮鼈

부여잡고 올라 장차 정신을 드높게 하려　　攀附且揭厲

금남사⁷의 높다란 사당에서 투숙하였네.　　投宿錦南㟽

산은 겹겹이 쌓이고 물은 굽이굽이 돌아　　山重水百廻

날개를 펴고 날아갈 듯 허공에 늘어섰네.　　奮翼如天洌

---

4 분양(汾陽) : 현 경상남도 진주의 옛 이름이다.

5 단구(丹邱) : 현 경상남도 산청군 단성의 옛 이름이다.

6 증점(曾點)의……자취 : 공자의 제자 증점이 기수(沂水)에 가서 목욕하고 무우(舞雩)에서 바람을 쏘이고 시를 읊조리며 돌아오고 싶다고 한 지취를 말한다. 『논어(論語)』「선진(先進)」에 보인다.

7 금남사(錦南祠) : 현 하동군 청암면 검남산 아래에 있던 이색(李穡)의 영정을 봉안한 사당을 가리킨다.

악양의 동천은 깊숙하기가 그지없더니만	岳陽洞天深
악양팔경이 참으로 그윽하고도 맑구나.	八景信幽澈
한 녹사의 일을 찾아가 묻고자 하였으나	欲問錄事事
삽암만이 단지 우뚝하니 홀로 서 있었네.	鈒巖但危兀
맑고 높은 바위에 아직 그 자취 남았는데	清高尙留迹
섬진강은 천년토록 소리내어 흐르고 있네.	蟾湖千載咽
저물어 정일두 선생의 정자[8]에 올랐는데	晚登一蠹亭
한창 복원 중이라 사당 문이 닫혀 있었네.	時復廟門闑
그 당시 회자되고 있던 선생의 시구[9]만	當年膾炙句
문 위의 문설주에 걸려 있을 뿐이었다네.	徒揭門上楔
우리는 나는 듯이 쌍계사로 들어갔으니	飄飄入雙溪
검은 티끌이 다시는 물들이지 않으리라.	緇塵不復涅
나무들은 푸르고 또 붉은 색으로 물들고	樹樹青紅粉
골짜기마다 우레가 치는 듯한 물소리.	谷谷雷霆撤
하늘빛은 또 어찌 그리도 영롱하던지	諸天何玲瓏
선정에 든 승려 마음 매우 적막하였네.	禪心太寂滅
큰 글씨로 써서 최고운이 남긴 필적은	大筆孤雲蹟
바위 면에 그 광채가 밝고도 밝았도다.	石面光皙皙

---

8 정자 : 현 하동군 화개면 덕은리에 있는 악양정(岳陽亭)을 가리킨다. 정여창의 강학처이다.
9 시구 : 정여창이 지리산을 유람한 뒤 섬진강에 배를 띄워 내려올 때 지은 「악양(岳陽)」
시를 말한다.

도리어 한탄스럽구나, 어리석은 중들이	却歎癡髡輩
우리를 대하면서 감히 함부로 하는 것.	對我敢生嫟
초나라 대중의 번다함을 어찌 상심하랴	何傷咻楚衆
눈 보고 짖는 월나라 개가 이상치 않네.	無怪吠越雪
잠깐사이 우리는 국사암에서 쉬었는데	暫憩國師菴
우뚝 솟은 여러 봉우리가 깨끗하였네.	蕭灑萬峯嵲
합장을 한 승려가 공경히 차를 달여서	叉膜敬煎茶
우리에게 차를 권해서 잘 얻어 마셨네.	勸我仍大啜
백 척이나 되는 높다란 저 불일폭포는	百尺佛日瀑
세차게 쏟아져 산이 찢어지려 하였네.	噴薄山欲裂
인간 세상에 어찌 이런 곳이 있으리오	人世那有此
자신도 모르게 모두가 혀를 내둘렀네.	不覺咸吐舌
칠불암은 소가 누워있는 형국이라지	七佛臥牛形
승려들이 예로부터 비결이 있다 했네.	僧云古有訣
옥보고가 노닐던 대는 아직 남아 있고	玉寶尙餘臺
일곱왕자 부질없이 나란히 공양 받네.	七王謾聯餟
영지와 아자방에 얽힌 여러 이야기들	影池與亞房
전전하면서 온갖 거짓을 만들어냈도다.	轉相弄百譎
믿음과 의심 중 우리에게 무엇이 있으리	疑信何有吾
명승지에서 기쁘게 서로 함께 구경할 뿐.	名區喜相挈
높은 곳에 올라와 보는 즐거움을 묻는데	借問登臨樂
어찌 들판의 솜처럼 보잘것없어 보이는지.	何如野綿蒤

돌길이 험준하다고 말하지 마시고   莫道石徑險
시냇물이 차갑다고 말하지 마시게.   莫道流水冽
부침하는 인간세상의 차갑고 따뜻한 인정   浮世冷暖情
누가 이처럼 두루 유람하는 걸 비난하리.   誰非這歷閱
도리어 기쁘구나, 내 이번 유람에서   却憐吾今行
모두 온전하고 하나의 흠도 없었으니.   百全無一缺
하늘에게 희롱을 받지도 않았고   不爲天所戱
남들에게 고통을 받지도 않았네.   不爲人所蜇
가는 곳마다 연하를 실컷 만끽하여   隨處喫煙霞
기운이 피로한 것도 온전히 잊었네.   渾忘氣疲茶
봄이 저물고 흥취 또한 다해가지만   春暮興亦爛
어찌 돌아갈 생각을 하지 않으리오.   豈奈歸思切
은후[10]의 시에 감탄하지도 마시고   莫嗟隱侯詩
양관의 악곡[11]을 노래하지 마시게.   莫唱陽關闋
늘그막에 우리가 서로 권면할 일은   衰暮所相勉
난세에 절개를 변치 않는 것뿐이리.   惟此歲寒節
이 마음을 둘 다 바꾸지 않는다면   此心兩不渝
만남과 작별에 무슨 어려움 있으리.   何有乎逢別

---

10 은후(隱侯) : 중국 남북조시대 남조 양(梁)나라 심약(沈約)의 시호이다.
11 양관(陽關)의 악곡 : 이별할 때 부르는 음악을 말한다.

출전: 『신암집(愼庵集)』권1, 「쌍칠기행(雙七紀行)」

일시: 1935년 3월

동행: 하휴(河休), 권경필(權敬必), 박영숙(朴永叔), 하봉조(河鳳朝), 이장여(李章
汝), 박명숙(朴明叔), 손경재(孫敬哉) 등 9명

일정: 하동 쌍계사와 칠불암 일대

저자: 최긍민(崔兢敏, 1883-1970)

자는 시중(時仲), 호는 신암(愼庵)이며, 본관은 삭녕(朔寧)이다. 고려 때 평장사(平章
事)를 지낸 최천로(崔天老)가 시조이다. 증조는 최윤진(崔允鎭)이며, 조부는 최익상
(崔益祥)이다. 아버지는 수정(洙亭) 최효근(崔孝根)이다.

경상남도 사천시 정동면 수청리에서 태어났다. 13세 때 부친을 따라 진주의 운곡(雲
谷)으로 옮겨와 살았다. 고모부 면우(俛宇) 곽종석(郭鍾錫)의 문하에 나아가 수학하
였다. 1910년 경술국치가 일어나자 두문불출하고 학문에 몰두하였으며, 일본의 단
발령에 저항하다가 체포되었지만 뜻을 굽히지 않았고, 풀려난 후에는 지리산 깊은
골짜기로 들어가 살았다. 저술로 『신암집』이 있다.

지금은 속세 나그네라
말하지 말게나

권봉현의 유순두류

지금은 속세 나그네라 말하지 말게나

권봉현權鳳鉉의 유순두류遊順頭流

-조복재(趙復齋) 원유(遠儒)-용숙(鏞肅)-와 함께 순두류[1]를 유람하고 쓴 시 30수 與趙復齋遠儒-鏞肅- 遊順頭流三十首

일찍 떠나 오르고 올라 저녁바람 쏘일 때　　早發登登御晚風
천왕봉의 진면목이 가슴속으로 들어오네.　　天王眞面入懷中
천만 겹으로 우뚝하여 이처럼 장엄하구나　　千重萬兀如斯壯
과연 전에 듣던 바와 전혀 다르지 않도다.　　果與前評無異同

지리산 제일봉인 천왕봉을 사랑하였으니　　好是名山第一峯
평생의 지기를 다시 서로 만난 듯하다네.　　平生知己又相逢
몇 년 간 세속의 울분 참을 수 없었는데　　幾年叵耐塵寰鬱

---

1 순두류(順頭流) : 현 산청군 시천면 중산리 경상남도자연학습원 위쪽의 계곡을 말한다.

오늘은 도리어 적송자²를 벗한 듯하네.　　　　　　此日還如伴赤松

소매 나란히 걸어가니 새가 짝을 지은 듯　　　　步步聯襟若鳥雙
스쳐가는 골짝마다 선계의 개가 짖어대네.　　　掠來谷谷吠仙厖
초동목부도 외지 나그네가 와서 놀라지만　　　樵竪亦驚山外客
흰 구름에 번번이 발길 멈추고 서게 되네.　　　頻頻佇立白雲磴

명승을 만나선 내 졸렬한 시에 부끄럽고　　　　勝處每逢愧拙詩
석호³가 한 품평을 유독 그대만은 알리라.　　　石湖題品獨君知
구름 낀 숲 속 골짝마다 기이한 절경인데　　　雲林谷谷成奇絶
게다가 초가을 유람하기 좋은 때임에랴.　　　況復新秋好景時

빽빽한 숲속에 그늘 깊어 돌길은 희미하니　　　萬木陰陰石逕微
나막신 한 켤레로 구름 속을 걷는 듯하구나.　　却疑雙屐挾雲飛
좌우를 당기고 헤치면서 깊이깊이 들어가니　　左攀右拓深深到
상쾌한 선계 바람이 벽라의⁴를 흔드는구나.　　洒洒仙風振薜衣

---

2 적송자(赤松子) : 중국 상고시대 신선의 이름이다.
3 석호(石湖) : 중국 강소성 소주(蘇州)에 있는 호수 이름이다. 송나라 때 시인 범성대(范成
　大)가 만년에 은거하여 석호라 이름하고, 자신의 호로 삼았다.
4 벽라의(薜蘿衣) : 은자(隱者)가 입는 옷을 말한다.

아련히 이내 몸 태허의 기운을 탄 듯하니　　　　縹緲身如御太虛
인간세상 온갖 일이 어떠하냐고 물어보네.　　　人間萬事問何如
삼신산 가운데서 가장 신령스럽다는 이 산　　　三神之一最靈地
늦었구나, 오늘에야 내 유람하게 된 것이.　　　晚矣遊觀今日余

온 숲속이 적막하고 새 울음마저 외로운데　　　千林寂歷鳥聲孤
기괴한 삼라만상 그림으로 그리기도 어렵네.　　萬象怪奇難畵圖
이 산행으로 오랜 소망 이룬 줄 알겠으니　　　儘覺玆行償宿願
맑은 이 유람에 자평5의 무리라 자처하네.　　　清遊自許子平徒

우뚝한 바위에 높이 앉아 한차례 둘러보니　　　高坐嵬巖一仰低
검은 구름 문득 일어 사람을 혼미하게 하네.　　黝雲忽起使人迷
푸른 병풍 둘러 있어 숲속은 어둑어둑하고　　　蒼屛擁立林陰密
절구소리인 듯 골짜기 냇물소리만 들려오네.　　但聽舂撞萬壑溪

웅장함과 아름다움 이만한 곳도 없으리라　　　雄莫斯雄佳莫佳
고금에 짚신 신고 찾은 이가 무수히 많았네.　　古今無數費芒鞋
평상시 보던 것과 다른 경관 어찌나 많은지　　　幾多不作尋常看

---

5 자평(子平) : 중국 후한(後漢) 때 고사(高士) 상장(向長)의 자(字)이다. 은거하여 살다가
　자녀의 혼사를 마치자 명산유람으로 생을 마쳤다고 전한다. 『후한서(後漢書)』 「일민열전
　(逸民列傳)」에 보인다.

평생의 악착스런 마음이 모두 흩어져버렸네.　　　　　散盡生平齪齷懷

뾰족뾰족 산세는 바위를 쌓아 펼쳐놓은 듯　　　　　稜稜山勢積巖開
유람객은 기이함을 찾아 걸음을 재촉하네.　　　　　遊客探奇步步催
만사는 평이한 것으로만 말해서는 안 되니　　　　　萬事莫從平處說
이곳은 응당 발꿈치를 붙이고 와야 하리라.　　　　　于玆端合著跟來

한 굽이를 찾아와서 다시 진경을 찾아가니　　　　　尋來一曲又尋眞
이 산은 곳곳이 새로운 줄 비로소 믿겠네.　　　　　始信玆山面面新
지금은 속세의 나그네라고 말하지 말게나　　　　　莫道如今塵土客
저 창공이 흰 구름처럼 되기를 허락했다오.　　　　　半空許作白雲身

가파른 바위 길에 이끼 끼여 미끄러우니　　　　　崎嶇石路滑苔文
나막신 신고는 지척도 가기 어렵다 하네.　　　　　步屨誠難咫尺云
가난한 자가 지금 돌연 부자 되어 우습네　　　　　堪笑貧兒今暴富
온 산에는 기화요초요 구름이 가득하도다.　　　　　滿山瑤草滿山雲

산 사람들 승경 가리켜 정성스레 말하노니　　　　　山人指勝款款言
판옥 속 삶으로도 즐거이 촌락을 이루었네.　　　　　板屋生涯樂成村
지친 다리로도 도리어 바람에 밀리듯 걸어　　　　　倦脚還如風使逐
깊디깊어 짐짓 온 산 어둔 데까지 들어왔네.　　　　　深深故入萬山昏

굽이굽이 이름 난 경관을 차례대로 보는데　　　曲曲名區第次看
가을 하늘 맑고 맑으며 지는 해는 둥그렇네.　　秋天寥廓夕暉團
산속의 백학이 놀라 날아올라 둥지로 가니　　棲中白鶴驚飛下
우리 산행도 그만 편히 쉬어야 하지 않겠나.　　無乃吾行破睡安

이번 유람 오늘은 몸이 한가한 줄 알겠으니　　兹遊今日覺身閒
만 겹의 지리산 천왕봉을 두루 구경하였네.　　踏盡天王萬疊山
물어보노니, 무릉도원은 어디가 그 곳인가　　爲問桃源何處是
석양녘에 우두커니 서서 돌아가기를 잊네.　　斜陽佇立卻忘還

산에 와서 오히려 태평스런 세상을 보았으니　　入山猶見太平天
조각조각 다락 논도 농사 지어 살 수 있다네.　　片片諸田可食年
이 산에 사는 사람은 한 가지 근심도 없으니　　這裏居人無一事
아침저녁 원숭이나 새와 함께 편안히 살겠지.　　朝曛猿鳥共悠然

산중턱을 지날 적에는 나뭇가지를 잡아당겼고　　及過山腰攀樹條
너럭바위 만날 때마다 잠시 소요하며 즐겼네.　　每逢盤石暫逍遙
산들거리는 서늘한 바람이 구름에서 불어오니　　涼風颯颯雲邊下
옷자락이 나풀나풀 옥소⁶에서 펄럭이는 듯.　　襟袂飄如拂玉霄

─────────

6 옥소(玉霄) : 하늘에 있는 구소(九霄) 중 하나로, 신선이 사는 곳을 의미한다.

구름 끝에 있는 달팽이집은 띠풀로 엮었는데   蝸屋雲端蓋以茅
산중노인 나를 보고 오랜 친구처럼 대하였네.   山翁見我若曾交
명승 찾아 기이함을 즐기는 나그네로 알겠지   從知搜勝耽奇客
호랑이굴 지나 또 매가 사는 곳에 이르렀네.   虎窟經來又鷴巢

한 걸음 내딛기도 어려운데 경관은 더 높아져   一步艱難景益高
짐짓 근력을 두 배로 하여 호기를 증가시켰네.   故教筋力倍增豪
온 숲이 촉촉이 젖어 있어 가슴속이 청신했고   滿林滴漉淸肝肺
차가운 냇물 움켜다가 모발을 깨끗이 씻었네.   半掬寒流淨髮毛

산중턱 비옥한 땅도 개간한 곳이 많지 않아   山腰沃土拓無多
온갖 짐승과 새들이 제멋대로 다 차지했네.   萬種獸禽一任地
아련한 마음속 기약 거두어들일 수 없어서   怳若心期收不得
무심히 우두커니 서서 이리저리 읊조렸네.   無端凝立放吟哦

곳곳의 평지는 집을 짓고 살 만한 곳이라   處處平原可起家
가을 되면 상수리로도 생계가 넉넉하겠지.   秋來橡栗足生涯
산간의 온갖 일들 모두 느긋하기만 하니   山間百事都疎闊
나무와 꽃 속에 산다는 말 믿을 만하구나.   只信居諸葉與花

명승지를 처음으로 보아 잊을 수 없으니   創見名區不可忘
내 이 산의 기슭에 와서 은거하고 싶어라.   莵裘吾欲此山傍

우뚝하게 앉아 탄식하며 마음껏 완상하니　　　　坐兀歔欷仍縱目
삼천리 온 세계가 푸르게만 보이는구나.　　　　　三千里界但蒼蒼

신선들 웃는 소리 귓가에 들려오는 듯하고　　　　仙人笑語若聞聲
양쪽 겨드랑이에선 청풍이 가볍게 일어나네.　　　兩腋淸風習習輕
어찌하면 마땅히 한공[7]의 솜씨를 빌려다가　　　　那當借得韓公手
저 구름을 쓸어내고 온 골짜기를 맑게 할까.　　　掃盡留雲萬壑晴

세상걱정일랑 지금부터 그만둘 수 있으리니　　　世念此來可息停
바라보는 곳곳마다 흰 구름과 푸른 산이라.　　　望中繚白又縈靑
아련히 하루해가 가도록 숲속에서 보냈더니　　　悠然盡日千林裏
머리카락을 흩날리며 가을기운이 찾아오네.　　　鬖髿秋氣醒

돌계단과 구름사다리를 한 걸음씩 올라가니　　　石架雲梯步步登
완연히 뭇 신선과 벗을 하는 듯한 기분이라.　　　悄然疑是衆仙朋
원래 기이한 절경은 높은 곳에 많이 있으니　　　元來奇絶多高處
다시 온 몸을 묶어 또 한 층을 더 올라가네.　　　更束全身又一層

---

7 한공(韓公) : 당나라 때 한유(韓愈)를 말한다. 그가 형산(衡山)을 유람할 때 신에게 기도하
여 구름을 깨끗이 흩어지게 하였다고 한다.

이번 유람 하기까지 이십 오년이 걸렸도다   辦得玆遊卄五秋
바람을 타고 와서 가장 높은 정상에 앉았네.   駕風來坐最高頭
저 산 아래 분주한 나그네들 보면서 웃나니   笑他山外紛紛客
티끌세상 오래도록 끝없이 부침하고 있구나.   塵土長時沈且浮

태고적 음악인 아양곡8을 얻어 듣기 위해서   抱得峨洋太古音
명산 저 깊숙한 곳으로 한 차례 찾아왔다네.   名山深處一來尋
눈에 보이는 세계가 응당 넓을 뿐만 아니라   不徒眼界當場豁
티끌이 마음에 들어오지 않는 것도 알겠네.   且覺纖塵不入心

방호산9 하나가 영남과 호남지역 진압하니   一嶽方壺鎭二南
소 갈비뼈 같은 곳 올랐다더니 빈말이 아니리.10   破來牛脇不徒談
신선 자취와 숨겨진 보배 모두 끝이 없으니   仙蹤寶藏俱無量
내 이 산을 위해 세 번을 찬미하고 칭송하네.   吾爲玆山贊嘆三

골짜기 깊고 숲도 깊어 형세 모두 갖추었는데   谷邃林深勢兩兼

---

8 아양곡(峨洋曲) : 중국 춘추시대(春秋時代)에 거문고를 잘 타던 백아(伯牙)와 그 소리를
   제대로 들을 줄 알던 종자기(鍾子期)의 고사를 말한다. 백아가 높은 산에 오를 뜻을 담아
   거문고를 연주하자, 종자기가 "높고 높은 것이 태산과 같구나."라고 말하였다고 한다.
9 방호산(方壺山) : 방장산의 다른 이름으로, 여기서는 지리산을 가리킨다.
10 소……아니리 : 남명(南冥) 조식(曺植)의 시에 "죽은 소 갈비뼈 같은 두류산을 열 번이나
   올랐네.[頭流十破死牛脇]"라고 하였다. 그의 「유두류록(遊頭流錄)」에 보인다.

오래도록 부슬비가 부슬부슬 하염없이 내리네.	長時煙雨下霢霂
산꼭대기에 올라앉으니 하늘이 온통 깨끗하여	來坐峯頂天全淨
서성이며 눈길 닿는 대로 마음껏 둘러보았네.	不妨徊徨縱目瞻

수많은 골짜기와 수천 봉우리를 찾아다느느라	搜來萬壑又千巖
온종일 연무와 노을에 내 적삼이 흠뻑 젖었네.	盡日煙霞渾滿衫
호방한 홍취에 나막신 거두어 돌아가지 못하고	逸興未收回蠟屐
서른 편의 새 시는 내 범속함을 부끄럽게 하네.	新詩卅首愧余凡

작품
개관

출전: 『오강집(梧岡集)』 권1, 「조복재 원유-용숙-과 함께 순두류를 유람하고 쓴 시
30수 (與趙復齋遠儒-鏞肅- 遊順頭流 三十首)」

일시: 어느 해 초가을

동행: 조용숙(趙鏞肅)

일정: 중산리의 순두류 방면

저자: 권봉현(權鳳鉉, 1872-1936)

자는 응소(應詔), 호는 오강(梧岡), 본관은 안동이다. 석우(石愚) 권생(權生)의 아들
이다. 계남(溪南) 최숙민(崔琡民)에게 수학하였다. 17세 때 월고(月皐) 조성가(趙性
家)의 손서(孫壻)가 되어 사사(師事)하였다.

1894년 동학농민운동이 일어나자 두문불출하고 학문에 진력하였으며, 난해한 부분

이 있으면 스승 최숙민을 비롯해 인근의 학자였던 노백헌(老柏軒) 정재규(鄭載圭)·
송사(松沙) 기우만(奇宇萬)·농산(農山) 정면규(鄭冕圭)·명호(明湖) 권운환(權雲
煥) 등을 찾아가 질정하였다. 교유한 이로는 조용대(趙鏞大)·최제효(崔濟斅)·한유
(韓愉)·하겸진(河謙鎭)·하우식(河祐植)·하홍규(河弘逵)·이교우(李敎宇) 등이
있다. 경술국치 이후 물러나 노사학(蘆沙學)의 확산과 전파에 노력하였다. 저술로
『오강집』 등이 있다.

인간세상 굽어보니
하늘 위에 앉아있는 듯

정덕영의 두류산기행

인간세상 굽어보니 하늘 위에 앉아있는 듯

정덕영鄭德永의 두류산기행頭流山記行

○ 도구대 陶邱臺

우뚝한 바위 언덕 끝에 오래된 대가 있는데	矗石岡頭有古臺
맑은 풍도 백세토록 사람들에게 전해오누나.	淸風百世襲人來
푸른 물결 막 불어나서 강물소리 콸콸 대고	碧波新漲江聲潤
향긋한 벼가 익어 들녘이 노랗게 물들었네.	香稻初登野色開

○ 입덕문 入德門

푸른 봉우리 동쪽으로 돌아 길이 나 있는 문	靑嶂東回路出門
은하 같은 시내가 양쪽 멧부리를 갈라놓았네.	銀河中割兩岑分
어제 밤에 비가 그치더니 가을빛이 저무는데	昨宵收雨秋光暮
부질없이 방호산 유람하며 신선에게 배우려네.	謾作方壺學仙群

○ 산천재 山天齋

두류산의 첩첩이 쌓인 이 산속에
남명 선생이 풍도를 수립하셨네.
우리 도가 장차 끊어지려 하는데
그 누가 다시 이어 부흥시키리오.

頭流萬疊裡
夫子樹風聲
吾道方垂絶
何人復繼鳴

○ 세심정 洗心亭

정자에 오르니 상쾌하여 속된 마음 씻어내니
여기서부터 신령한 근원을 차례로 찾아보리.
유독 남명 모신 사당이 우뚝하게 솟아 있어
그곳에 정성을 올리니 감회가 깊기만 하네.

登臨蕭酒滌塵心
從此靈源次第尋
獨有冥翁祠字屹
輸誠這處感懷深

○ 거림으로 가는 도중에 巨林道中

한 가닥 길이 선명하게 숲 속으로 나 있는데
삼삼오오 짝을 지어 앞서거니 뒤서거니 가네.
온 산에는 단풍이 물들어 붉고 누런 물결이고
졸졸거리는 냇물 소리 내 마음 상쾌하게 하네.

一路丁寧穿樹林
三三五五後先尋
滿山霜葉紅黃裡
汨㴖溪聲爽我心

○ 세석 석문 細石門

한 걸음 한 걸음 당기며 올라가니
바위 두 개가 산문을 만들었구나.
노송과 잣나무 하늘에 닿아 푸르고
그늘 드리워서 낮인데도 어둡구나.

登登攀上去
雙石作山門
檜柏參天翠
陰陰晝欲昏

○ 세석평전 細石坪

반야봉에서 동쪽으로 달려 큰 평원 하나 열렸고
층층의 바위 푸른 절벽에 기이한 돌이 모였구나.
모습은 새가 날개 펼친 듯 무성한 숲이 평평하고
청학섬에 관한 비기 이야기 예로부터 전해오네.

般若東馳一大闢
層岩蒼壁摠奇石
形如張翼茂林平
靑嶋秘言已自昔

○ 통천문 通天門

험준하고 좁은 산길 한 가닥 실처럼 통하였고
집과 같은 석문이 하늘을 향해 뻥 뚫려 있네.
절벽에 달려있는 잔도를 부여잡고 올라가니
시야가 끝없이 트여서 세찬 바람이 불어오네.

鳥道崎嶇一線通
石門如广上天空
棧橋緣壁攀躋去
眼界無涯吹颷風

○ 천왕봉 天王峯

인간세상 굽어보니 하늘 위에 앉아있는 듯	俯視人寰如坐天
지평선까지 환히 뚫려 가물가물 끝이 없네.	端倪軒豁渺無邊
백세토록 천 석 종을 울린 우리 남명 선생[1]	鍾鳴百世曹夫子
천 년 동안 학을 춤추게 했던 옥보고 선인.	鶴舞千秋玉寶仙
비구름이 흐르는 섬광처럼 순식간에 변하고	雲雨流光頃刻態
산수의 아름다운 경관은 사철마다 다르다네.	林泉佳景四時遷
오늘은 소회 풀고 속세 근심도 끊어 버리니	放懷斯日塵愁絶
시로도 읊기 어려운 이 심정 어찌 그려내랴.	欲寫難詩孰畫傳

○ 일월대 日月臺

나막신 신고서 삼십 사년 만에 다시 올라보니	步屐重登卅四年
고금을 보내고 맞이한 이 일월대가 앞에 있네.	送迎今古此臺前
우뚝한 바위와 산색은 예전처럼 변함이 없는데	巉岩山色渾依舊
머리 돌려 속세로 가자니 슬픈 마음 배나 되네.	回首往塵倍悵然

　　-정미년(1907) 가을에 형님을 모시고 함께 왔다. 丁未秋 陪兄同來

---

1 선생 : 남명 조식을 말하며, '천 석 종'은 그의 「제덕산계정주(題德山溪亭柱)」를 가리킨다.

○ 문창대 文昌臺

우뚝 솟은 층층 바위엔 전각 문양 이끼 끼고
고상한 분[2] 남긴 발자취 지금까지 전해오네.
가까이 다가가 보니 올라갈 길이 전혀 없어
신선 연분이 충분치 못해 도리어 탄식했네.

挺立層岩苔篆文
高人遺躅至今云
臨望咫尺無由上
却歎仙緣未十分

○ 법계사 法界寺

중천에 있는 외로운 암자에는 불등이 밝고
한밤중 깊은 산속에 범종소리 울려 퍼지네.
승려의 정성스런 대접 힘든 것인 줄 알기에
따뜻한 온돌에서 편안히 하룻밤 꿈을 꾸네.

天半孤庵佛燭明
群山中夜擊鍾聲
居僧款接知艱努
暖突任便穩夢成

○ 용추 龍湫

근원을 찾는 이 길에 발을 들이기 어렵구나
숲이 울창하게 우거진 만 겹의 첩첩 봉우리.
오래된 못이 검고 깊은데 가을 물은 맑으니

窮源覓到足難容
林樾蔥蒼萬疊峯
古澤黝深秋水瀅

---

2 고상한 분 : 신라시대 최치원을 말한다. 문창은 그의 시호이다.

용은 언제 상서로운 구름을 타고 올라갔는지.　　　龍騰何日瑞雲從

○ 연계에서 묵다 宿蓮溪

연계에서 해 저물어 투숙을 했는데　　　　　蓮溪暮抵宿
초승달이 뜬 가을하늘 맑기만 하네.　　　　　新月廓秋天
며칠 동안 산행 하느라 고단했기에　　　　　累日山行苦
새벽이 밝아도 잠에서 깨질 못했네.　　　　　晨窓不覺眠

○ 곡점에서 작별을 서술하다 曲店叙別

이곳에서 만났다가 이곳에서 다시 헤어지니　　來此相逢去此分
속세 인연 물리기 어렵고 일은 갈래가 많네.　俗緣難却事多分
갈림길에서 진심으로 명년 가을을 약속하니　臨歧斷斷明秋約
바다 보고 산을 올라 또 그대들과 함께 하리.　浮海登山更伴君

　　-자건(子乾)³이 남해 금산(錦山)을 보고자 했는데, 내가 내년 가을에 유람하자고
　　미루었기 때문에 이렇게 말하였다. 子乾欲看錦山 余推以來秋故云

---

3 자건(子乾) : 이기원(李基元)의 자이다.

출전:『위당유고(葦堂遺稿)』권2,「두류산기행 15수(頭流山記行 十五首)」

일시: 1940년 8월 27일–9월 7일

동행: 이기원(李基元), 김동섭(金東燮), 김창현(金昌炫), 하익진(河益鎭), 김종만(金鍾萬), 하도경(河道卿), 이병원(李炳元) 등

일정: • 8/27일 : 집–사곡

　　　• 8/28일 : 사곡

　　　• 8/29일 : 사곡–귀가

　　　• 9/1일 : 집 *비로 출발 못함

　　　• 9/2일 : 집 *비로 출발 못함

　　　• 9/3일 : 칠정–도구대–입덕문–덕산 산천재–세심정–공전촌–곡점

　　　• 9/4일 : 곡점–내대 거림–장암–등산로 입구의 산막에서 유숙

　　　• 9/5일 : 산막–석문–세석평전–중대–부항–통천문–천왕봉 일월대, 판옥–법계암

　　　• 9/6일 : 법계암–문창대–용추–순두리 선적–중산촌–고연–연계점

　　　• 9/7일 : 연계점–곡점–원리–칠정

관련 유람록: 정덕영의「방장산유행기(方丈山遊行記)」

관련 자료:『선인들의 지리산 유람록 6』(보고사, 2013)

저자: 정덕영(鄭德永, 1885-1956)

자는 직부(直夫), 호는 위당(韋堂)이며, 본관은 연일(延日)이다. 경상남도 산청군 덕산 석남촌(石南村)에서 태어났다. 고려 때 추밀원 지주사(樞密院知奏事)를 지낸 정습명(鄭襲明)이 시조이고, 포은(圃隱) 정몽주(鄭夢周)의 후예이다. 그의 선대는 경상남도 진주 대평(大坪)에 살았는데, 정보(鄭保)가 권신의 비위를 건드려 단성으로 귀양가면서 그곳에 세거하였다. 이후 학포(學圃) 정훤(鄭暄)이 행의로 천거되어 영산현감(靈山縣監)에 제수되었다가 물러나서는 대평에 고산정(孤山亭)을 지어 일생을 마

쳤는데, 이때부터 후손들이 여러 곳에 나뉘어 살게 되었다. 조부 정석기(鄭碩基)에 이르러 덕산 석남촌으로 옮겨 살았다.

부친의 권유로 용재(庸齋) 이도용(李道容)·하겸진·우산(愚山) 한유(韓愉)에게 나아가 배웠으며, 하경락(河經洛)·박원종(朴遠鍾)·이병화(李炳和) 등과 교유하였다. 유람 작품으로는 「방장산유행기」가 있으며, 이 외에 1932년 중재(重齋) 김황(金榥)과 함께 경북지역을 유람한 기록이 보이나 유람록을 남기지는 않았다. 저술로 『위당유고』가 있다.

일월대는 여전한데
인간사만 달라졌도다

이현덕의 후두류시

일월대는 여전한데 인간사만 달라졌도다

이현덕李鉉德의 후두류시後頭流詩

○ 도구대 陶邱臺

가을바람에 방장산으로 가는 나그네	秋風方丈客
강 가 도구대에서 지팡이 짚고 섰네.	江臺住杖時
이곳 경치 내 마음과 모두 합치되니	境與心俱會
가는 길이 더디다고 어찌 혐의하랴.	何嫌去路遲

○ **입덕문** 入德門 –남명 선생이 이름을 붙인 곳이다. 배낙천(裵洛川)¹이 쓴 각자가 있었다. 지금은 새 길을 내느라 두드려 쪼개버렸고, 겨우 다른 돌에 모사해 옮겨 놓아 옛날의 그 경관을 모두 잃었다. 南冥先生所命名 裵洛川題刻 今爲新路撞破 厪有摹移他石 而殊失舊觀

---

1 배낙천(裵洛川) : 남명 조식의 문인 배신(裵紳, 1520-1573)을 말한다. 낙천은 그의 호이다.

석양녘에 부지런히 우리들 이곳에 처음 왔네　　斜陽冉冉我來初
입덕문 앞에서 천하 광거²인 의를 물어보네.　　入德門前問廣居
눈에 가득 은하 같은 십 리 물이 흘러가는데　　滿眼銀河空十里
바위 글자는 마모되어 이미 남은 게 없구나.　　摩挲石刻已無餘

○ 산천재 山天齋

적막하구나, 남명 선생이 사시던 집　　寂寞冥翁宅
다시는 큰 북채로 치는 소리가 없네.　　無復大叩聲
단지 구곡의 냇물만 여전히 남아서　　只餘九曲水
밤낮으로 섬돌 따라 소리내며 흐르네.　　日夜循除鳴

○ 세심정 洗心亭

깎아지른 물가 언덕에 외로이 선 정자　　斷岸孤亭出
그 이름이 마음을 씻는다는 세심정이네.　　其名爲洗心
굽어보고 우러르니 기쁘게 합하는 마음　　俯仰欣有契
이곳의 산수는 어찌 이리 깊숙한 건지.　　林泉一何深

---

2 광거(廣居) : 『맹자(孟子)』 「등문공 하(滕文公下)」에 "천하의 넓은 집에 거처한다.[居天下
之廣居]"라고 한 것을 가리킨다. '넓은 집'으로, '어진 마음'을 뜻한다.

○ 곡점에서 묵다 宿曲店

－최문중 군의 거처이다. 이날 야심한 밤중에 최군이 횃불을 들고 동구 밖까지 나와 우리를 맞이하였다. 崔君文仲所居 時夜深更 君以炬火 出迎于洞門外

한 차례 웃으며 나아가 서로 맞이하니	一笑趁相迎
곡점의 모퉁이에 살고 있는 벗이었네.	故人曲店曲
밤새도록 꿈속의 혼은 맑기만 하더니	徹夜魂夢淸
차가운 냇물소리 두 골짝에서 들리네.	寒流吹兩谷

－곡점은 중산촌에서 내려오는 물과 거림에서 내려오는 물이 만나는 곳이다. 店中山下流巨林水 來會

○ 거림을 지나는 도중에 巨林途中

서로를 이끌고서 돌다리를 건너가고	提携度石矴
서로 부르며 구름 같은 숲을 지나네.	招呼穿雲林
신선이 마치 서로를 기다린 것인지	仙靈如相待
구부려 찾지 않아도 반드시 알겠네.	定知不枉尋

○ 장암에서 묵으며 宿場岩

| 가고 또 가니 산간의 해도 저물어 | 行行山日暮 |
| 서로 이끌고 장암에서 숙박하였네. | 相携宿場岩 |

상수리는 가을이라 잘 여물었으니　　　　　　　橡栗秋正熟
먹을 것이 없다고 어찌 근심하리.　　　　　　　何愁食無方

○ 석문 石門

휑하니 석굴 하나 뚫어 놓았으니　　　　　　　穹然開石窟
이는 천제가 만든 높은 문이로다.　　　　　　　天作之高門
그 위에 신선이 앉는 자리 있으니　　　　　　　其上有仙座
한 번 올라가 속세 티끌 없애리라.　　　　　　　一陟破塵昏

○ 세석평 細石坪

산중턱을 깎아 평평하게 만드니　　　　　　　　山腹鑿成平
그 억지에 반쯤 돌이 흘러내렸네.　　　　　　　强半是流石
사람이 여기 사는 이유를 알겠네　　　　　　　　人居知何爲
가혹한 정치 옛날보다 더해서겠지.　　　　　　　政虎今踰昔

○ 향로봉 香爐峰

천왕봉이 지척의 거리에 있고　　　　　　　　　天王咫尺地
선녀들이 앉아서 향을 사르던 곳.　　　　　　　仙女坐燒香

황대에서의 운우지정을 꿈꾼 것　　　　　　　　荒臺雲雨夢
무산의 양대와 흡사하지 말기를.³　　　　　　　莫似巫山陽

○노고단 老姑壇

노고 할매는 무엇을 하는 사람인지　　　　　　老姑何爲者
허탄하고 황당한 말은 고금이 똑같네.　　　　誕荒今古同
노고단 주변에는 고목이 남아있는데　　　　　壇邊餘古樹
적막하게도 몇 가지만 붉게 물들었네.　　　　寂寞數枝紅

○통천문 通天門

구름사다리가 한 올 실처럼 통해 있네　　　　雲梯通一線
그 위로 올라가면 바로 푸른 창공이라.　　　　到頭卽蒼空
양쪽 겨드랑이에 날개가 돋아나는 듯　　　　　兩腋如生羽

---

3 황대에서의……말기를 : 중국 당나라 두보(杜甫)가 초나라 송옥(宋玉)의 유적을 노래한
시에 "운우지정을 나눈 황대 아마 꿈속에 보이리.[雲雨荒臺豈夢思]"라고 한 구절을 인용하
여, 향로봉 선녀의 고사를 옛날 초나라 회왕(懷王)이 꿈속에서 무산(巫山)의 신녀와 하룻
밤의 사랑을 나눈 것과는 의미가 같지 않다고 말한 것이다. '무산의 양대(陽臺)'는 무산의
신녀가 초 회왕과 하룻밤 운우지정을 나눈 뒤 헤어질 때 "아침에는 양대의 구름이 되고,
저녁에는 양대의 비가 되겠다."라고 한 말을 줄여서 쓴 것이다.

광활하게 팔방의 바람을 몰고 가는 듯.　　　　　　　　　曠然御八風

○ 천왕봉 天王峯

한 번 천문으로 들어가 곧장 천상에 올라서니　　　　　一入天門直上天
연하와 나란하여 돌아봐도 어디인지 가물가물.　　　　齊烟回首杳何邊
서광을 받으며 앉아 함지[4]의 해를 받드는데　　　　　瑞光坐捧咸池日
생학[5]은 날아올라 천상의 신선과 함께 하네.　　　　　笙鶴行參玉府仙
장대한 뜻은 예로부터 붙들어두는 경우가 많지　　　　壯志從來多絆住
좋은 날에 또 미루어 옮기기 쉬운 데 있어서라.　　　　良辰況復易推遷
이번 유람에서 평생의 소원 조금은 풀었으니　　　　　玆遊少答生平願
이 드높은 흥취를 아득히 온 골짜기에 전하리.　　　　鸞嘯悠然萬壑傳

○ 일월대 日月臺

옛날 유람 생생한데 몇 년이나 흐른 건지　　　　　　舊遊宛宛幾經年
이곳의 높은 일월대가 또 눈앞에 있구나.　　　　　　是處高臺又眼前
일월대는 여전한데 인간사만 달라졌으니　　　　　　臺石不騫人事異

---

4 함지(咸池) : 해가 목욕하는 곳을 말한다.
5 생학(笙鶴) : 신선이 타고 다니는 학을 말한다.

남은 생애에서 흐르는 눈물 어찌 금하리.　　　　　餘生那禁涕泫然

　-정사년(1917)에 선군자를 모시고 이곳을 유람했는데, 지금 벌써 15년이나 되었
　다. 丁巳 陪先君子來遊 今忽忽十五年矣

○ **법계사** 法界寺 -벽계사(碧溪寺)라고도 한다. 옛날에는 터만 남아 있었는데, 새
　로 중수한 지 겨우 몇 년밖에 되지 않는다. 一名碧溪 古有遺址 新構纔數歲

서리 맞은 잎과 꽃들 서로 밝게 비추는데　　　　　霜葉霜花互照明
층층의 봉우리에선 졸졸 샘물 흐르는 소리.　　　　層嶹決決細泉聲
구름 걷히자 종소리가 나무에서 울려 퍼지니　　　雲開一杵鍾鳴樹
새로 지은 법계사 완공되어 기쁘기 때문이라.　　　爲喜新菴法界成

○ **문창대** 文昌臺

지척에 있는 문창대 위 최고운의 자취　　　　　　咫尺文昌臺上跡
산승은 나를 위해 세세하게 일러주었네.　　　　　山僧爲我細云云
끝내는 길이 끊겨 들어갈 수도 없으니　　　　　　終然斷徑無由入
선계와 속세 경계 나뉘어져 어이할꼬.　　　　　　奈此仙凡界有分

○ **용추** 龍湫

용추가 어디에 있는지 분변하지 못하겠고   龍湫不辨在何處
푸른 봉우리 흔드는 세찬 바람만 들릴 뿐.   但聞風威撼碧峰
신이한 짐승은 예로부터 변화에 능했으니   神物由來多變化
한 조각의 비구름도 어찌 연유가 없으리.   寸雲片雨豈無從

○ **신선너들** 神仙磧 −위아래로 쌓인 것이 대략 같다. 上下磧略同

오늘에야 신선이 바위가 된 그 모습 보았다네   卽看此日仙爲石
그 옛날 바위가 신선이 되었다고 누가 말했나.   誰道異時石化仙
괴이한 면목과 형상은 다 기록하기 어려우니   魖面魖形難盡記
응당 비바람 맞으며 천 년도 더 지났으리라.   應經風雨歲長千

작품
개관

출전: 『정산집(晶山集)』 권1, 「후두류시(後頭流詩)」
일시: 1941년
동행: 자세치 않다.
일정: 덕산−거림−세석−노고단−천왕봉−법계사−신선너들

저자 : 이현덕(李鉉德, 1887-1964)

호는 정산(晶山)이며, 본관은 진양(晉陽)이다. 매당(梅堂) 이수안(李壽安, 1859-1929)의 아들이다. 저서로『정산집』이 있으나, 생애를 확인할 만한 기록은 보이지 않는다.

그의 지리산 유람은 이 외에도 1917년 8월 2일부터 14일까지 부친과 함께 덕산을 거쳐 천왕봉에 오른 기록이 보이며, 이때 이수안이「유두류록(遊頭流錄)」을 남겼다.

공자의 태산을
몇 번이나 추앙했던가

이규남의 두류기행

공자의 태산을 몇 번이나 추앙했던가

이규남李圭南의 두류기행頭流紀行

○박영숙¹ 군을 방문하다 訪朴君永叔

가을비가 부슬부슬 내려 나를 못 가게 하니　　　　秋雨蕭蕭莫我之
그대 이곳에서 사는 것이 얼마나 다행인지.　　　　多君此處任棲遲
주경야독하는 그대 삶은 매우 즐거우리니　　　　夜讀晝耕深有樂
옛 안풍마을의 동생² 같은 이는 누구인가.　　　　安豐古里董生誰

---

1 박영숙(朴永叔) : 박헌수(朴憲脩, 1872-1959)를 말한다. 영숙은 그의 자이고, 호는 입암(立庵)이며, 본관은 밀양이다.
2 옛……동생(董生) : 안풍(安豐)은 당나라 때 동소남(董召南)이 살던 마을이다. 동소남은 낮엔 밭을 갈고 밤에는 책을 읽었다고 한다.

○ 도구대에서 면우 선생 시의 운자를 써서 짓다 陶邱臺 用俛宇先生韻

이 대의 이름을 무슨 일로 도구대라 했을까	此臺何事錫名陶
아마 당시 고상한 뜻을 지닌 이가 있었겠지.	想象當年志尙高
그 아래 수면엔 하늘빛이 한 가지로 비추니	水面天光栽一色
위아래로 밝은 그 이치를 살피며 찾는다네.	察求上下理昭昭

○ 입덕문에서 다시 면우 선생 시의 운자를 써서 짓다
入德門 復用俛宇先生韻

입덕문 앞에는 가을 냇물이 활기차게 흘러	入德門前秋水活
광풍제월과 같은 티 없이 맑은 풍광이로다.	光風霽月一般澄
여기서 그 누가 남명 선생의 교화를 알까	此間誰識先生化
훌륭한 어진 이들 여기 와서 홍기했다네.	濟濟群賢接踵興

○ 산천재에서 주련의 시에 공경히 차운하다 山天齋 敬次柱上韻

일만 사천 길이나 되는 높은 천왕봉	一萬四千丈
묵묵히 본래 아무 소리도 나지 않네.	默然本無聲
남명 선생이 이곳에 터를 잡으시고	先生宅于此
오래도록 한 번 큰 교화를 끼치셨네.	終古一大鳴

○ 신선너들 神仙磧

숙연히 지팡이 짚고 우두커니 섰네	肅然住筇立
돌부처가 차례대로 연이어 있는 듯.	石佛次第連
이 신선너들 누가 세상에 전하였나	此磧誰記世
옛날에는 신선이 있었다고들 하네.	人稱古能仙

○ 박영숙과 함께 법계암에서 묵었는데 김서구[3]·김치행[4]이 저물녘에 찾아오다 與永叔 宿法界庵 金瑞九·金致行 乘暮上來

사흘 동안 간절히 바라다 하룻밤을 함께 하니	三日望望一夜同
목소리가 어둠 속에서도 서로 통한 줄 알겠네.	始知聲氣暗相通
백 리를 찾아오는 건 노인성을 보기 위함이요	百里人來星有老
천년세월 부처 앉은 바위 바람에 마모되었네.	千年佛坐石磨風
세상 인정 초탈하여 속진 밖의 신선인 듯하나	世情逈脫塵表仙
내 분수는 푸른 허공에서 떨어진 티끌과 같네.	分如留碧落空埃
산에 오르는 그 취미는 어디에서 얻은 것인가	上山趣味從那得
혼자 침잠해 시 읊조리는데 불러 깨우는 소리.	便自沈吟喚覺中

---

3 김서구(金瑞九) : 김영시(金永蓍, 1875-1952)를 말한다. 서구는 그의 자이고, 호는 평곡(平谷)이며, 본관은 상산이다.

4 김치행(金致行) : 김진문(金鎭文, 1881-1957)을 말한다. 치행은 그의 자이고, 호는 홍암(弘菴)이며, 본관은 상산이다.

○ 천왕봉에 오르다 上天王峯

기를 쓰며 부여잡고 오르는 철이 가을이라	努力攀躋正値秋
천지는 훤히 트여 속된 근심 모두 씻어내네.	乾坤軒豁滌塵愁
거대한 영산 삼열의 능선 뒤에 가장 빼어나	巨靈最著三列後
깊은 산에 무리지어 밀며 남악을 유람하네.	輩深山推南嶽遊
푸른 바다를 굽어보니 가득하고도 넘실대며	俯觀滄海涵猶漾
은하를 우러러 보니 흐르지 않고 엉켜 있네.	仰察銀河不流凝
온종일 배회하며 마음에 터득한 바 있으니	盡日徘徊心有得
삼라만상 모든 생명체가 그 모습 드러내네.	森然群物露頭頭

○ 연구 聯句

곧장 두류산 상봉으로 올라가니	直上頭流巘
가을바람이 이곳에선 차갑구나.	秋風特地寒

   -남호(南湖)가 지었다

학을 참마로 해 오늘 올랐으니	鶴驂今有日
자라 등에 더는 다른 산 없구나.[5]	鰲背更無山

   -입암(立庵)이 지었다.

---

5 자라……없구나 : 바다 속의 여섯 마리 자라가 삼신산을 머리에 이고 있다고 전한다. 지리
산이 삼신산의 하나이기 때문에 그렇게 말한 것이다.

티끌세상 밖으로 자취를 초탈하여　　　　　　　脫跡塵埃外
우주 사이에서 회포를 맘껏 푸네.　　　　　　　放懷宇宙間
　　-평곡(平谷)이 지었다.

이 호연한 기상 그 무엇과 다투랴　　　　　　　浩然何物競
가슴속이 절로 한가하고 한가하네.　　　　　　　胸次自閒閒
　　-홍암(弘庵)이 지었다.

○ 산을 내려오다 下山

조금 평탄한 곳으로 가벼이 날아서 내려오니　　　飄然飛下少寬平
바위 구멍에서 차가운 샘이 졸졸 흘러나오네.　　　石竇寒淙冉冉生
천왕봉을 돌아다보니 끝내 잊지를 못하리라　　　回顧天王終未忘
정녕 나를 불러 더욱 이 심정 묶어 놓는 듯.　　　丁寧召我更關情

○ 시천 도중에서 矢川途中

돌아오는 길에 바람 타고 떠나 오니　　　　　　歸路駕風發
방호산이 어찌 저리도 멀리 보이는지.　　　　　方壺何彼遙
황금빛 물결 먼 들녘에 넓게 펼쳐졌고　　　　　金光鋪遠野
가을기운에 구름 낀 하늘 맑게 개었네.　　　　　秋氣雲霄霽
희미한 숲속 골짜기를 뚫고 나오면서　　　　　隱隱穿林壑

느릿느릿 걸음으로 돌다리를 건너네.　　　　　　遲遲度石橋
바라건대 따뜻한 봄날이 돌아오거든　　　　　　願言春日煖
술 마시고 시 짓는 모임에서 또 보세.　　　　　　文酒更相邀

○ 여러 공을 송별하며 送別諸公

우뚝한 방장산을 두루 다 보고 나서　　　　　　遍觀方丈屹
다시 덕산의 강물을 실컷 들이켰네.　　　　　　更吸德山江
흰 옷은 학의 그림자처럼 외톨인데　　　　　　縞衣鶴影隻
채색 소매는 봉의 거동처럼 둘일세.　　　　　　彩翼鳳儀雙
응당 소리치리, 세 기둥 서 있으니　　　　　　應聲三柱立
만경창파 치는 게 어찌 두렵겠냐고.　　　　　　何患萬波撞
저물녘 은후⁶의 노래를 부르면서　　　　　　晩唱隱侯曲
각자 율리⁷의 집으로 돌아가시리.　　　　　　各歸栗里窓

---

6 은후(隱侯) : 중국 남조 제(齊)나라 때 시인 심약(沈約)의 시호이다. 사성(四聲)의 성조를
　　엄격히 규정하는 시풍을 제창하였다.
7 율리(栗里) : 도연명이 은거하던 동네로, 여기서는 이들이 사는 시골집을 가리킨다.

○ 천왕봉에 올라 운자를 나누었는데 상(上) 자를 얻어 짓다

以上天王峯分韻 得上字

산간의 시골집에 깃들어 살면서도	跧伏山間广
항상 이 산에 올라보고 싶었다네.	恒欲自下上
주자가 오른 형산을 문득 우러렀고	朱衡俄瞻忽
공자의 태산은 몇 번이나 추앙했나.	孔泰幾鑽仰
방장산이 멀지 않음을 알고 있으니	方丈知不遠
한달음에 올라가 보기에 충분하네.	一蹴亦足往
도반들이 마침 불러서 길을 나서니	道侶適愬呼
때는 가을이라 날씨 또한 쾌청했네.	時秋天氣朗
구산에서 갈림길이 나타났다 전해	鳩山告岐路
타고 간 말이 병이 났다니 어쩌리.	其奈征馬瘰

-벗 권모는 약속을 지키지 못했고, 김모는 오지 않았기 때문에 그렇게 말한 것이다.

權友愆期 金友未至 故云

의지를 북돋우고 긴 바람을 몰아	勇意駕長風
입덕문에서 나는 듯이 출발하였네.	飛自德門昉
저물어서 법계암에 올라 쉬었는데	晚憩法界庵
거센 바람 불어와서 상쾌하였다네.	颶風來颯爽
숲에서 패옥 찬 사람이 보이더니	樹間照衣珮
두 벗이 지팡이를 휘저으며 왔네.	二友共飛杖
얼마나 다행인가, 이곳에 먼저 와	何幸此處前
맹랑하게 이들이 오기를 바라는 것.	期是孟浪上

다음날 아침 바람이 그치지 않아서　　　　　明朝風未歇
위로 오르기도 도리어 꺼려졌다네.　　　　　上達還惘惘
이때 입암이 호탕한 기상 발휘하고　　　　　立友發豪氣
평곡과 홍암도 불굴의 의지 보였네.　　　　　平弘亦骯髒
층층의 벼랑 끝에 발을 겨우 붙이고　　　　　着足層厓表
가파른 절벽 타고 날아가듯 올랐네.　　　　　飛身絶壁吭
내 체력만 그들에 미치지 못할 뿐　　　　　顧余力未及
어찌 저 도깨비처럼 날아오르는지.　　　　　何似彼魍魎
바위를 잡으니 오랜 이끼 미끄럽고　　　　　攀岩滑老苔
숲을 헤치니 상수리가 발에 채이네.　　　　　穿林跰墜橡
신발이 벗겨져 밑창에 못을 박았고　　　　　履脫宜有楬
목이 마른데 막걸리 없어 아쉬웠지.　　　　　喉渴恨無醣
잠깐 사이 천왕봉 정상에 올랐는데　　　　　須臾躋頂上
천왕봉이 우리에게 구경을 허락했네.　　　　天王許我賞
천왕봉 정상에는 일월대가 있어서　　　　　上有日月臺
천고의 세월에 한결같이 환했다네.　　　　　千古一炳烺
아래를 굽어보니 만 겹의 산봉우리　　　　　下臨萬疊峯
아들 손자인 듯 공손히 서 있구나.　　　　　兒孫拱立象
물이 넘실대는 저 아득히 먼 바다　　　　　汪漾渺潏處
신선들의 배라면 가볼 수 있으련만.　　　　仙槎可運槳
한순간 저 끝을 돌아다니며 본다면　　　　　一瞬端倪○
유람하며 본 구경 얼마나 장대할까.　　　　看遊觀胡壯

동쪽으로는 하이[8] 경계까지 보이고　　　　　　東盡蝦夷界
남쪽으로는 과불[9] 지경까지 보였네.　　　　　南至瓜佛块
서쪽과 북쪽 끝을 미처 보기도 전에　　　　　未及西北隅
엷은 구름이 산허리를 휘감아버렸네.　　　　薄雲山腰網
그대에게 묻노니, 갈 곳이 어디인가　　　　　問子何所之
장검을 치면서 강개한 마음 노래하네.　　　　擊鋏歌慷慨
천상의 문이 지척 거리에 있노라니　　　　　天閽在咫尺
상제에게 나아가 머리 숙이고 절하리.　　　　帝前拜稽顙
귀신같은 악한 무리 강토에 가득하여　　　　鬼獸滿疆土
대도가 다시 밝아지지 않는 것이리라.　　　　大道不復晃
상제께선 주공과 공자 학문 보우하여　　　　眷祐周孔學
모든 사람이 그 가르침 받게 해주소서.　　　　一體受教養
함께 유람한 군자들께 거듭 바라노니　　　　更願同來子
노력하여 서로 의지해 나아가십시다.　　　　努力相與仗

---

8 하이(蝦夷) : 일본 북해도를 말한다.
9 과불(瓜佛) : 자세치 않다.

출전: 『남호집(南湖集)』권2, 「두류기행(頭流紀行)」

일시: 자세치 않다.

동행: 김영시(金永蓍), 김진문(金鎭文) 등

일정: 덕산–신선너들–법계사–천왕봉–덕산

저자: 이규남(李圭南, 1870-1944)

자는 순거(舜擧), 호는 남호(南湖)이며, 본관은 경주이다. 경상남도 산청 부동(傅洞)
에 살았다. 단계(端溪) 김인섭(金麟燮)·후산(后山) 허유(許愈)·물천(勿川) 김진호
(金鎭祜)·면우(俛宇) 곽종석(郭鍾錫)의 문인이다. 저서로 『남호집』이 있다.

평생 이해하지 못한 춘추대의를
운무에 가린 천왕봉에서 보았네

한우석의 두류산잡영

평생 이해하지 못한 춘추대의를
운무에 가린 천왕봉에서 보았네

한우석韓禹錫의 두류산잡영頭流山雜詠

○ **경의당[1]** 敬義堂

경의가 우리 유가에서 해와 달처럼 밝았는데   敬義家曾日月明
제생들 강구하지 않아 헛되게 이름만 남았네.   諸生不講謾留名
두류산 유람하는 나그네 경의당 앞을 지나도   頭流遊客堂前過
봄날의 꾀꼬리가 나무에서 우는 것만 본다네.   但見春鶯葉裏鳴

○ **법계사로 가는 도중에** 法界寺途中

지리산으로 오르는 사월은 쾌청한 시절이라   山行四月際時晴

---

1 경의당(敬義堂) : 남명 조식을 제향하는 덕천서원(德川書院)의 강당 이름이다. 현 경상남
　도 산청군 시천면 원리에 있다.

아름답고도 이름난 꽃들이 길마다 가득하네.　　　　　佳卉名花去去程

앞길에 볼 만한 구경거리 많을 줄 알겠으니　　　　　漸覺前頭多可觀

법계사의 신선과도 정을 함께 할 수 있으리.　　　　　上房仙子可同情

○ 천왕봉으로 오르는 도중에 天王峯途中

발걸음이 높아질수록 길은 더욱 더 험난하여　　　　步武巍巍路轉艱

절벽 따라 노송나무 잡고 구름 가를 오르네.　　　　緣崖抱檜躡雲鬟

평생토록 이해하지 못했던 춘추대의 그 뜻을　　　　生平未解春秋意

운무에 얼굴 가린 천왕봉에서 마침내 보리라.　　　　竟見天王霧掩顏

○ **성모사** 聖母祠 –성모는 바로 마야부인이다. 묘향산 승려 천연이 그 신상을 끌어내 부수고 사당을 불태웠는데, 그 뒤 어떤 사람에 의해 다시 건립되었단 말인가. 聖母 卽摩耶夫人 妙香僧天然 曳倒其神像 而燒其祠 其後 爲何人所更立耶

성모사에 안치된 단단한 돌로 만든 석상　　　　　　石像頑然聖母祠

묘향산 승려가 후대에 손수 부수어버렸지.　　　　　妙香下代手陵夷

지금도 천왕봉 위에 마야부인이 앉았으니　　　　　至今峯上摩耶坐

세상이 변해도 풍속은 요상하여 괴이하네.　　　　　易世風妖亦怪奇

○ **세석평지** 細石平地

평지로 내려오자 다시 별천지가 나타나니　　　　　平地歸來別有天

속진을 벗어나 신선이 되는 해가 있을 듯.　　　脫塵容有作仙年

푸른 구름 흰 눈으로 매섭게 추운 이 곳　　　靑雲白雪稜稜處

광풍제월처럼 맑은 날엔 주변이 넓디넓네.　　　霽月光風浩浩邊

고요한 골짝의 사슴 노루 탑에 기대 잠들고　　　谷靜麕獐倚塔宿

성긴 숲의 난새와 학은 꽃 곁에서 잠드네.　　　樹疎鸞鶴傍花眠

숲속에선 가랑비에 옷이 젖어도 괜찮으니　　　林霏不惜衣巾濕

이 산에서 함께 묵어가기를 바랄 뿐이로다.　　　但得靈山枕共連

○ 평지에서 비를 만나 주 선생의 운자²를 써서 짓다
平地遇雨 用朱先生韻

사방을 둘러봐도 구름은 끝이 없으니　　　四顧雲無際

하늘에 어떤 조짐 있는지 의심이 되네.　　　仰疑天有端

마음속 기약을 이제부터 드넓게 하면　　　心期由此廣

눈에 보이는 것도 자연히 관대해지리.　　　眼界自然寬

새들은 숲속에서 즐겁게 노래 부르고　　　禽語林間樂

빗소리는 꽃 너머로 차갑게 들려오네.　　　雨聲花外寒

옷이 젖는 건 애석히 여길 게 없으나　　　衣沾無足惜

손을 끌고 돌아갈 곳을 알지 못하겠네.　　　攜手不知還

2　운자 : 이는 주희(朱熹)의 『회암집(晦庵集)』 권5에 수록된 「등축융봉 용택지운(登祝融峯 用擇之韻)」을 말한다.

출전: 『원곡집(元谷集)』 권2, 「두류산잡영(頭流山雜詠)」

일시: 자세치 않다.

동행: 자세치 않다.

일정: 덕산-법계사-천왕봉-세석

저자: 한우석(韓禹錫, 1872-1947)

초명은 기석(夔錫)이고, 자는 군세(君世)·군서(君瑞)이며, 호는 원천(元川)이었는데 후에 원곡(元谷)으로 바꾸었다. 그의 선대는 세조 때 처음 단성(丹城) 마흘리(麻屹里)에 들어왔고, 이후 한응량(韓應良)이 하동에 옮겨 살다가, 고조부 한사철(韓師哲)에 이르러 진주 원당(元塘)으로 옮겨 세거하였다. 조부는 한광화(韓匡華), 아버지는 한기홍(韓琦洪)이며, 어머니는 합천이씨로 일신당(日新堂) 이천경(李天慶)의 후손이다.

어려서부터 총명하여 부모의 기대를 독차지하였고, 후에 곽종석의 문하에 나아가 수학하였다. 인근의 하겸진(河謙鎭)·정제용(鄭濟鎔)·하봉수(河鳳壽)·한유(韓愉)·하계락(河啓洛)·조현규(趙顯珪) 등과 교유하였고, 평생 수신지학(修身之學)에 진력하였다.

한우석의 기행은 여러 곳에서 확인된다. 1899년 봄에 한유·권재규(權載奎) 등과 강원도 포천으로 면암(勉庵) 최익현(崔益鉉)을 뵈러 갔다가 금강산을 유람하고 「서유잡영(西遊雜詠)」을 지었다. 또한 인근의 교유인 40여 명과 함께 남해 금산(錦山)을 기행하고 남긴 수십 편의 작품이 보인다. 만년에는 집안일을 아들에게 일임하고 인근 명승을 기행하였다는 기록으로 보아 「두류산잡영」은 이 시기의 기록이 아닐까 추측된다. 저서로 『원곡집』이 있다.

우리 유가의 경의를
그대들은 아는지 모르는지

하계휘의 두류기행

우리 유가의 경의를
그대들은 아는지 모르는지

하계휘河啓輝의 두류기행頭流紀行

○ **황사에서 박국아-도현-를 만나다** 黃沙 逢朴菊我-度鉉-

황사의 가을빛이 삼할 쯤은 물들었는데   黃沙秋色老三分
반은 벼 익는 향기이고 반은 구름이라네.   半是稻香半是雲
갈림길이 들쭉날쭉해 공연히 근심했는데   歧路參差空自惱
들녘 정자 서쪽에서 기쁘게 그댈 만났네.   野亭西畔喜逢君

○ **도구대** 陶邱臺

도구대 아래는 맑은 강, 그 위는 맑은 바람   臺下淸江臺上風
세 사람이 초연하게 가슴속을 상쾌히 펴네.   三人瀟灑快開胸
지금까지도 그 정신은 여전히 남아 전하여   至今精采猶餘在
고목과 구름이 푸른 봉우리 보호하고 있네.   老木閒雲護翠峯

○ 입덕문을 지나며 過入德門

젊었을 땐 이 산으로 가는 게 꿈만 같았지   少時如夢此山歸
서대에 배인 향기가 아직도 문간에 남았네.   書帶遺芬尙在扉
무자비한 파괴의 악행에 뚫림을 당한 상심   蒙鑿傷心桓斧惡
강물은 희미한 석양녘에 오열하며 흐르네.   江聲咽咽夕暉微

○ 중산촌에서 묵다 宿中山

길은 바위틈을 따라 굽이굽이 돌아가고   路從罅裏轉
문은 역류하는 시내와 마주하여 새롭네.   門對倒流新
소나무는 어두워 자주 비오는 줄로 속고   松暗頻欺雨
대나무는 깊숙해도 속진에 섞이지 않네.   竹深不雜塵
먹고살기 위해 땅을 깎는 일이 많지만   理生多剷地
나그네를 보니 갓을 쓴 선비가 적구나.   見客鮮冠人
이곳 풍속은 오히려 순박하고 후덕하니   風氣猶淳厚
이 산에 태고적 봄날을 감춰둔 것이리.   山藏太古春

○ 검암¹ 劍巖

날카로운 섬광과 기운이 하늘을 찌를 듯한데   崢嶸光氣射穹林
무슨 일로 궁벽한 산에 앉아 늙어 가는 건지.   底事窮山坐老深

들자하니 이 산속에 호랑이와 표범이 많아서　　　　聞說山中多虎豹
그들을 내몰고 임금 마음에 보답하려 했다지.　　　　也應驅除答君心

○ **망암**[2] 望巖

남쪽을 바라보다 다시 망암을 바라보니　　　　南望復此望
구름과 숲이 모두 기이한 절경이로구나.　　　　雲林儘奇絶
하산할 때도 오히려 돌아보고 우러르니　　　　下山猶顧瞻
연모의 마음 있어 작별하기 어려웠다네.　　　　係戀難爲別

○ **벽계암** 碧溪菴

어둑할 제 구름사다리 밟고 벽계암 찾았네　　　　暝踏雲梯問碧溪
시든 꽃에 병든 나뭇잎 서로 같지 않구나.　　　　殘花病葉不相齊
업보설과 인과설은 허무맹랑한 설이어서　　　　業緣果是虛無說
황량해진 고찰은 야생 짐승에게 맡겨졌네.　　　　古寺荒凉任野鷄

---

1 검암(劍巖) : 현 경상남도 산청군 시천면 중산리에서 천왕봉을 오르는 코스의 초입에 있는
　　바위를 말한다. 그 모양이 검을 세워놓은 듯하다고 하여 붙여진 이름이며, 칼바위라고도
　　부른다.

2 망암(望巖) : 지리산 중산리 코스 초입에 있는 바위로, 망바위라고도 한다.

○ 석산막 石山幕

산처럼 생긴 바위 왼쪽 옆구리가 텅 비어	巖石如山虛左脅
그 중간에 십여 명이 충분히 앉을 수 있네.	中間容坐十餘人
하고 많은 속진의 세상사를 사절하고 싶어	欲辭多少塵寰事
달을 희롱하고 구름을 헤치며 늙어가려네.	弄月披雲老此身

○ 천왕봉에 오르다 上天王峯

문창대와 일월대 두 대가 우뚝하니 높구나	文昌日月兩亭亭
위로 천왕을 보호해 푸른 하늘로 들어가네.	上護天王入翠冥
그 구름의 변화와 모습을 추측하지 말게나	莫測量其雲變態
본떠 형상할 수 있는 건 붉고 푸른 바위뿐.	可模狀者石丹青
경계 없는 사방 끝엔 눈길을 주기 어렵고	端倪無際難窮目
눈앞의 강과 바다 불러 일깨우는 듯하네.	江海當前似喚醒
이곳에서 삼청궁까진 겨우 지척의 거리라	此去三淸才咫尺
신선들 음악소리 가끔 들려 귀에 쟁쟁하네.	仙韶時有耳盈聽

○ 일월대 日月臺

| 천년토록 크고 웅장한 모습은 변치 않았으니 | 磅礴千年不變更 |
| 길이 하늘과 가지런히 기운 줄 또한 알겠네. | 也知長與天齊傾 |

저 운무에 몸을 맡기고 그 중간에서 묵는데   任他雲霧中間宿
은하 가로 비스듬히 기운 것만 보일 뿐이네.   只有星河側畔橫
한밤중에 동쪽 바다에서 광채가 뿜어 나오고   半夜扶桑光射采
초가을에 선약을 찧는 소리 가늘게 들려오네.   新秋搗藥細聞聲
우리 유가의 경의를 그대들 아는지 모르는지   吾家敬義君知否
노력해 부여잡고 오르면 더욱 절로 밝아지리.   努力登攀益自明

○ 문창대 文昌臺

최고운은 우리나라 산들을 두루 다 다녔다지   孤雲徧踏域中山
곳에 따라 연하가 가려 가물가물 보이는구나.   隨處煙霞縹緲間
깎아지른 절벽에서 어찌 말 타는 놀이 했으랴   削壁那能盤馬戲
매단 듯한 벼랑은 원숭이도 올라갈 수 없는데.   懸崖不可等猿攀
천 년 전 괴이한 말들은 끝내 믿기 어렵지만   千年志怪終難信
온종일 진경 찾기에는 넉넉하여 한가롭구나.   一日尋眞剩得閑
들녘의 새는 본디 운학과 짝이 되지 않는 법   野鳥本非雲鶴侶
방장산 차가운 날씨에 지쳐서 돌아갈 줄 아네.   天寒方丈倦知還

○ 영파정 暎波亭

숲속 가의 정사는 그림자 속에서 우뚝하고   林端精舍影中峨
돌을 깬 모난 연못엔 푸른 물결 살랑대네.   石鑿方塘漾綠波

언덕을 두른 짙은 그늘 좋은 나무 많구나 　　　　　　繞岸繁陰多好樹

가을 되니 연꽃을 심지 못한 게 아쉬울 뿐. 　　　　　秋來只欠不鍾荷

○반천에서 동행한 사람들을 전송하고 궁항으로 들어가다
　　反川 送同行人 入弓項

뾰족한 돌길은 발걸음을 내딛기도 어려운데 　　　　　石路崎嶇步步難

반천에 어렵사리 이르니 오찬연기 피어났네. 　　　　反川難到午煙寒

다만 닭을 잡고 밥 지어 줄 사람이 없어서 　　　　　直緣鷄黍無人具

오늘 저녁 작별하여 기쁨을 다하지 못하네. 　　　　今夕分離未盡歡

작품
개관

출전: 『아단집(我丹集)』 권1, 「두류기행(頭流紀行)」

일시: 자세치 않다.

동행: 자세치 않다.

일정: 덕산 – 중산리 – 칼바위 – 망바위 – 벽계사 – 천왕봉

저자: 하계휘(河啓輝, 1874-1943)

이름을 하계옥(河啓沃)이라고도 한다. 자는 봉조(鳳朝), 호는 아단(我丹)이며, 본관은 진양이다. 진주 단목(丹牧)에 거주하였다. 한시당(恨是堂) 하정범(河正範)의 증손이며, 조부는 하경우(河慶佑)이고, 아버지는 하황원(河滉源)이다. 교우(膠宇) 윤주하(尹冑夏, 1846-1906)의 문하에서 수학하였고, 경술국치 이후에는 은거하여 학문에 열중하였다. 저서로 『아단집』이 있다.

은거가 세상사를
구제하는 것은 아니지만

정헌철의 두류기행

은거가 세상사를 구제하는 것은 아니지만

정헌철鄭憲喆의 두류기행頭流紀行

○ 도구대 陶丘臺

명산에 찾아오니 경관이 점점 아름다운데   來到名山景漸佳
우뚝이 검푸른 바위가 시냇가에 솟아있네.   蒼然危石跨川涯
예전 현인들 유람하며 들러 가던 곳이고   昔賢遊賞曾經地
선생의 높은 풍도가 절벽처럼 우뚝하구나.   夫子高風壁立崖
노송이 아직 남아서 이전 세월 말해주고   松老猶存前歲刦
깊숙한 길이 되레 끊겨 후생은 안타깝네.   路深還切晚生懷
은거가 세상사를 구제하는 것은 아니지만   林居未必能濟事
편히 살면서 어떻게 강력히 배척하리오.   安處寧容强力排

남쪽으로 오니 이곳의 산천이 아름다운데   南來形勝此爲佳
도구대가 이 산속의 한 시냇가에 있구나.   臺在萬山一水涯
내려다보면 밑이 없는 천 길의 낭떠러지   下看無底千尋壑

쳐다보면 허공에 걸린 백 척의 절벽이라. 仰視懸空百尺崖
쇠잔한 숲에서 선현의 자취를 생각하나 殘林可想前人跡
황량한 풀이 어찌 나그네 회포 감당하리. 荒艸那堪客子懷
이로부터 명산이 멀지 않음을 알겠으니 自此名山知不遠
향긋한 바람이 불어와 내 옷깃을 밀치네. 香風吹拂我衿排

○ 입덕문 入德門

험준하고 가파른 돌길이 중천에 높다랗고 峥嶸危磴半天嵬
굽이굽이 긴 강은 궁(弓) 자로 돌아 흐르네. 曲折長江弓字回
그늘진 숲속에는 구름 그림자가 스쳐가고 萬樹陰陰雲影轉
양쪽 산은 높이 솟아서 석문 하나 열었네. 兩山崒崒石門開
나그네 지팡이 앞길이 혼미할까 두려운데 客節或懼迷前路
휘황찬란한 큰 글씨 후생에게 가르쳐주네. 大筆輝煌詔後來
주막의 아낙이 시인의 마음을 짐작하고서 壚娃解識詩人意
석 잔 술을 강권하고 한 잔을 더 권하네. 强勸三盃又一盃

푸른 소나무 고고하고 바위는 우뚝 솟았네 蒼松落落石嵬嵬
그 아래에는 맑은 강이 구비 돌아 흐르네. 下有澄江百轉回
들어오기 전엔 바위가 길을 막아 아쉽지만 未前常恨岩程阻
들어가고 나면 동천이 넓게 열려 기쁘다네. 旣入方欣洞壑開
내 무심히 지나가는 속세 사람을 보노라니 我看俗子無心過

남명 선생이 후인에게 알려준 걸 누가 알리.　　　　　誰識冥翁用意來
이로부터 신선세계 멀다고 말하지 마시게　　　　　休言自此仙區遠
하늘 바람을 실컷 맞으며 술잔을 들리라.　　　　　剩得天風拂酒盃

○부서진 비석[1] 앞을 지나다 過破碑

이 노선생이 그 당시 밝은 세상을 만났다면　　　　　斯老當年際世明
금옥같은 문장 지어 아름다운 명성 얻었으리.　　　　　文章鏗鈺出金聲
붉은 산과 상서로운 짐승은 보배로 삼지만　　　　　丹山片羽猶爲寶
넓은 바다에 버려진 구슬도 경시하진 않았네.　　　　　滄海遺珠未易輕
동천에는 원한인 듯 수심인 듯 구름이 일고　　　　　洞天若怨愁雲起
초목도 처량한 듯 분개한 감회를 일으키네.　　　　　草樹含悽感憤生
비석은 부서지고 기와만 남아 진정 애석한데　　　　　瓦全玉碎眞堪惜
유람객은 차마 마음 편히 지나지도 못한다네.　　　　　忍教遊人恣意行

남명 선생 천추토록 그 도가 더욱 밝았고　　　　　夫子千秋道益明
미수옹의 덕산비는 온 나라에 알려졌었지.　　　　　眉翁一筆大方聲
문장에 뼈가 있어 사람들 중망을 받았는데　　　　　文章有骨爲人望

---

1 부서진 비석 : 미수(眉叟) 허목(許穆)이 지은 글을 새긴 남명 선생의 신도비(神道碑)가 덕산에 세워져 있었는데, 1926년 조씨(曺氏) 문중에서 부수어 버린 것을 말한다. 덕산비(德山碑)라고도 한다.

흠집 내고 부추겼으니 풍속이 경박해서라.　　　疵垢吹毫驗俗輕
한 시대 공론이 굽힌 것을 한하지 말게나　　　莫恨一時公議屈
백세를 기다리면 정론이 생기리라고 믿네.　　　會須百世正論生
귀부 끝을 보니 가을풀 시들어 근심스럽고　　　愁看龜頭秋草沒
햇빛은 처량하게도 내 발길 멈추게 하네.　　　景光悽絶住吾行

○ 산천재 山天齋

보일 듯 말 듯 천왕봉이 진면목을 드러내니　　　隱現天王忽露眞
산천재 풍물이 새로운 빛을 두 배나 더하네.　　　山齋風物倍光新
제자 몇몇이 모시고 문 밖 눈을 구경했는데　　　弟子幾陪門外雪
선생은 늘 좌중의 봄바람처럼 온화하셨다네.　　　先生恒帶座中春
두 조정에서 여러 소명을 포의에게 내렸고[2]　　兩朝煩召爲黔首
네 분 성현이 이 노선생에게 그 정신 전했네.[3]　四聖傳神此老身
어찌하면 천 석 들이 무거운 북채를 구해다가　　安得椎如千石重
한 번 두드려서 취해 꿈꾸는 사람을 일깨울까.[4]　一叩喚醒醉夢人

---

2 두……내렸고 : 남명 조식은 명종과 선조 때 수차례 벼슬에 제수되었으나 나아가지 않았다.

3 네……전했네 : 조식은 산천재 마루 벽면에 공자(孔子)·정명도(程明道)·정이천(程伊川)·주자(朱子)의 초상을 손수 그려 걸어두고 그 뜻을 새겼는데, 이후 덕산 일대를 방문한 유람자는 이 네 초상을 대하고 많은 작품을 남겼다.

4 어찌하면……일깨울까 : 조식이 산천재 기둥에 썼다는 「제덕산계정주(題德山溪亭柱)」의 내용을 일컫는다.

산천재에서 강론하여 참된 학문 터득하셨으니 　 講道山齋學得眞
백세토록 끼친 향기 더욱 빛나고도 새롭도다. 　 遺芬百世愈光新
엄정한 모습은 천인벽립의 기상을 유지하셨고 　 嚴厲有持千仞壁
생전에 베푼 교화는 온통 하나의 봄날이었네. 　 生成施教一團春
대현은 스스로 세상사를 잊기 어려운 법이니 　 大賢自是難忘世
은거하는 것이 어찌 자신만을 깨끗이 함이리. 　 長往豈爲獨潔身
미천한 나는 지금도 감격의 눈물을 흘리노니 　 賤子如今多感淚
무너진 담장 황량한 잡초 인적 없어 적막하네. 　 頹垣荒艸寂無人

○ 송객정[5] 送客亭

도덕군자의 풍류는 이미 이 세상에 없어졌으니 　 道德風流已絶群
잔을 들어 크게 따라준 술만 세속에 전해질 뿐. 　 引盃大酌俗傳聞
서풍이 성글진 머리 위 갓에 세차게 불어오고 　 短髮西風吹帽急
동쪽을 바라보니 긴 여정에 정분을 느끼게 하네. 　 長程東望引情分
면상촌 앞 두둑에는 사람 따라 냇물이 흘러가고 　 面傷村畔隨人水

---

5 송객정(送客亭) : 현 경상남도 산청군 삼장면 덕교리에 있던 정자이다. 남명 조식의 문인 덕계(德溪) 오건(吳健)이 스승을 찾아왔다가 작별을 고하고 돌아가는데, 작별을 못내 아쉬워하던 남명이 10리 밖까지 배웅하며 베풀어 준 전별주에 취하여 그만 말에서 떨어져 이마에 상처를 입었다고 한다. 이 고사로 인해 남명이 덕계를 전송한 곳에 송객정을 세우고, 덕계가 말에서 떨어져 이마를 다친 곳을 면상촌이라 부르게 되었다.

송객정 앞으로는 해를 지나서 흰 구름 떠가네.　　　　送客亭前度日雲
오늘날의 비방과 칭찬은 식은 재처럼 냉랭하니　　　　毁譽如今灰若冷
쓸쓸히 바위에 기대 숲 위로 지는 해 바라보네.　　　　悄然倚石看林曛

높은 갓에 넓은 띠를 매고 무리에서 빼어났지[6]　　　崑冠博帶出群群
송객정 앞엔 차고 있는 패옥소리 쩌렁쩌렁했네.　　　　送客亭前珮玉聞
봄꽃에 흥취가 일어나서 기쁘게도 서로 만나고　　　　春花惹興欣相合
무정한 가을 풀에 석별의 정을 함께 나눴겠지.　　　　秋草無情惜共分
내 지금 여기 와서 그 당시 일을 묻고자 하나　　　　我來欲問當年事
사람 떠난 텅 빈 정자에 그 옛 구름만 떠가네.　　　　人去空餘舊日雲
서글픈 마음에 나도 모르게 오래도록 서성이다　　　　悵然不覺彷徨久
앉아서 서쪽 숲에 걸린 석양을 바라보고 있네.　　　　坐看西林掛落曛

○ 세심정 洗心亭

세심정 옆 두둑으로 길게 가로 뻗어 난 길　　　　洗心亭畔路橫斜
멀리 보이는 평원에는 향기로운 풀이 났네.　　　　極目平原芳草加
소슬한 낙락장송 쇠기둥보다도 더 튼튼하고　　　　瑟瑟長松餘鐵幹
무리 지은 백로는 은빛 백사장에 내려앉네.　　　　群群白鷺下銀沙

---

6 높은……빼어났지 : 덕계 오건을 일컫는다.

공자 맹자는 지금 세상 용납하기 어려우리
남명의 산천재도 옛 연하를 닫아걸었다네.
난간 끝에서 고개 돌리며 길게 탄식하노니
완연히 선생께서 멀리 계시지 않은 듯하네.

孔孟難容今世界
山天猶鎖舊烟霞
欄頭回首因長嘆
宛在伊人若不遐

뾰족뾰족 봉우리들 강 너머로 나란히 섰고
땅이 맑고 기이할수록 흥취 점점 더해지네.
산엔 노을 지고 온 나무엔 요란한 매미소리
물에 비쳐 떠가는 구름, 백사장엔 백로 하나.
선현들은 어찌 참으로 짐승과 함께 살았을까
덧없이 살며 연하세계 꿈꾼 것이 가소롭구나.
아! 고인은 떠나고 정자만 아직도 남아 있어
회포가 서글퍼져 아득하게 저 멀리 사라지네.

群峯簇簇一江斜
地益清奇興轉加
山含落日蟬千樹
水映閒雲鷺一沙
先輩豈眞同鳥獸
浮生堪笑夢烟霞
于嗟人去亭猶在
懷緒悵然杳入遐

○남명 선생의 사당에 배알하다 謁南冥廟

우뚝한 서원이 덕산 남쪽에 자리하고 있으니
우리나라 선비들 함께 우러르며 바라보는 곳.
한가한 구름으로 선현의 감상을 실컷 느꼈고
강론하던 나무에서 그 옛날의 푸름을 알겠네.
최근 아름답게 새로 지은 서원의 웅장한 모습
산과 시내가 이제부터 그 빛을 배나 더하리라.

巍然一宇德山陽
箕土衣冠共瞻望
閒雲曾飽前賢賞
講樹知經上世蒼
輪奐於今新築美
溪山從此倍輝光

미천한 후생은 뒤늦게 찾아온 것을 탄식하며   嘆息賤生來歲晚
서풍에 고개 돌리니 한스러움 어찌나 길던지.   西風回首恨何長

멀게는 공자와 주공, 가깝게는 주자를 본받아   遠法孔周近紫陽
성대하게 우리나라에서 중망을 받으셨던 분.   蔚然曾負海東望
생전에는 시대를 상심하여 귀밑머리 하얘졌고   當日傷時成鬢白
한밤중에도 나라 걱정에 하늘 보며 탄식했네.   中宵憂國仰天蒼
후학들을 열어준 그 공덕 어찌나 대단하던지   啓開來學功何烈
사문을 보좌하여 우리 도가 빛나게 되었다네.   扶翼斯文道有光
미천한 후생은 문하에서 직접 배우지 못했으니   賤生未及登門日
두건과 안석이 적막해져 나의 심사 길어지네.   巾几寥寥我思長

○ **경의당** 敬義堂

산길 따라 이곳에 와서 소리 높여 노래하니   循山到此放高歌
이 명승을 나그네가 어찌 그냥 지나쳐 가리.   勝地肯容騷客過
경의당 앞의 오랜 고목 어여삐 여길 만한데   堪憐敬義堂前樹
남명 선생의 손길 속에서 보살핌을 받았으리.   曾度南冥手裡挲
성성자7 소리는 이제 오래도록 들리지 않고   鈴子於今聲久秘

---

7 성성자(惺惺子) : 남명 조식이 자신을 수양하고 정신을 깨어있게 하기 위해 늘 몸에 지녔

은빛 물결만 예전 같아 아무리 마셔도 남으리.⁸   銀波從古喫餘多

칠할은 단청을 칠하였고 삼할은 의젓한 자태   七分丹靑三分儀

천왕봉의 빼어난 빛이 성대하게도 비치는구나.   天王秀色映嵯峨

서풍에 노을이 지니 슬픈 노래가 일어나서   西風落日動悲歌

옛날 현인 회상하다가 잠시 머물러 들렀네.   回憶前賢暫住過

깊고 그윽한 서원 안에는 뉘라서 들어가리   宮墻深邃誰能入

경의당의 휘황찬란함을 나 홀로 어루만지네.   敬義輝煌我獨挲

갓 지은 서원을 오래도록 유지하려 한다면   欲知新宇維持久

우러르고 흠모하는 후생이 많은 데 달렸네.   只在後生景仰多

늠름한 남명 선생 그 자리에 앉아 계신 듯   懍然冥老如臨座

서원 뒤엔 천왕봉이 만 길 높이로 우뚝하네.   屋後天王萬丈峨

○ 대원암 大源菴

가을밤 한가한 꿈을 불가 선문에 부쳐두니   秋宵閒夢付禪門

황홀하게도 전생에 마치 흔적이 있었던 듯.   怳覺前身若有痕

다는 방울 이름이다.

8 은빛……남으리 : 조식이 덕산에 살 집터를 잡고 지었다는 「덕산복거(德山卜居)」 시의 마지막 구절인 "은하 같은 십 리 물을 마시고도 남음이 있으리[銀河十里喫有餘]"라는 내용을 인용하였다.

천 번의 영겁 세월 삼생을 묵묵히 생각하면　　　　　默念三生千度刦
만물이 근원으로 돌아감⁹을 보아야 하리라.　　　　須看萬法一歸根
푸른 물은 미혹된 속세 길로 소용돌이치고　　　　綠水縈洄迷俗路
청산은 신선 사는 마을에 들어있는 듯하네.　　　　靑山彷彿入仙村
함께 유람 온 사람들은 모두 범상치 않으니　　　　同來盡是非凡骨
웃으며 천왕봉 마주하여 술통의 술 따르네.　　　　笑對天王酌大樽

풀섶 헤치고 구름 지나 동구 문에 들어서니　　　　披草穿雲入洞門
풍광이 소슬하여 속진의 흔적이 끊어졌네.　　　　風光蕭灑絶塵痕
향기로운 나무 무성하고 예쁜 새 노래하며　　　　芳樹萋萋歌好鳥
향의 연기는 가늘어서 뿌리에서 타오르네.　　　　香煙細細煮靈根
선방 암자는 속세가 아님을 이미 알았으니　　　　已識禪庵非俗境
어디가 인간 세상인지 머리 돌려 찾아보네.　　　　回看何處是人村
공허한 인생 지금 신선연분 족히 얻었으니　　　　浮生今得仙緣足
온종일 함께 술잔 대하여도 해롭지 않으리.　　　　盡日未妨共對樽

---

9 돌아간 : 원문에는 '소(掃)'로 되어 있으나 '귀(歸)'의 오자인 듯하다.

○ 천왕봉 天王峯

높고 높은 천왕봉은 늠름하여 한기를 느낄 듯　　上上天王懍欲寒
푸르게 우거진 몇 이랑 조금 평평하고 넓구나.　　莽蒼數畝稍平寬
한라산 금강산과 우열을 다투며 막상막하인데　　伯仲拏剛齊上下
자손 같은 금산[10]과 국산[11]이 탄환처럼 작네.　　兒孫錦菊露拳丸
훗날 능히 오르기 쉽다고 삼가 말하지 말게나　　他時愼莫能言易
오늘 한걸음도 내딛기 어려움을 비로소 알았네.　　此日始知進步難
어찌하면 바람을 타고 표표히 허공에 날아올라　　乘風安得翩然去
오대양과 육대주를 마음껏 구경할 수 있을까.　　五六大洋任意觀

우뚝하니 높이 솟아 가을에도 한기를 느끼고　　矗矗嵬嵬秋欲寒
정상에 올라 돌아보니 시야가 넓기도 하구나.　　登臨回首眼前寬
하늘같은 사해가 한 줄기 띠처럼 가로놓였고　　四海如天橫一帶
삼한의 솟구친 대지 외로운 탄환처럼 떠 있네.　　三韓出地泛孤丸
대롱으로 본다고 시 짓는 괴로움 꺼리지 말게　　管窺莫嫌得詩苦
큰 사물은 원래 말로 하기가 어려운 법이라네.　　鉅物從來爲說難
천지와 음양의 이치를 모두 경험해 보았으니　　天根月窟俱經歷
내 삶은 이미 큰 구경을 하였다고 자부하겠네.　　自許吾生已大觀

---

10 금산(錦山) : 남해 금산을 가리킨다.
11 국산(菊山) : 어느 산인지 자세치 않다.

○ 일월대 日月臺

몸을 굽혀 위험한 바위 사이로 구부려보면	側身傴僂危巖間
큰 글자가 찬란하게 바위 면에 새겨져 있네.	大字煌煌侈石顔
흘러가는 구름이 한 차례 지나면 막막할 뿐	一度歸雲惟漠漠
천 층의 나무 빛깔만 절로 한가롭게 보이네.	千層樹色自閒閒
바다와 산이 장엄하게 형성되어 가지가지라	海岳多端開闢壯
그 이름은 예로부터 지금까지 무수히 많네.	姓名無數古今還
큰 구경은 여기에서 끝난 줄 이미 알겠으니	大觀已識於斯盡
훗날 내 작은 산을 부여잡고 오르지 않으리.	他日莫余培塿攀

우뚝한 바위가 흰 구름 사이로 높이 솟구쳐	危巖高出白雲間
풍상을 실컷 맛보아 태고적 모습을 지녔네.	百閱風霜太古顔
산 밖의 험악한 연기와 티끌을 뒤돌아보니	回看山外烟塵惡
일월대 앞에 해와 달이 한가한 줄 뉘 알리.	誰識臺前日月閒
온 골짜기 햇살 밝아 음산한 기운 물러나고	晴光萬壑陰氛退
온 숲엔 밝은 그림자 상서로운 빛 돌아오네.	朗影千林瑞色還
풍천¹²에 대한 내 생각을 지금 어찌 끊으랴	風泉我思今焉切

---

12 풍천(風泉) : 『시경(詩經)』「비풍(匪風)」과 「하천(下泉)」을 줄여 쓴 말로, 이 두 편의 시는 모두 현인이 국가의 쇠망을 걱정하는 내용이다. 여기서는 작자가 나라를 걱정하는 마음을 비유하였다.

위에 천왕이 계셔서 손으로 잡을 수 있는데.   上有天王手可攀

○ 일출을 구경하다 觀日出

상제께서 오색의 둥근 공을 아로새겨 만드니   上帝彫成五色球
붉은 기운 흰 기운 둘러싼 둥근 옥쟁반 같네.   圍紅圍白玉盤圓
짙은 구름 얼굴을 가리고 층층이 솟아나더니   濃雲遮面層巒起
채색 운무 빛을 출렁거려 연달아 붓칠한 듯.   彩霧盪光畵筆連
장사가 뛰어오르듯이 두른 장막이 벗겨지고   壯士試超圍幕潰
어린아이 걸음마처럼 자색 향기가 연이었네.   纖兒學步紫香連
돌아보니 잠깐 사이 세 길이나 솟아올라서   轉眄俄焉三丈到
붉은 빛 찬란하여 사방이 끝없이 다 보이네.   旭光晃晃四無邊

동쪽 바다 한밤중에 비로소 동이 트려고 할 때   扶桑半夜夜將曙
어둑어둑한데 공처럼 둥근 해가 떠오르려 하네.   初日曨曨一球圓
상서로운 구름은 황홀하여 청색 백색 어지럽고   祥雲怳惚紛靑白
휘황찬란한 좋은 기운은 끊어졌다 붙었다 하네.   瑞氣輝煌幾斷連
불빛이 하늘 비추며 푸른 바다에서 뒤집히더니   火色蒸天飜碧海
담박하게 밝은 빛을 땅에 펴서 어둠을 몰아내네.   淡暉動地破昏烟
주시해 보는데 홀연 온전한 모습이 드러나더니   看看忽覺全顔露
눈 깜빡할 사이 광명을 사방에 두루 비추는구나.   瞥眼光明照四邊

○바위 틈 산막에서 묵다 宿石山羃

낙엽 지는 텅 빈 산에 밤은 적막하기만 한데　　　　木落山空夜寂寥
서풍이 끝없이 불어와 더욱 스산하기만 하네.　　　西風拂拂又蕭蕭
아마 진정한 절지엔 바위 많이 서려 있어서　　　　豈眞絶地多盤碌
짐짓 유람객들에게 다리와 허리를 쉬게 하네.　　　故敎遊人憩脚腰
바위 구멍에서 차가운 샘이 졸졸 흘러나오고　　　石寶寒源鳴汨瀿
나뭇가지의 짙은 운무 아침에도 절로 어둡네.　　林稍濃霧自昏朝
풀 자리가 좋은 방에 앉은 것보다 더 나은 듯　　草茵似勝重房坐
속세 근심 떨쳐버리고 물외 세계로 떠나보세.　　排送塵愁物外超

바위틈에 깊숙이 누우니 한결 적막한 느낌이요　　石寶臥深一味寥
맑은 하늘 낙엽 지는 소리 밤에 스산히 들리네.　　天淸木落夜蕭蕭
산행 하는 열흘 동안 나막신을 신고 지냈는데　　山行十日曾穿屐
바위틈에 자는 오늘밤엔 굽은 허리 펴는구나.　　岩宿今宵便曲腰
지척에 구름이 흘러가고 칠흑처럼 어두운 밤　　咫尺歸雲如漆黑
나뭇가지 주워서 불을 피우고 밤을 지새우네.　　桑柴爇火徹晨朝
바라건대 그대들 속세 꿈일랑 꾸지를 마시게　　願君莫作塵間夢
머리 위에 천왕 계시니 길을 벗어나진 않으리.　　頭上天王路不超

○하산 下山

명산 꿈꾼 지 오랜 나그네 생각이 복잡하니	久客名山客思恞
가느다란 시내 달이 다가와 조롱하는 듯하네.	娟娟澗月若來嘲
천왕봉 아래에는 깊고 깊은 바위 무더기들	天王峯下碄碄石
성모사 앞에는 가련히 보이는 나뭇가지 끝.	聖母祠前隱隱梢
속세에서도 탁주로 오히려 취할 수 있지만	濁酒猶能塵世醉
범부는 선계에 올라와도 교유하기 어렵구나.	凡生難自上仙交
우리 산행 무슨 일에 끌렸는지 가소롭지만	吾行可笑緣何事
유람객은 대나무 아래의 집을 잊지 못하네.	遊子未忘竹下巢

하산하는 오늘은 나그네 마음이 복잡하여	下山今日客心恞
속진 인연 어쩔 수 없음을 내 자조하누나.	莫奈塵緣我自嘲
동천은 막막한데 구름은 골짝에서 피어나고	洞天漠漠雲生壑
돌길은 그늘진데 이슬이 나무에서 떨어지네.	石路陰陰露滴梢
선계를 뒤돌아보니 머리 위로 아득히 멀고	轉眄仙區頭上遠
세상에 매인 일들 눈에 아른거려 탄식할 뿐.	堪歎世累眼前交
어느 때든 인간세상 빚을 깨끗이 털어내고	何時了却人間債
냇물과 노을 먹으며 허유와 소부13를 벗할까.	澗飲霞餐件許巢

---

13 허유(許由)와 소부(巢父) : 두 사람 모두 중국 전설 속 대표적 은자이다.

○ 집으로 돌아오다 還家

온 산을 떠돌 적에는 시상이 호걸스러웠는데	浪跡遍山詩思豪
집에 돌아오니 바로 가을바람이 높기만 하네.	歸家正得秋風高
골짜기 구름과 시내의 달이 꿈속에서 맴돌고	谷雲澗月夢千繞
하얀 바위 맑은 여울 붓끝에선 한 터럭 같네.	白石清湍筆一毫
그 물색 기쁘게 거두어 시 주머니가 무거우나	景色喜收重囊袋
문장이 진림과 조식[14]보다 못한 점 부끄럽네.	文章愧乏小陳曹
약한 아내가 내 산행의 고달픔을 위로하면서	弱妻慰我行吟苦
세심하게 어린아이 시켜 조촐한 술상 내오네.	細教稚兒進薄醪

방장산에서 돌아오니 기상이 호걸스러워져	方丈歸來氣欲豪
구름 낀 골짜기를 못 잊어 꿈자리도 높구나.	依依雲壑夢中高
다시 천석이 그립지만 속진의 몸으론 어려워	復思泉石難塵骨
부질없이 그 풍광 취해 붓을 호기롭게 돌리네.	謾取風光輪筆豪
사물을 완상함은 원래 성인의 교훈 밝히는 것	玩物從來明聖訓
마음을 괴롭히는 오늘날 우리를 부끄럽게 하네.	役心今日愧吾曹
호방한 흥취 도도히 이어지고 끝내 다하지 않아	逸興陶陶終未盡
시를 지으려고 다시 한 통의 술을 가져 왔다네.	題詩更抱一樽醪

---

14 진림(陳琳)과 조식(曹植) : 모두 중국 위(魏)나라 때 건안칠자(建安七子)의 인물이다. 진림은 조조(曹操) 밑에서 글을 지었고, 조식은 조조의 아들로 칠보시(七步詩)로 유명하였다.

출전: 『석재유고(石齋遺稿)』 권1, 「두류기행 30수(頭流紀行三十首)」

일시: 자세치 않다.

동행: 자세치 않다.

일정: 덕산 – 대원암 – 천왕봉

저자: 정헌철(鄭憲喆, 1886-1969)

이름을 정낙시(鄭樂時)라고도 한다. 자는 안경(顔卿), 호는 석재(石齋)이며, 본관은
초계(草溪)이다. 진주 백곡(柏谷)에 살았다. 회봉(晦峰) 하겸진(河謙鎭)의 문인이다.
저술로 『석재유고』가 있다.

이곳이 아니면
말미암아 들어갈 길 없으니

남백희의 방장기행

이곳이 아니면 말미암아 들어갈 길 없으니

남백희南伯熙의 방장기행方丈紀行

○ **도구대** 陶邱臺

벼는 향기롭게 익고 물고기도 살이 쪘으니	稻香魚又老
제철에 나는 산물 완연히 제때를 만났구나.	時物宛當時
그런데 슬프구나, 그 분[1]은 어디 계신지	悵悵人何在
강 머리를 지나는 발걸음이 더디기만 하네.	江頭行欲遲

○ **입덕문** 入德門

이곳이 아니면 말미암아 들어갈 길 없으니	舍此無從入
남명 선생 일찍이 이 안에다 터를 잡으셨네.	先生曾卜居

---

1 그 분 : 도구(陶丘) 이제신(李濟臣)을 말한다.

깎아지른 듯한 천 길의 우뚝한 절벽을 보니 　　　懸懸千仞壁
선생의 천인벽립 기상이 아직도 남아있구나. 　　　氣像尙玆餘

○ 산천재 山天齋

지리산 천왕봉 밑에 있는 이 산천재 　　　　天王山下屋
누가 크게 치는 그 종소리를 이을까. 　　　　誰續大叩聲
안타깝구나 빈 뜰엔 잡초만 무성하고 　　　　可惜虛庭草
벌레들만 각자 목청 높여 울어대누나. 　　　　殘蟲各肺鳴

○ 세심정 洗心亭

당시 이 세심정을 세운 정자²의 마음은 　　　當時正宇心
어찌 푸른 물결 찾는 사람을 기다렸으리. 　　　豈俟碧波尋
세상사에 허둥대며 사는 사람들로 하여금 　　　要使營營者
천추에 부끄러움 깊이 느끼게 하려 했나. 　　　千秋愧也深

---

2 정자 : 세심정을 세운 최영경(崔永慶)을 말한다. 최영경은 1576년 덕천서원을 창건하고,
　1582년 세심정을 건립하였다.

○ 곡점에서 묵다 宿曲店

길가에 늘어서 있는 두서 채 민가를   挾路數三家
기다란 시내 한 굽이가 돌아 흐르네.   長川回一曲
날이 밝아 산행할 곳을 생각하는데   朝來思所行
큰 사찰이 앞 계곡에 보이는구나.   大刹通前谷

○ 거림으로 가는 도중에 巨林道中

거대한 산에 또 거대한 숲이 우거져   巨山又巨林
가물가물 한 줄기 오솔길로 찾아가네.   杳杳一逕尋
지척 거리도 혼미해서 서로 잃을 듯   咫尺迷相失
끝없이 의심한 사람 얼마나 많았을까.   幾人九疑心

○ 장암 場岩

이 바위 어찌하여 장암이라 이름 했나   岩石曷云場
다른 데 비교하니 조금 넓고 길기 때문.   較來稍廣長
산을 다 둘러봐도 좋은 곡식이 없으니   窮山無嘉穀
상수리 줍는 것으로 그 방책 삼는다네.   橡栗得其方

○ 석문 石門

위는 덮여 있고 중간에 바위를 뚫었으니   上覆中通石
조화옹이 만든 문이라 이름 할 만하구나.   堪名造化門
빠른 우레가 내리쳐도 열리지 않는 곳   疾雷轟不闢
뻥 뚫린 굴속은 대낮에도 항상 컴컴하네.   窄窄晝常昏

○ 세석평 細石坪

높은 산 위에 평평한 땅이 크게 열려   山上大開坪
시원한 샘물이 바위틈에서 흘러나오네.   冽泉又透石
농사를 해봤더니 제대로 여물질 않아   試耕耕不成
이곳에 사는 사람이 이제는 드물다네.   人住稀今昔

○ 향로봉 香爐峰

깎아지른 듯한 천 봉우리 위에서   削立千峰上
옛날 그 누가 향 피우고 기도했나.   昔時誰禱香
물산은 우연히 만들어지지 않으니   物産非偶爾
잣송이가 가을볕에 말려지고 있네.   柏子曝秋陽

○ 노고단 老姑壇

서축국의 부처가 동방으로 옮겨 왔는데
복 받는 길이 민간으로 향한 건 똑같네.
자기 분수가 이미 정해진 것을 모르고
바윗돌 위에다가 붉은 가사 걸쳐놓았네.

西佛自遷東
福線注下同
莫知分己定
石上費袈紅

○ 통천문 通天門

절벽으로 난 길은 왕래하기 어려운데
사다리 끝에 구멍 하나가 뚫려 있네.
날듯이 휘파람 불며 오래 서 있으니
겨드랑이 밑에서 하늘바람 생겨나네.

絶壁路難通
棧頭一竅空
飄然長嘯立
腋下生天風

○ 천왕봉 天王峯

우뚝 솟구친 바위기둥 허공중에 기대 있고
가을날 맑은 하늘 바라보니 시계가 끝없네.
내 흉금 이제부터는 전혀 속됨이 없으리니
무엇 때문에 괴롭게 신선의 방술을 배우랴.
떠가는 조각구름 사람들은 분변하지 못하고
한 자 되는 작은 나무들 해마다 변화가 많네.

石角森森倚半天
高秋遙望眼無邊
胸襟從此全無俗
方術胡爲苦學仙
片刻飛雲人不辨
尺餘矮木歲多遷

지금은 시를 못 짓는다고 허물할 수 없으니　　　　抵今不可無詩過
진면목을 그려다가 세속에 전하고자 하네.　　　　欲寫眞容下界傳

○ 일월대 日月臺

둥그런 일월대 위의 바위에는　　　　團圓臺上石
만 년 전 흔적이 남아 있구나.　　　　流照萬年前
어딘들 천왕의 측근이 아니리　　　　孰不天王側
이름 보면 그런 줄 생각하네.　　　　顧名思所然

○ 법계사에서 묵다 宿法界寺

침침한 저녁 달이 밝게 떠오르는데　　　　沈沈夕月明
바위 밑에서 사람들 소리가 들리네.　　　　岩下有人聲
비로소 고단한 다리 쉴 수 있으니　　　　始放勞勞脚
불가의 인연이 있어서인 줄 알겠네.　　　　良覺佛緣成

○ 문창대 文昌臺

하늘의 문창성이 빛을 잃어버리자　　　　不是照星文
최 문창후가 세상을 떠났다고 하네.　　　　崔候遊去云

늠름하여 감히 올라가 보지 못하니　　　　　凜乎升不敢
선계와 속계가 까마득히 나누어지네.　　　　仙俗逈然分

○ 용추 龍湫

용이 잠겨 있는 곳이라 말하지 말게　　　　　休言潛處容
움직이면 천 봉우리에 비가 내린다네.　　　　動作雨千峰
신령한 용이 사는 건 우연이 아니니　　　　　神物居非偶
상서로운 구름이 너머에서 일어나네.　　　　瑞雲自外從

○ 신선너들 仙磧

우뚝우뚝 서 있는 둥그런 바위들　　　　　　立立團團石
볼수록 하나하나 신선과 같구나.　　　　　　看看箇箇仙
신선들 천천히 바둑 한 판 두더니　　　　　　遲遲棊一局
상전벽해 이미 천 번이나 변했다네.　　　　　桑海已飜千

○ 순두리(巡頭里)³에 이르러 나는 정산(晶山)⁴과 함께 곧장 내원사
　(內源寺) 계곡을 향하여 고연(鼓淵)으로 내려가는 여러 공들과 작
　별하였다 至巡頭里 余與晶山 徑向內源 奉別諸公下鼓淵

온 골짜기엔 이미 가을이 찾아왔구나	萬壑已成秋
머리 돌려 아래로 내려가는 길을 묻네.	回頭問下流
사흘 밤을 방장산에서 보낸 나그네들	三宵方丈客
내일이면 각자 남쪽 고을로 돌아가겠지.	明日各南州

○ 내원사 계곡에 이르러 여러 공을 회상하며 연계(蓮溪)에서 묵다
　至內源 回憶諸公 宿蓮溪

팔월의 이 연화동 골짜기는	八月蓮花洞
일찍이 별천지라 들었었지.	曾聞別有天
끝내 쉽게 떠나기가 어려워	終難容易去
또 하룻밤 묵어가기로 했네.	又作一宵眠

---

3 순두리(巡頭里) : 순두류를 말한다.
4 정산(晶山) : 이현덕(李鉉德, 1887-1964)의 호이다. 자는 경숙(敬叔)이고, 본관은 재령이다.

출전: 『석포집(石圃集)』권1, 「방장기행 20수(方丈紀行二十首)」

일시: 자세치 않다.

동행: 자세치 않다.

일정: 덕산 – 거림 – 세석 – 노고단 – 천왕봉 – 순두류 – 내원사

저자: 남백희(南伯熙, 1886-1969)

초명은 남백희인데 후에 남훈(南熏)으로 바꾸었다. 자는 선유(善維), 호는 석포(石圃)이며, 본관은 의령이다. 조부는 남윤원(南潤元)이고, 부친은 남정관(南廷瓘)이다. 영산 부곡리(釜谷里)에서 출생하였으나, 25세 때 부친을 따라 지리산으로 들어가 망국의 한을 달랬다. 부친이 세상을 떠난 후 하동 옥종면 대정(大井)으로 옮겨 학문에 정진하였다. 후에 하겸진(河謙鎭)의 문하에 나아가 수학하였다. 저서로 『석포집』이 있다.

찾아보기

최석기 崔錫起

현 국립경상대학교 인문대학 한문학과 교수. 경남문화연구원 인문한국(HK) 일반연구원 겸임. 한국경학 전공. 성균관대학교 한문학과 문학박사. 한국고전번역원 전문위원 역임. 저역서로는 『선인들의 지리산 유람록 1-6』(공역), 『남명과 지리산』, 『남명정신과 문자의 향기』, 『덕천서원』, 『한국경학가사전』, 『조선시대 대학도설』, 『조선시대 중용도설』 등이 있으며, 연구논문으로는 「성호 이익의 시경학」, 「남명의 성학과정과 학문정신」 등 다수가 있다.

강정화 姜貞和

현 국립경상대학교 경남문화연구원 인문한국(HK)교수. 한국한문학 전공. 국립경상대학교 한문학과 문학박사. 경남문화연구원 학술연구교수 역임. 저역서로는 『선인들의 지리산 유람록 1-6』(공역), 『지리산, 인문학으로 유람하다』(공저), 『거문고에 새긴 외금내고, 청도 탁영 김일손 종가』 등이 있으며, 연구논문으로는 「한말 지식인의 지리산 유람」, 「지리산유람록 연구의 현황과 과제」 등이 있다.

선인들의 지리산 기행시 2

2016년 2월 29일 초판 1쇄 펴냄

옮긴이 최석기·강정화
펴낸이 김흥국
펴낸곳 도서출판 보고사

등록 1990년 12월 13일 제6-0429호
주소 경기도 파주시 회동길 337-15 보고사 2층
전화 031-955-9797(대표), 02-922-5120~1(편집), 02-922-2246(영업)
팩스 02-922-6990
메일 kanapub3@naver.com / bogosabooks@naver.com
http://www.bogosabooks.co.kr

ISBN 979-11-5516-528-7 94810
　　　979-11-5516-451-8 세트
ⓒ 최석기·강정화, 2016

정가 18,000원
사전 동의 없는 무단 전재 및 복제를 금합니다.
잘못 만들어진 책은 바꾸어 드립니다.

이 도서의 국립중앙도서관 출판예정도서목록(CIP)은 서지정보유통지원시스템 홈페이지(http://seoji.nl.go.kr)와 국가자료공동목록시스템(http://www.nl.go.kr/kolisnet)에서 이용하실 수 있습니다.(CIP제어번호: CIP2016004810)